漢語語法（文言篇）

左　松　超　著
國　家　文　學　博　士

五南圖書出版公司 印行

前　言

　　我國的文言語法研究是由馬建忠（1845～1900）開始的。他在清光緒二十四年（1898）問世的《馬文文通》是現代意義上系統的漢語語法研究的先導。一百年來，漢語語法研究取得了很大的進展，尤其近半個世紀，雖然主要成績表現在現代漢語語法方面，但古代漢語語法也隨之有相當的進步。舉其重要的來說，可以指出以下幾點。

　　第一，漢語語法研究的語言對象可以分為四個層級，就是「語素」、「詞」、「短語」和「句子」。其中「詞」、「短語」、「句子」在許多結構關係上是相同的、貫通的，這不但揭示出漢語語法結構的一致性，也使漢語法的學習能夠收以簡馭繁、舉一反三之效。

　　第二，名稱的統一。如句子成分分為主語和謂語、述語和賓語，定語和定語中心語、狀語和狀語中心語、補語和補語中心語等，把以前各家許多名異而實同的名稱統一起來，減少了學習漢語語法許多枝枝節節的紛擾。

　　第三，從句子的結構著眼，句子只分為單句和複句兩種，取消了以前介於單句與複句之間的繁句（又稱包孕句）。這種觀點是正確的，所謂繁句中的子句也只是一種句子成分而已。

　　第四，句子分析方法的進步。採用直接成分層次分析法，句子的結構關係和層次的不同，一目暸然，不是以前的一些分析方法可比的。

　　台灣地區坊間還沒有一本能夠反映以上這些觀點的漢語文言語法書，作者此書的目的在補充這一方面的不足。本書分兩個部分，正編是漢語文言語法綱要，附編是高中國文課本中四十七課文言文的全文句法分析。本書可以作為大學漢語文言語法的教本，也可以供漢語文言語法研究者和大學及中學國文教師教學的參考。書內謬誤之處定然不少，尚祈博雅君子有以教之。

　　　　　　　　　　　　　　　　　　　　　　　　　左松超

第一章

第一章

緒論

第一節　關於文言文

在我國數千年滾滾歷史長河中，累積了無比豐富珍貴的文化遺產，其中文字記載的各種典籍，可以說浩如煙海難以盡讀。這些典籍主要使用三種不同書寫語言：一是自一九一九年五四運動以來，國人的書寫基本上以採用現代白話為主，開始的時候還有過一陣子文言與白話之爭，但是時勢風潮畢竟不可阻擋，現代白話文成為現代人主要書寫方式是不可逆轉了。其次是古白話，這種文體的起源很早，經過長時間的發展和衍化，從魏晉人的一些小品，和對於人物言行記述和描寫，像《世說新語》，到唐代的佛教撰作如變文、禪宗語錄、宋代學者論學及師徒間答問的語錄，到宋元話本、元明清的白話小說和戲劇等通俗文學作品。這種文體雖然和口語還有一段距離，但是比較接近。《儒林外史》和《紅樓夢》可以說代表了以古白話寫作的最高成就。現代白話就是在古白話的基礎上發展起來的。

再其次是文言，這是中華浩瀚無數的典籍所使用的最主要的書寫語言。所謂文言文是指周秦兩漢經史諸子所使用的，以及後代文人模仿所作的文體。這種文體所使用的語言就是在周秦比較早的時代也不會相同於口語，因為早期的書寫工具是非常不方便的，無論盤盂簡牘，都要求文字的簡鍊和莊重，不可能照口語如實的記載下來。這種行文的方式久了，逐漸形成了一種固定的體式。

周秦兩漢的經傳諸子的文章，其間有的前後也有近千年的時間，但是我們在閱讀這些時代先後不同的文獻時，並不感覺到太多的差異，就是因為時間雖然已經跨越一個很長的長度，口頭語言也隨著時間的進展而產生了若干變化，但是因為寫作的模式固定化了，並沒有隨著語言的進展而作密切的相應配合。當然，也不能說全然沒有進展，像司馬遷的《史記》就改動了《尚書》的一些文字，這就是配合語言裏詞匯的發展。不過總的來說，改革不多，變化不大，周秦兩漢文獻記載的文字，面貌大體一致。魏晉以後，書面

語言配合口語的任務由正統文人視為鄙陋，而以一種輕視態度對之的古白話的作品擔負去了，而周秦以來形成的寫作體式繼續在所謂正統的典籍文獻的創作中被使用，扮演著重要的角色。由於六朝時期駢文盛行，講求音律，注意對偶，重視形式而輕忽內容，這種文風到了隋唐時有人反對，提倡用散文來替代駢文，發展到韓愈、柳宗元，形成了以模仿秦漢文章為主的古文運動，蔚為風氣，人才輩出，產生了古文八大家，創作出許多優良的作品，使這種以模仿秦漢文章為創作標準的古文，成為中國文人寫作的準則。明清以降，也產生了不少文章的流派，出現了不少優秀作家，但寫作的標的多半是秦漢為主、唐宋當家，寫出來的依然是自秦漢唐宋以來一脈相傳的古文，也就是文言文。因此我們可以說，文言文是我國兩三千年來漢語書面語的主要代表，我國古代的文學、哲學、歷史以及自然科學、應用科學等方面的著作，多是用文言寫的。

第二節　關於文言語法

　　語法就是詞、短語和句子的構造規則，漢語文言語法就是漢語文言的詞、短語和句子的構造規則。

　　漢語文言語法不是漢語的一種共時語法，也不是漢語的歷時語法。漢語語法的研究大體上可以分為四期：

- 上古時期　　周、秦、前漢
- 中古時期　　後漢、六朝、唐、宋
- 近代時期　　元、明、清
- 現代時期　　民國以後

　　文言文以秦漢的書面語為主，有關的語法研究自然也應該以秦漢時期為主，也就是屬於上古這個時期，這是不錯的。但是文言中還包括若干後代模

仿的作品，這些文章的作者在創作時雖然儘量在詞匯上及語法上模仿上古，但他們究竟生活在不同時代，無法徹底地拋棄當世的語言習慣，所以有些後世才產生的語法現象也會出現在一些文言文中，既然有這些現象，也就包括在文言語法講解的範圍裏了。共時語法只研究某一特定時期的語法現象，漢語文言語法雖以呈現漢語上古語法現象為主，但有時也會涉及中古或近代的一些現象。另外，在歷史進展的長河中，語言有它的穩定性，也有它的變化性。變化最顯著的是詞匯，例如上古重視畜牧，對於家畜的成長年齡毛色等都有專名，一歲的豬叫豵，二歲的豬叫豝，三歲的豬叫豜，白黑雜毛的牛叫犖，黃白色的牛叫犥，黃牛黑脣的叫犉，這些詞在現代漢語中都不用了；而現在在日常生活中常用的詞，如電視機、捷運、環保等在古代自然是沒有的。語音的變化比較緩慢，但時間長了，變化也是很顯著的。語法的穩定性比較高，變化最慢，但拿一個較長的時間來比較，還是看得出變化的。不這樣語法的研究也就不必分期了，既然分別出上古、中古、近代和現代，各個時期的語法現象自各有特色，歷時語法的目的就在對語法現象的歷史演變和發展加以研究。漢語文言語法的對象是文言文，但是因為有些文言文的時代比較晚，所以不免對於一些較晚出現的語法現象的發展與形成略加提及，但這並不是漢語文言語法的一個主要工作。

　　總之，漢語文言語法的目的在於解釋說明文言文中所表現出來的各種語法現象，文言文指的是周秦漢和後世模仿的書面語，所以漢語文言語法所涉及的也以上古語法為主；但是文言文的作者和作品可以說是跨越我國整個歷史的，其中顯示的語法現象亦有溢出上古範疇的，因此不能把漢語文言語法和上古漢語法等同看待，而應該有所區別。

第三節　學好文言語法有助於正確了解古代文獻

　　一般人常視習讀文言文為畏途。一篇文言文擺在眼前，大部分的字也都認識，可是就是不懂它的意思。這其中的原因當然很多，但主要是兩點：一

是詞彙，一是語法。關於詞彙可以檢查各種工具書，大致上能夠解決；倒是語法，需要在平時就具備一定基礎，要是臨時抱佛腳，那還真有無從下手之感。例如下面兩個句子：

(1)爾貢苞茅不入，王祭不共，無以縮酒，寡人是徵；昭王南征而不復，寡人是問。（《左傳·僖公四年》）

(2)豈不穀是為？先君之好是繼。（《同上》）

例(1)中的「寡人是徵」、「寡人是問」和例(2)中的「不穀是為」、「先君之好是繼」四句中都有一個「是」字，句法結構也完全一致，如果把它們作同樣的了解，那是大錯特錯的。例(1)中兩個「是」字是指示代詞，意思是「這個」，在結構上是「徵」和「問」的前置賓語，「寡人是問」是「寡人責問這個」的意思（「徵」與「問」同意）。例(2)中的兩個「是」字是結構助詞，沒有實際的意義，只是個賓語提前的標誌，「豈不穀是為」就是「豈為不穀」，「先君之好是繼」就是「繼先君之好」。如果不在語法上把它們弄清楚，不是看不懂原文，就可能會錯了意思。如《論衡·問孔》：「末如也已，何必公山氏之之也？」這兩個句子沒有一個字不認識，要解釋的話也只有「末」作「沒有地方」講，「如」作「去」講，「已」是「罷了」，「公山氏」是「公山弗擾」，魯國大夫季氏的家臣。但句子還是看不懂，問題出在兩個「之」字上。這在語法上看，也是個賓語前置的句子，前一個「之」字是結構助詞，無義，後一個「之」字是動詞，作「往」講，「何必公山氏之之也」就是「何必之公山氏也」，全文的意思是「沒有地方去就罷了，何必去公山氏那裏呢？」語法的問題一弄清楚，文意也就自然明白了。又如：

文帝復遣宗人女翁主為單于閼氏，使宦者燕人中行說傅翁主。說不欲行，漢強使之。說曰：「必我也，為漢患者。」《漢書·匈奴傳》

　　顏師古對於最後一句的注解是：「言我必於漢生患。」意思還是不大清楚。其實這是一個主語和謂語前後次序顛倒的句子，中行說這個人本來不願意到匈奴去，朝廷強迫他，所以氣憤地說：「為漢患者，必我也。」因為強調「我」，就把謂語提前了。

　　在文言文裏有些詞語的結構相同，但是意思不一樣。例如：

　　(1)縱江東父老憐而王我，我何面目見之！（《史記・項羽本紀》）
　　(2)求也退，故進之。（《論語・先進》）
　　(3)遂置姜氏於城穎而誓之，……（《左傳・隱公元年》）
　　(4)提彌明死之。（《左傳・宣公二年》）

　　「見之」、「進之」、「誓之」、「死之」結構相同，都是述賓短語，由動詞加賓語組成，但是它們的語義關係不同。「見之」是「見江東父老」，「進之」是「使之（冉求）進」，「誓之」是「對之（姜氏）誓」，「死之」是「為之（趙盾）死」。如果在語法上弄不清楚這些差異，就是猜對意思，那也是知其然而不知其所以然。

　　文言文包含了我國大量的典籍文獻，為了繼承我國古代優良的文化遺產，了解我國古代社會的各種面貌，了解我國先民為世界文明所作的許多貢獻，有必要學習文言文；文言文雖然是一種過去的文體，但其中卻含有許多具有生命力的成分，為了豐富現代漢語，學好現代漢語，也有必要學習文言文。我國高中和大學國文課本中選輯若干文言文供學子習讀，是相當合理的安排。文言語法是講解文言文詞語和句子的構造的種種規則的，是了解文言文的利器，是學習文言文的津梁。在學習文言文時，掌握必要的文言語法知識，那是一定的。

第二章

語素和詞

第一節　語素

　　語素是最小的語音語義結合體，是最小的構詞單位。例如：「國家」和「朋友」，它們都是兩個語素構成的詞，因為「國」和「家」、「朋」和「友」都各是一個音節，也各自具有意義，所以都是語素；但是「葫蘆」和「蟋蟀」都只是一個語素構成的詞，因為「葫」和「蘆」、「蟋」和「蟀」雖然分開來也各是一個音節，但是卻各自不具備什麼意義，要「葫蘆」、「蟋蟀」合在一起才有意思，所以「葫蘆」和「蟋蟀」都只是一個語素，而「葫」和「蘆」、「蟋」和「蟀」單獨都不是語素。

　　語素可以根據語義的虛實，分為實語素和虛語素。實語素就是語素的意思是實在的，如「人、手、足、刀、尺、山、水、城」等，每個語素都有實在的意思，它們都是實語素；有些語素如「神、魂、哲、玄、禮、義、道、德」等，雖然意思抽象，但也都具有實在的概念意義，所以仍然是實語素；但是有些語素的意思更抽象、更虛，只表示一些語法單位之間的某種關係或指示某種語法作用，前者如「以、迨、于、於、若、或、而、與」等，後者如「也、邪、歟、哉、乎、夫、阿、兒」等，它們都只有語法意義而沒有實在意義，所以都是虛語素。

　　語素還可以從音節上區分為單音節語素、雙音節語素和多音節語素。本來雙音節語素也是多音節語素，但是因為漢語中多音節語素基本上都是雙音節的，所以就把它們獨立為一類，而把三個音節以上的語素稱之為多音節語素。漢語中絕大部分語素都是單音節的，就是一個漢字，讀出來是一個音節，同時也具有某種意義，它也就是一個語素，如「天、地、紅、黃、跑、跳、於、乎」等。雙音節語素是兩個漢字，兩個音節，卻只是一個意義單位，如「葡萄、琵琶、參差、荒唐、彷彿、喇嘛、哈達、沙發」等。「葡」和「萄」或者「琵」和「琶」單獨說都沒有意義，必須「葡萄」合起來才是一種水果的名稱，「琵琶」合起來才是一種樂器的名稱。至於多音節語素，

在漢語中是極少的，大多是外來成分，如「開司米、巧克力、阿斯匹林、奧林匹克、煙士披利純」等，它們都是幾個音節，也就是幾個漢字，只表示一個意思。

第二節　漢字與語素

漢字與語素是既相互聯繫又有所區隔的。在漢語中，一個漢字基本上就是一個語素，但是我們卻不能把二者等同起來，而必須有所區別。一個漢字寫出來是一個方塊，讀出來是一個音節，它是書寫單位，又是語音單位，卻不一定是意義單位；這和語素必須音義結合是有所不同的。它們之間的關係我們可以從以下幾點來看。

一個漢字就是一個語素，像單音節語素讀出來是一個音節，寫出來是一個漢字，它也是一個語素。

一個漢字有時不是語素，如傳統聯綿字是兩個漢字組合成的一個語素構成的，像「秋千」，「秋」和「千」都只是漢字，不是語素，「秋千」組合起來才代表一個語素。有些漢字在某種情況下是語素，但在另外的情況下又不是語素，如「法」、「蘭」、「西」是三個漢字，也是三個語素；但是在「法蘭西」（國名）中它們只是三個音節，寫下來是三個漢字，都不是語素，「法蘭西」才是一個語素。

一個漢字有時代表兩個語素或兩個以上的語素。如「叵」是一個漢字，也是一個音節，卻包含了「不」和「可」兩個語素。其他如「諸」包含「之」「於」兩個語素，「旃」包含「之」「焉」兩個語素，「焉」包含「于」「是」兩個語素。又如現代北方方言中的「甭」、現代吳語中的「嬲」，也是一個漢字包含兩個語素，前者包含了「不」和「用」，後者包含了「勿」和「曾」。另外一種情況是一個漢字有幾個意思，而這幾個意思不相關，聯繫不上，那就算幾個語素，如「管」有「管理、擔任」的意思，又有「管子」的意思，這兩組意思不相關，就算兩個語素；又如「及」，可以當動詞

「追趕上」講，也可以當聯合關係的連詞用，這兩組意思也不相關，也算兩個語素；又如「和」，有「平和、和緩」、「攪拌」的意思，又可以用作表聯合關係的連詞，也可以指稱日本，這幾個意思都聯不上，那就是一個漢字代表四個語素了。

　　兩個漢字有時代表兩個語素，有時卻代表一個語素。如嘆與歎、蚓與螾、荐與薦、臺與台都是兩個漢字只表示一個語素。

第三節　詞

　　詞是由語素構成的，是最小的能夠自由運用的單位，構造句子、構造短語，都是將詞作為實際使用的基本單位。由一個語素構成的，叫做單純詞；由兩個或兩個以上的語素構成的，叫做複合詞。但是在什麼情況下它是一個詞，又在什麼情況下它不是一個詞而只是一個語素；由兩個或兩個以上語言單位構成的語言片段，究竟是兩個或兩個以上語素構成的「詞」，還是由詞構成的「短語」？這就產生了是「詞」或者不是「詞」的判定問題。一般認為，下列四點可以作為判定詞的標準：

一　能單說

　　單說就是獨立成句。最小的句子就是由一個詞構成的。因此一個語素如果能單說，它就同時是一個詞。例如「楚子退師，鄭人修城，進，復圍之」（《左傳·宣公十二年》）中的「進」，又如「平原君乃置酒，酒酣，起，前，以千金為魯連壽」（《戰國策·趙策三》）中的「起」和「前」，它們都是單詞句，自然也都是「詞」了。在句子當中，單詞句是比較少的，多見於對話當中。如「知武子曰：『善。』」（《左傳·宣公十二年》）「叔向曰：『然。』」（《左傳·昭公三年》）「對曰：『有。』」（《戰國策·秦策五》）「獻子曰：『善。』」（《國語·晉語九》）等。下面再舉一些單詞句的例子。

(1)其妻饁之，敬，相待如賓。（《左傳‧僖公三十三年》又《國語‧晉語五》）

(2)伯有聞鄭人之盟己也，喜。聞子皮之甲不與己攻也，怒。（《左傳‧襄公三十年》）

(3)王使召之曰：「來。吾免爾父。」（《左傳‧昭公二十年》）

(4)不哀喪而求國，難；因亂以入，殆。（《國語‧晉語二》）

(5)郤獻子怒，歸，請伐齊。（《國語‧晉語五》）

(6)券遍合，起，矯命以責賜諸民。（《戰國策‧齊策四》）

(7)靖問：「誰？」曰：「妾楊家之紅拂妓也。」（杜光庭〈虯髯客傳〉）

(8)噲拜謝，起，立而飲之。（《史記‧項羽本紀》）

二　能單用

根據詞是「最小的能夠自由運用的單位」的說法，所謂單用，一指「最小」，就是不能再加以分析；一指「能夠自由運用」，也就是不依附於別的語言單位而能進入一定的句法功能位置中，即能充當一定的結構成分。例如「吾今即撲殺汝」（方苞〈左忠毅公軼事〉）這個句子，就是由「吾」「今」「即」「撲」「殺」「汝」六個詞構成的，它們都是單音節的詞，當然不能再分析，它們在句中都充當一個結構成分，「吾」是主語，「今」、「即」都是狀語，「撲」是述語，「殺」是補語，「汝」是賓語。再如「乃使蒙恬北築長城而守藩籬」（賈誼〈過秦論〉）這個句子中的「藩籬」，它是「守」的賓語，雖然它是由「藩」加「籬」組合起來的，但是在這裡「藩」和「籬」都不能單用，要合在一起才代表邊疆的意思，所以它們是由兩個語素構成的一個詞，不是兩個詞。

三　不能插入

如果不是一個語素，而是由幾個語言單位構成的語言片段，我們如何區別它是詞，或者它不是詞而是短語呢？我們用插入的方法。凡是中間不能插入別的語言成分的是詞，能插入的就不是詞，而是短語。例如在「實不相

瞞，舍間上有年邁二親，下無手足相輔」（《警世通言・俞伯牙摔琴謝知音》）中的「手足」，喻兄弟，是一個詞，手足當中不能插入別的語言成分；在「臣以庸朽，濫居輔弼，虛備耳目」（《舊唐書・姚珽傳》）中的「耳目」，喻親信之人，也是一個詞，耳目當中也不能插入其他的語言成分；但是在「若無禮，則手足無所措，耳目無所加」（《禮記・仲尼燕居》）中，手和足、耳和目當中都可以加入別的語言成分，如「與」和「及」，說成「手與足無所措，耳與目無所加」意思也沒有兩樣，所以在這裡，「手足」和「耳目」都是短語，而不是詞。

四　虛詞

如果在某個語句中，把屬於詞的成分都提開以後，剩下來的單位，既是不獨立的，但也不是某個詞的一部分，我們認為它也是詞。虛詞就是用這個方法來確定的。例如「見兔而顧犬，未為晚也」（《戰國策・楚策四》）中的「而」，「子之病革矣」（《禮記・檀弓》）中的「矣」，雖然它們既不能單說，也不能單用，但是它們也是詞，前者是連詞，後者是語氣詞。

第三章

構詞法

第一節 詞根 詞綴

詞是由語素構成的，所以語素也可叫做詞素。根據構詞的功能的不同，詞素可以分為詞根和詞綴。下面分別加以說明：

一 詞根

詞根是構成和體現一個詞的基本意義的構詞成分，是一種有實義的詞素，也可稱為實素。如「阿婆」、「老鼠」、「沛然」、「沃若」等詞中的「婆」、「鼠」、「沛」、「沃」就是詞根，它是決定這些詞的意義的。又如「學習」、「干戈」、「鞠躬」、「粉飾」等詞中的「學」和「習」、「干」和「戈」、「鞠」和「躬」、「粉」和「飾」，兩個詞素都具有實在的意思，它們共同構成這些詞的意義，它們都是詞根。

詞根既然是語素的一種，而語素有單音節語素、雙音節語素和多音節語素的不同，則詞根語素自然也可分為單音節詞根語素、雙音節詞根語素和多音節詞根語素了。上面所舉的例子都是單音節的詞根語素，但是如「可汗大點兵」中的「可汗」，則是由一個雙音節詞根語素構成的詞；又如「葡萄酒」裡的「葡萄」，也是一個雙音節的詞根語素。漢語中絕大部分的詞根都是單音節的，雙音節和多音節的詞根語素比較少見。

詞根是構成一個詞的不可缺少的主要成分。一個詞至少要有一個詞根才能構成，複合詞則由兩個三個或者更多的詞根構成。

二 詞綴

詞綴也是構詞成分，但是它沒有實在意義，要附在詞根上才能起作用，可以稱為虛素。詞綴和詞根的不同，除了在意義上有虛實的差異，在構詞形式上也有所不同，就是詞根的位置是不固定的，而詞綴的位置是固定的。如「中國」這個詞，是由「中」和「國」兩個詞根語素構成的，「中」在前，

「國」在後；「國家」這個詞，是由「國」和「家」兩個詞根語素構成的，「國」在前，「家」在後；可見同一個詞根語素「國」字，既可作為一個複合詞的前面的成分，也可作為一個複合詞的後面的成分。詞根語素還可以單獨成詞。詞綴則不能單獨成詞，必須結合詞根共同來構成。有些詞綴必須放在詞根前面，叫前綴，如「阿爺」的「阿」，「老虎」的「老」；有些詞綴必須放在詞根後面，叫後綴，如「忽然」的「然」，「率爾」的「爾」。

第二節　漢語構詞法的基本類型

漢語的構詞根據組成語素的多少，可以分為單純詞、兼詞和合成詞三類。凡是由一個語素構成的詞叫做單純詞，由兩個語素構成的單音節詞叫做兼詞，由兩個或兩個以上語素構成的雙音節詞或多音節詞叫做合成詞。合成詞又可按組合語素的虛實，分為派生詞和複合詞。凡是由詞綴（虛語素）加詞根（實語素）組合成的詞叫做派生，由詞根加詞根組合成的詞叫做複合詞。

一　單純詞

單純詞是由一個語素構成的，按語素的音節多寡可分為單音單純詞和複音單純詞。單音單純詞是由一個單音節的詞根語素構成的，如「花、草、高、低、跑、跳、乎、也」，它們都是由單音節語素構成的，寫出來就是一個漢字，古漢語中絕大部分詞都是屬於這一類的由一個單音節詞根語素構成的單音單純詞。複音單純詞主要以雙音節的為主，多音節的比較少見。雙音單純詞由一個雙音節語素構成，書面形式寫成兩個漢字，但其中每一個漢字只代表一個音節，不是表意單位。雙音節單純詞又可以分為以下五個小類：

(一)雙聲

兩個音節的聲母相同：

參差	踟躕	惆悵	倜儻	彷彿	秋千	蜘蟥	拮据
踴躍	黽勉	匍匐	流離	留連	恍惚	鴛鴦	轆轤

蜘蛛　　崎嶇　　躊躇　　躑躅　　玲瓏

(二)疊韻

兩個音節的韻母相同：

萁蓉　　魍魎　　蹉跎　　蹀躞　　旖旎　　徜徉　　蓓蕾　　窈窕

逍遙　　婆娑　　葫蘆　　芍藥　　玫瑰　　蜻蜓　　徬徨　　橄欖

螳螂　　荒唐　　潦草　　倥傯　　盤桓　　蕭條　　伶仃

(三)疊音

　　兩個音節完全相同，用同一個漢字，就是古人所說的「重言」。這種疊音詞祇是語音的重疊，並不是語素的重疊，上下重疊的兩個漢字，祇表示音節，並無表意的作用，一定要重疊以後才表示那個特定的意義。如「彼黍離離」，「離離」形容茂盛，單獨一個離字並沒有茂盛的意思。其他的例子如「采采卷耳」裡的「采采」，「赳赳武夫」裡的「赳赳」，「習習谷風」裡的「習習」，「蓼蓼者莪」裡的「蓼蓼」，「南山烈烈」裡的「烈烈」，「慆慆不歸」裡的「慆慆」都是。

(四)非雙聲疊韻

　　兩個音節既不是雙聲，也不是疊韻，但是上下兩個字仍然不是意義的結合，要兩個音節合在一起才代表一個意思。例如：

鸚鵡　　倉庚　　芙蓉　　菡萏　　薔薇　　蝴蝶　　蚯蚓　　絡繹

模糊

(五)外來語音譯詞

　　這種從其他語言音譯過來的詞，在他原來的語言中也許不只一個語素，但是音譯為漢語詞，兩個漢字只是記音，並無表義作用，綴合起來才表示一定的意義。例如：

葡萄　　苜蓿　　茉莉　　檳榔　　琉璃　　琥珀　　箜篌　　觱篥

菩提　　涅盤　　伽藍　　浮屠　　羅漢　　沙彌　　和尚　　剎那

獷狁　　單于　　閼氏　　可汗　　身毒　　龜茲

　　三個音節以上的單純詞較為少見，大多是人名、地名以及外來語的音譯詞，例如：

左丘明	黃庭堅	司馬相如	也先鐵木兒
吐魯番	華不注	烏魯木齊	羊灌田守捉（四川地名）
巧克力	法西斯	阿斯匹林	煙士披利純

二 兼詞

　　兼詞是由兩個語素組合成一個音節的詞。它讀起來是一個音節，寫出來是一個漢字，但內容包含兩個意義，由兩個語素共同組合起來的。兼詞無論在文言文中還是在白話文中都非常罕見，按照組成的兩個語素的音義關係可分為三類。第一種是「合音合義兼詞」，如「叵」，它的音是「不」和「可」的相合，意思也就是「不可」，其他如「諸」是「之于」的合音合義兼詞，「旃」是「之焉」的合音合義兼詞。第二種是「合義兼詞」，只有「合義」的關係，而沒有合音的關係，如「焉」是「于是」的合義兼詞，「曷、盍」是「何不」的合義兼詞，「然、爾、乃、云、已」等都是「如此」的合義兼詞。還有第三種，是「合音合義合形兼詞」，一個是見於北方方言的「甭」，它的形音義都由「不」和「用」組合而成，一個是見於蘇州方語的「覅」，它的形音義都由「勿」和「曾」組合而成。

三 合成詞

　　由多個語素構成的多音節詞是合成詞。構成合成詞的語素分為兩種，一種是詞根，一種是詞綴。詞綴加詞根結合成的詞叫做派生詞，詞根加詞根結合成的詞叫做複合詞。漢語中大部分語素都可以充當詞根，而詞綴則極為少見，有些詞綴算不算詞綴，還有不同的意見。漢語中的合成詞，絕大部分是由兩個語素結構而成的，三個以上語素結構成的合成詞非常罕見。

　　㈠派生詞

　　由詞綴加詞根構成。詞綴和詞根的不同，除了詞根的意思實在而詞綴的意思比較虛之外，最大的不同是詞根的位置不固定，而詞綴的位置固定。有些詞綴一定要放在詞根的前面，這叫做前綴；有些詞綴一定要放在詞根的後面，這叫做後綴。加前綴的派生詞如：

| 有夏 | 有眾 | 阿婆 | 阿瞞 | 老虎 | 第一 | 初五 |

加後綴的派生詞如：

| 油然 | 屬於 | 忽其 | 莞爾 | 少焉 | 俄而 | 魚兒 | 燕子 |
| 若屬 | 赫斯 | 巍巍乎 | 恂恂如 |

(二)複合詞

由詞根加詞根構成。派生詞中的結構成分是一虛一實，而複合詞構成的兩個成分都是實語素，詞的意義基本上是由組成的兩個成分結合而產生的，但是有些詞的詞義並不等於構成的兩個成分意義的相加，而是在結合以後產生了特定的意義。複合詞根據構詞成分之間的配置關係可以分為以下幾類：

1 聯合式　聯合式複合詞的構詞成分之間的關係是平等的。有的書上叫做並列式。可以分為：

(1)同義聯合　詞中兩個構詞成分的意義是相同或相似的。例如：

意義	枯槁	喜歡	計算	重要	根本	道路	舒緩
周全	緊密	判斷	宮室	巨大	粗糙	纖細	養育
輾轉	搜覓

(2)對稱聯合　詞中兩個構詞成分的意義是相反或相對的。例如：

| 動靜 | 開關 | 矛盾 | 是非 | 好惡 | 始終 | 反正 | 橫豎 |
| 來往 | 左右 | 教學 | 買賣 | 利害 | 輕重 | 成敗 | 虛實 |

(3)平行聯合　詞中兩個構詞成分既非同義又非對稱，而是一種平行並列的關係。例如：

| 干戈 | 烽火 | 朋友 | 玉帛 | 心腸 | 血汗 | 筆墨 | 風景 |
| 細軟 | 裁縫 | 鐘鼓 | 冷暖 | 冷靜 | 熱鬧 | 弱小 | 師旅 |
| 社稷 |

(4)偏義聯合　構詞成分中的一個部分（語素）的意思已基本消失，只剩下另一個部分（語素）的意義。譬如在「且緩急人之所時有也」（《史記‧游俠列傳》）這個句子中，「緩急」只是「急」的意思，「緩」的意思沒有了。又如在「多人不能無生得失」（《史記‧刺客列傳》）這個句子中，「得失」只是「失」的意思，「得」

的意思消失了。其他的例子如：

忘記　　窗戶　　國家　　兄弟　　褒貶　　乾淨

2 組合式　組合式複合詞是由一個中心成分加上附加成分構成的。組合的方式如果是附加成分在中心成分之前的叫做偏正式，附加成分在中心成分之後的叫做後補式。

(1)偏正式　有的書上叫做主從式。在前的偏項是修飾限定的附加成分，在後的正項是被修飾限定的中心成分。根據中心語素的詞性不同，可分為以下三項：

甲、以名詞性語素為中心成分的。如：

布衣　　天子　　良人　　赤子　　小人　　蒼頭　　淑女
行人　　征夫　　五官　　百姓　　千金　　萬歲

乙、以動詞性語素為中心成分的。如：

席捲　　鯨吞　　蠶食　　雲集　　瓦解　　瓜分　　囊括
龜縮　　蜂擁　　魚貫　　雷動　　燭照　　冷笑　　清唱
苦幹　　漫談　　再生　　頓悟

丙、以形容詞性語素為中心成分的。如：

冰冷　　碧綠　　膚淡　　筆直　　神勇　　蛋黃　　月白
糖稀　　菜乾　　輕寒　　鎮靜　　絕妙

(2)後補式　中心成分在前，補充成分在後，主要有兩種類型。

甲、以名詞性語素為中心成分的。按補充成分的詞性不同，又可分為兩組。

子、補充成分是量詞性的，如：

船隻　　馬匹　　車輛　　人口　　銀兩　　文件
燈盞　　書本　　案件　　函件

丑、補充成分是名詞性的，對中心成分有形象化的比喻作用，如：

雪花　　柳絮　　淚珠　　腦袋　　心弦　　心田
心地　　心扉

乙、以動詞性語素為為中心成分的。有的書上叫做述補式或動補式。中心成分在前，表示動作、性狀；補充成分在後，主要表示動作的結果。例如：

擴展　　推翻　　推倒　　收攏　　改進　　收成　　改善
說明　　糾正　　證明　　踏實　　降低

3　結合式　結合式複合詞的構詞成分之間的關係包括主謂關係和述賓關係兩種。

(1)主謂式　它有前後兩部分。前項相當於主語，後項相當於謂語。後項是對於前項的陳述。就其構成的成分來說，不外是「名＋動」和「名＋形」兩類。例如：

肉麻　　心疼　　氣喘　　地震　　海嘯　　春分　　夏至　　霜降
花紅　　年輕　　手軟　　眼紅　　心虛

(2)述賓式　有的書上叫做動賓式或支配式。它也有前後兩部分。前項表示動作，相當於述語；後項表示動作的對象，相當於賓語。例如：

簽名　　動員　　負責　　憑空　　有限　　關心　　注意　　效力
得罪　　知音　　留神　　出席　　司令　　聽差　　當局　　用功
投機　　破例　　鞠躬　　吃虧　　取笑　　納悶　　懷疑　　抱怨

4　重疊式　重疊式的複合詞和前文提到的單純詞中的疊音詞不同。疊音詞是相同音節的重疊，單一音節並沒有表意的功能，要重疊以後才表示某一種意義。重疊式的複合詞則是由兩個同音同形的語素重疊而成，單一的語素是有意義的。重疊式的複合詞可分名詞性語素的重疊和不是名詞性語素的重疊兩種。名詞性語素重疊以後，一般含有「每一」和「一切」的意義。如「處處誌之」（陶潛〈桃花源記〉）的「處處」，是每處的意思；「家家習為俗，人人迷不悟」（白居易〈買花〉）中的「家家」「人人」，是每家、每人的意思；「年年歲歲花相似，歲歲年年人不同」（劉希夷〈代悲白頭翁〉）中的「年年歲歲」，是每一年每一歲的意思。至於其他詞性的語素重疊以後，一般在意義上多沒有什麼改變，只有舒緩音節和加強語意的作用。形容詞的，如「臣之所見，蓋特其小小者耳，名曰雲夢」（司馬相如〈子虛

賦〉）中的「小小」，還是小的意思，不過語意加強了，有「小而又小的意思；動詞的如「小時了了者，至大亦未能奇也」（晉・袁宏《後漢紀・獻帝紀》）中的「了了」，了可解為通曉事理，了了還是這個意思；副詞性的如「故天下每每大亂」（《莊子・胠篋》）中的「每每」，意思沒變而有加強語勢的作用。

名詞

第四章

第一節　名詞的意義和類別

一　名詞的意義

名詞是表示一切人事物名稱的詞。

二　名詞的類別

古代漢語名詞可分為五類：

㈠普通名詞

表示人或具體事物。如：

君　侯　大夫　人　臣　父　子　兄　弟　馬　魚　山　海　車
戈　枝　葉……等

㈡專有名詞

包括人名、地名、國名、族名等。如：

堯　舜　周　秦　滿　苗　長安　洛陽　李白　蘇軾　回紇
吐番　李商隱　歐陽修……等

㈢抽象名詞

指稱事物的狀態、性質、行為、動作和思想、道德、概念等名稱。如：

禮　義　仁　知　信　孝　悌　忠　勇　神　力　志　法　禍
患　福　祿　利　功　過　罪　咎　恥……等

㈣時地名詞

包括表示時間的詞和表示處所的詞兩類。

時間名詞如：

年　歲　春　夏　月　日　朔　甲子　今　昔　古　初　朝　夕
旦　暮　晝　夜　夜半　日中……等

處所名詞如：

疆　竟（境）　郊　野　地　城　門　宮　庭　室　館　廟

臺 所 山 谷 丘 關 水 林 鄉……等

㈤方位名詞 如：

東 西 南 北 左 右 側 旁 內 外 前 後 上 下
中……等

第二節　名詞的語法功能

一 名詞

一般可受數詞、數量詞的修飾。修飾名詞的數詞、數量詞可以放在名詞的前面，也可以放在名詞的後面。如：

(1)蟹六跪而二螯。（《荀子・勸學》）

(2)天子三公，諸侯一相。（《禮記・玉藻》）

(3)五畝之宅，樹之以桑，五十者可以無飢矣。（《孟子・梁惠王上》）

(4)吾不能為五斗米折腰。（《晉書・陶潛傳》）

(5)越翼日戊午，乃社于新邑，牛一，羊一，豕一。（《尚書・召誥》）

(6)以乘韋先牛十二犒師。（《左傳・僖公三十三年》）

(7)命子封率車二百乘以伐京。（《左傳・隱公元年》）

(8)子產以帷幕九張行。（《左傳・昭公十三年》）

名詞一般不受副詞修飾。如果名詞前有副詞，則這個名詞已臨時活用為動詞。

二 名詞在句子裡經常充當主語、賓語和定語。例如：

(1)滕公奇其言，壯其貌，釋而不斬。（《史記・淮陰侯列傳》）

(2)臣竊以為其人勇士，宜可使。（《史記・廉頗藺相如列傳》）

(3)吾從北方聞子為雲梯，將以攻宋。（《墨子・公輸》）

(4)齊侯以諸侯之師侵蔡。（《左傳・僖公四年》）

(5)蝤首蛾眉。（《詩經・衛風・碩人》）

(6)請京，使居之，謂之京城大叔。（《左傳‧隱公元年》）

以上(1)(2)兩例是名詞充當主語，(3)(4)兩例是名詞充當賓語，(5)(6)兩例是名詞充當定語。

三　在文言文的判斷句裡，如果不用判斷動詞「是」，名詞可以直接充當句子的謂語。例如：

(1)周公，弟也。（《孟子‧公孫丑下》）

(2)南冥者，天池也。（《莊子‧逍遙游》）

四　名詞或名詞短語可以連起來構成一個句子，在詩詞曲裡常見。例如：

(1)雞聲茅店月，人跡板橋霜。（溫庭筠〈商山早行〉）

(2)枯藤老樹昏鴉，小橋流水人家。（馬致遠〈天淨沙〉）

五　在文言文中，普通名詞還有一個比較特殊的用法，就是可以用做狀語。

這種用法雖然比名詞用做主語、賓語、定語要少，但是也不能說是罕見，所以也是名詞固有職能的一種，不能看成是名詞臨時活用為副詞。普通名詞用做狀語，有以下幾種：

(一)表示比喻。　這是拿用做狀語的那個名詞所表示的人或事物的行動特徵，來描繪動詞所表示的行動的方式或狀態。例如：

(1)豕人立而啼。（《左傳‧莊公八年》）

(2)嫂蛇行匍伏。（《戰國策‧秦策一》）

(3)天下雲集響應，贏糧而景從。（賈誼〈過秦論〉）

(4)秦穆公以來，稍蠶食諸侯。（《史記‧始皇本紀》）

(5)（子產）治鄭二十六年而死，丁壯號哭，老人兒啼。（《史記‧循吏列傳》）

(6)項伯亦拔劍起舞，常以身翼蔽沛公，莊不得擊。（《史記‧項羽本紀》）

(7)各鳥獸散，猶有得脫歸報天子者。（《漢書‧李廣蘇建傳》）

(8)談笑間，檣櫓灰飛煙滅。（蘇軾〈念奴嬌〉）

(9)其一犬坐於前。（《聊齋志異》）

他如「瓜分」「蜂擁」「瓦解」「席卷」等皆是。這種用法，修辭的意味非常濃厚。

㈡表示對人的態度。　這是把動詞賓語所代表的人，當做用做狀語的那個名詞所表示的人或事物來對待。例如：

(1)彼秦者……虜使其民。（《戰國策·趙策三》）

(2)今而後知君之犬馬畜伋。（《孟子·萬章下》）

(3)（豫）讓曰：「中行眾人畜我，我故眾人事之；智伯國士遇我，故為之國士用。」（賈誼《新論·階級》）

(4)君為我呼入，我得兄事之。（《史記·項羽本紀》）

(5)楚田仲以俠聞，父事朱家。（《史記·游俠列傳》）

(6)高后兒子畜之。（《史記·齊悼惠王世家》）

(7)齊將田忌善而客待之。（《史記·孫子吳起列傳》）

(8)劉豫臣事醜虜，南面稱王。（胡詮〈戊午上高宗封事〉）

㈢表示動作的依據、工具或材料。例如：

(1)失期，法皆斬。（《史記·陳涉世家》）

(2)秦王車裂商君以徇。（《史記·商君列傳》）

(3)群臣後應者，臣請劍斬之。（《漢書·霍光傳》）

(4)遂率子孫荷擔者三夫，叩石墾壤，箕畚運于渤海之尾。（《列子·湯問》）

(5)黔無驢，有好事者船載以入。（柳宗元〈黔之驢〉）

(6)板印書籍，唐人尚未盛為之。（沈括《夢溪筆談》）

㈣表示動作的方式。例如：

(1)將軍身被堅執銳，伐無道，誅暴秦，復立楚國之社稷。（《史記·陳涉世家》）

(2)亮躬耕隴畝，好為梁父吟。（《三國志·蜀書·諸葛亮傳》）

第三節　時間名詞、處所名詞和方位名詞的用法

時地名詞和方位名詞既然屬於名詞一類，因此普通名詞有的功能它們都有。但是它們也有各自的特點，這些特點顯示出它們和普通名詞不盡相同，所以把它們另外分類來討論。

一　時間名詞的用法

㈠時間名詞和普通名詞一樣，可以做句子的主語、謂語、賓語、定語。例如：

(1)若士必怒，伏尸二人，流血五步，天下縞素，今日是也。（《戰國策·魏策四》）

(2)（重耳）謂季隗曰：「待我二十五年，不來而後嫁。」對曰：「我二十五年矣，又如是而嫁，則就木焉。」（《左傳·僖公二十三年》）

(3)如知其非義，斯速已矣，何待來年？（《孟子·滕文公下》）

(4)冬，晉侯圍原，命三日之糧。（《左傳·僖公二十五年》）

以上「今日」、「我二十五年矣」中的「二十五年」、「來年」、「三日」分別作句子中的主語、謂語、賓語、定語。

㈡時間名詞雖然可以在句子裡用做主語、謂語、賓語和定語，但例子比較少見，尤其是用做主語、謂語和賓語的例子更少。可是時間名詞卻經常用做狀語和補語，這種特質是它和普通名詞不同的地方。

1時間名詞用做狀語，例如：

(1)明日，子路行。（《論語·微子》）

(2)齊人歸女樂，季桓子受之，三日不朝。（《論語·微子》）

(3)五月辛丑，大叔出奔共。（《左傳·隱公元年》）

(4)四月，鄭祭足帥師居溫之麥；秋，又取成周之禾。（《左傳·隱公

三年》）

(5)夜縋而出。（《左傳・僖公三十年》）

(6)朝濟而夕設版焉。（《左傳・僖公三十年》）

(7)長驅到齊，晨而求見。（《戰國策・齊策四》）

(8)項伯乃夜馳之沛公軍。（《史記・項羽本紀》）

(9)包胥立于秦廷，晝夜哭，七日七夜不絕其聲。（《史記・伍子胥列傳》）

(10)朝辭爺娘去，暮宿黃河邊。（〈木蘭辭〉）

時間名詞「歲」「月」「日」等在古代漢語裡常用做狀語，但是它們在用做狀語時所表示的意義和平時的意義有所不同，這是我們應該注意的。

第一，「歲」「月」「日」放在具有行動性的動詞前面，有「歲歲」（每年）「月月」（每月）「日日」（每日）的意思，表示行動頻數或經常。例如：

(1)良庖歲更刀，割也；族庖月更刀，折也。（《莊子・養生主》）

(2)今有人日攘其鄰之雞者。（《孟子・滕文公下》）

(3)乃自強步，日（步）三四里，少益耆食，和于身也。（《戰國策・趙策四》）

(4)鄴三老、廷掾常歲賦斂百姓。（《史記・滑稽列傳》）

(5)將出，日與其徒置酒酣歌達曙。（方苞〈獄中雜記〉）

第二，「日」字放在動詞或形容詞的前面，當「一天一天」講，表示情況的逐漸發展。例如：

(1)田單兵日益多，乘勝，燕日敗亡。（《史記・田單列傳》）

(2)事日急。（《史記・魏其武安列傳》）

(3)於是與亮情好日密。（《三國志・蜀書・諸葛亮傳》）

(4)賤妾守空房，相見常日稀。（〈古詩為焦仲卿作〉）

(5)自吾氏三世居是鄉，積于今六十歲矣，而鄉鄰之生日蹙。（柳宗元〈捕蛇者說〉）

第三，「日」字用在句首主語的前面，當「往日」講，用來追溯過去。

例如：

(1)日君以夫公孫段為能任事，而賜之州田。（《左傳‧昭公十年》）

(2)日起請夫環，執政弗義，弗敢復也。（《左傳‧昭公十六年》）

(3)日衛不睦，故取其地。（《左傳‧文公七年》）

這些用法都不是現代漢語單個時間名詞「年」「月」「日」所能有的。

2 時間名詞用做補語，例如：

(1)子儀在位十四年矣。（《左傳‧莊公十四年》）

(2)不食三日矣。（《左傳‧宣公二年》）

(3)孟嘗君為相數十年，無纖介之禍者，馮諼之計也。（《戰國策‧齊策四》）

(4)文王聞崇德亂而伐之，軍三旬而不降。（《左傳‧僖公十九年》）

(5)晉侯在外十九年矣，而果得晉國。（《左傳‧莊公二十八年》）

(6)子貢反，築室於場，獨居三年。（《孟子‧滕文公上》）

(7)終廣之身，為二千石四十餘年，家無餘財。（《史記‧李廣傳》）

在以上七個例子裡，時間名詞都放在動詞（包括動詞性短語）的後面，補充說明動作、行為持續進行的時間。這是用做補語的時間名詞的一個特點。

二　處所名詞的用法

(一)處所名詞如果是陳述的對象，或者代表該處所的人，或者在表示「有無」的存在句中，可以作為句子的主語。例如：

(1)是歲江南旱，衢州人食人。（白居易〈輕肥〉）

(2)大都攻其小都。（《墨子‧魯問》）

(3)一鄉皆稱原人焉。（《孟子‧盡心下》）

(4)門下有毛遂者。（《史記‧平原君虞卿列傳》）

(5)時村中來一駝背巫。（《聊齋志異‧促織》）

(二)處所名詞也時常用做狀語，例如：

(1)今先生儼然不遠千里而庭教之，願以異日。（《戰國策‧秦策一》）

(2)舜勤民事而野死。（《國語‧魯語上》　）

(3)童子隅坐而執燭。（《禮記‧檀弓上》）

(4)夫以秦王之威，而相如廷叱之。（《史記‧廉頗藺相如列傳》）

　㈢處所名詞作為動作、行為的目的或所及對象，可以直接放在動詞後面用做處所賓語。例如：

　　(1)士私行出疆。（《禮記‧曲禮下》）

　　(2)群臣大夫諸公子入朝。（《韓非子‧外儲說右上》）

　　(3)身處佚樂之地。（《韓非子‧外儲說右下》）

　　(4)陳侯扶其大子偃師奔墓。（《左傳‧襄公二十五年》）

　　(5)趙旃棄車而走林。（《左傳‧宣公十二年》）

　　(6)（孔子）登太山而小天下。（《孟子‧盡心上》）

　　(7)師遂濟涇。（《左傳‧成公十三年》）

　㈣處所名詞常給介詞「于」「乎」「自」「從」作賓語，組成介賓短語，可以充當補語或狀語。例如：

　　(1)師逃于夫人之宮。（《左傳‧成公十八年》）

　　(2)若非所獻則不敢以入於宋子之門。（《禮記‧內則》）

　　(3)孔子游乎緇帷之林。（《莊子‧漁夫》）

　　(4)妻抱子出自房。（《禮記‧內則》）

　　(5)陽處父至自溫。（《左傳‧文公六年》）

　　(6)姜入于室，與崔子自側戶出。（《左傳‧襄公二十五年》）

　　(7)陽虎使季孟自南門入。（《左傳‧宣公六年》）

　　(8)遂行，從近關出。（《左傳‧襄公十四年》）

　以上(1)～(5)是介賓短語作補語，(6)～(8)是介賓短語作狀語。

三　方位名詞的用法

　㈠方位名詞的性質比較接近普通名詞，可以用做句子的主語、賓語和定語。例如：

　　(1)左并轡，右援枹而鼓。（《左傳‧成公二年》）

　　(2)大王之國，西有巴蜀、漢中之利，北有胡貉、代馬之用，南有巫

山、黔中之限，東有郩，函之固。（《戰國策・秦策一》）

(3)上思利民，忠也。（《左傳・桓公六年》）

(4)中人以上，可以語上也；中人以下，不可以語上也。（《論語・雍也》）

(5)逢丑父為右。（《左傳・成公二年》）

(6)今縱無法以遺後嗣，而又收其良以死，難以在上矣。（《左傳・文公六年》）

(7)群臣吏民能面刺寡人之過者，受上賞。（《戰國策・齊策》）

(8)出則無敵國外患者，國恒亡。（《孟子・告子下》）

(9)今丘也，東西南北之人也。（《禮記・檀弓》）

以上(1)(2)(3)是方位名詞作主語，(4)(5)(6)是方位名詞作賓語，(7)(8)(9)是方位名詞作定語。

㈡方位名詞常和名詞性詞語組合成處所短語或方位短語。方位名詞在名詞前的，是處所短語，著重說明的是哪個方位的某處地方，如「南海」「北海」；方位名詞在名詞後的，是方位短語，著重說明的是某處地方的哪個方位，如「氾南」「潁北」。這些處所短語和方位短語常用做句子的主語或賓語，而用做賓語的又特別多。例如：

(1)殽有二陵焉：其南陵，夏后皋之墓也；其北陵，文王之所蔽風雨也。（《左傳・僖公三十二年》）

(2)君處北海，寡人處南海，唯是風馬牛不相及也。（《左傳・僖公四年》）

(3)夫晉何厭之有？既東封鄭，又欲肆其西封。（《左傳・僖公三十年》）

(4)虞庠在國之西郊。（《禮記・王制》）

(5)晉軍函陵，秦軍氾南。（《左傳・僖公三十年》）

㈢方位名詞放在名詞之後的，常常在名詞和方位名詞中間插加「之」、「以」或「而」字，如「之上」、「之左」「以東」、「以西」等。例如：

(1)召孟明、西乞、白乙，使出師於東門之外。（《左傳・僖公三十二

年》）

(2)（智伯）身死高梁之東。（《韓非子・喻老》）

(3)聊攝以東，姑蘇以西，其為人也多矣。（《左傳・昭公二十年》）

(4)余暨以南屬越，錢塘以北屬吳。（《論衡・書虛》）

(5)郡守而下，少時皆至。（《夢溪筆談・神奇》）

(6)項羽恐，乃與漢約，中分天下，割鴻溝而西者為漢，鴻溝而東者為楚。（《史記・高祖本紀》）

方位名詞還可以和數量短語組合成方位短語來表示時間，例如：

(7)諸侯有行文王之政者，七年之內必為政於天下矣。（《孟子・離婁上》）

(8)三年之後，未嘗見全牛。（《莊子・養生主》）

(9)聞柳下惠之風者，薄夫敦，鄙夫寬。奮乎百世之上，百世之下聞者莫不興起。（《孟子・盡心下》）

⑽薪食足以支三月以上。（《墨子・備城門》）

㈣方位名詞主要用途是用做狀語。例如：

(1)昭王南征而不復，寡人是問。（《左傳・僖公四年》）

(2)既東封鄭，又欲肆其西封。（《左傳・僖公三十年》）

(3)孟嘗君予車五十乘，金五百斤，西游於梁。（《戰國策・齊策四》）

(4)是其為人也，上不臣於王，下不治其家，中不索交諸侯。（《戰國策・齊策四》）

(5)內省不疚，夫何憂於懼？（《論語・顏淵》）

(6)陳良，楚產也，悅周公、仲尼之道，北學於中國。（《孟子・滕文公上》）

㈤方位名詞一項比較特殊的用途，是活用為動詞，充當謂語、謂語中心語或述語。例如：

(1)秦師遂東。（《左傳・僖公三十二年》）

(2)衛君待子而為政，子將奚先？（《論語・子路》）

(3)故外戶而不閉。（《禮記・禮運》）

(4)以先國家之急而後私仇也。（《史記‧廉頗藺相如列傳》）

(5)漢王方食，曰：「子房前。」（《史記‧留侯世家》）

(6)項王至陰陵，迷失道，問一田父。田父紿曰：「左。」左，乃陷大
澤中。故漢追及之。（《史記‧項羽本紀》）

(7)收其貨寶婦女而東。（《史記‧項羽本紀》）

(8)融喟然謂門人曰：「鄭生今去，吾道東矣。」（《後漢書‧鄭玄
傳》）

第五章

代詞

第一節　代詞的意義、類別和語法功能

一　代詞的意義

代詞是代替實詞和短語以表示人、事、地的詞。

二　代詞的類別

古代漢語代詞可以分為三類：人稱代詞、指示代詞和疑問代詞。

三　代詞的語法功能

代詞一般不受別的詞的修飾。代詞同它所代替的或所指示的實詞或短語用法相當。它所代替的詞能充當什麼句子成分，它也能充當什麼句子成分。

第二節　人稱代詞的用法

人稱代詞可以分為第一人稱代詞（自稱）、第二人稱代詞（對稱）、第三人稱代詞、反身代詞，下面分別加以說明。

一　第一人稱代詞

古漢語中第一人稱代詞常用的有「我、余、予、吾」，另外還有比較少見的「卬、朕」等。

「我、余、予」既可以作主語，也可以作定語、賓語。例如：

(1)我戮之不祥。（《左傳・成公二年》）

(2)三人行，必有我師焉。（《論語・述而》）

(3)子其德我乎？（《左傳・成公三年》）

(4)余收爾骨焉。（《左傳・僖公三十二年》）

(5)自始合，而矢貫余手及肘。（《左傳・成公二年》）

(6)名余曰正則兮，字余曰靈均。（《楚辭・離騷》）

(7)予既烹而食之。（《孟子・萬章下》）

(8)啟予手，啟予足。（《論語・泰伯》）

(9)王如用予，則豈徒齊民安，天下之民舉安。（《孟子・公孫丑下》）

第一人稱「吾」，一般作主語、定語，例如：

(10)吾聞庖丁之言，得養生焉。（《莊子・養生主》）

(11)吾道一以貫之。（《論語・里仁》）

「吾」與「我」在古書上的用法略有不同，就是「我」字可以用作賓語，而「吾」字一般不用作賓語。特別是當「吾」與「我」並用時，往往是「吾」作主語，「我」作賓語。例如：

(12)今者吾喪我。（《莊子・齊物論》）

(13)吾思夫使我至此極者而弗得也。（《莊子・大宗師》）

(14)子墨子亦曰：「吾知子之所以距我，吾不言。」（《墨子・公輸》）

(15)如有用我者，吾其為東周乎！（《論語・陽貨》）

(16)吾亨祀豐潔，神必據我。（《左傳・僖公五年》）

但是在否定句中，如果代詞賓語提到動詞前面，這時，「吾」字就可以用作提前的賓語，例如：

(17)居則曰，不吾知也。（《論語・先進》）

(18)楚弱于晉，晉不吾疾也。（《左傳・襄公十一年》）

在《論語》、《左傳》、《戰國策》、《莊子》等古書中，「吾」和「我」的分別用法表現得比較清楚。到魏晉以後，「吾」字才可以放在動詞或介詞的後面作賓語。例如：

(19)今人歸吾，吾何忍棄去？（《三國志・蜀書・先主傳》）

(20)嫂嘗撫汝指吾而言。（韓愈〈祭十二郎文〉）

人稱代詞有臨時活用的情況，就是在某種特定的語言環境中不作原來的人稱代詞用，而改指別的對象，如原為第一人稱的代詞用來指稱說話的對象或第三者，原為第三人稱的代詞用來自稱或對稱。這種情況並不是太多，讀

者要細心體察上下文，找出它真正稱代的對象，以免弄錯。「吾」和「我」這兩個第一人稱代詞就有時用來作為第三人稱，如：

(21)莊因終身不仕，以快吾志焉。（《史記・老莊申韓列傳》）

(22)諸公要人爭欲令出我門下，交口薦譽之。（韓愈〈柳子厚墓志銘〉）

第一人稱代詞還有「朕、台、卬」。「台」和「卬」不常見，「台」主要見於《尚書》，「卬」主要見於《詩經》，後代都不用了。「朕」主要作定語和主語，在先秦作品中為一般人的自稱，秦始皇二十六年規定只有皇帝才稱朕，一般人就不得稱朕了。

二 第二人稱代詞

常見的有「汝（女）、爾、若、乃、而」等。「汝（女）、爾、若」既可以作主語，也可以作定語和賓語。例如：

(1)五侯九伯，女實征之。（《左傳・僖公四年》）

(2)人奪女妻而不怒。（《左傳・文公十八年》）

(3)居，吾語女。（《論語・陽貨》）

(4)爾愛其羊，我愛其禮。（《論語・八佾》）

(5)且爾言過矣，虎兕出于柙，龜玉毀于櫝中，是誰之過與？（《論語・季氏》）

(6)如或知爾，則何以哉？（《論語・先進》）

(7)若為傭耕，何富貴也。（《史記・陳涉世家》）

(8)吾翁即若翁，必欲烹而翁，則幸分我一杯羹。（《史記・項羽本紀》）

(9)予知之，將語若。（《莊子・知北遊》）

「乃」和「而」最常見的是用作定語，如

(10)勉出乃力。（《尚書・盤庚》）

(11)王師北定中原日，家祭無忘告乃翁。（陸游〈示兒〉）

(12)而先皆季氏之良也。（《左傳・定公八年》）

(13)吾乃與而君言，汝何為者哉？（《史記・平原君虞卿列傳》）

「乃」和「而」一般不用作賓語，用作主語的也比較少，例如：

⑭今欲發之，乃能從我乎？（《漢書·翟義傳》）

⑮成臼之役，而棄不穀，今而敢來，何也？（《國語·楚語下》）

三　第三人稱代詞

第三人稱代詞有「之、其、彼、厥、渠、伊、旃、諸」等。在主語的位置上，古代漢語常常不用第三身代詞，或者重複前邊的名詞作主語，或者省略主語。使用頻率最廣的第三人稱代詞「之」和「其」基本上都不作主語，前者主要作賓語，後者主要作定語，二者在功能上有明顯的不同。古代漢語中的第三人稱代詞不如第一、第二人稱代詞發達，「之、其、彼」等都是從指示代詞演化過來的。

(一)之

「之」字是第三身代詞中最活躍、使用頻率最大的一個。它既可以代人，也可代事、代物。它的語法功能有以下各種：

第一，最基本的是用作賓語。例如：

(1)若與大叔，臣請事之。（《左傳·隱公元年》）

(2)昔者齊桓公九合諸侯，一匡天下，為五伯長，管仲佐之。（《韓非子·十過》）

(3)九鼎既成，遷於三國，夏后氏失之，殷人受之。（《墨子·耕柱》）

(4)舍之。吾不忍其觳觫，若無罪而就死地。（《孟子·梁惠王上》）

(5)師之所為，鄭必知之。（《左傳·僖公三十二年》）

(6)板印書籍，唐人尚未盛為之。（沈括《孟溪筆談》）

以上第一、二兩例代人，分別指，大叔和齊桓公；第三、四兩例代物，分別指鼎和牛；第五、六兩例代事，分別指秦師所為和板印書籍。

「之」字除了稱代具體的人、事、物外，也常用來泛指，如：

(7)我非生而知之者，好古敏以求之者也。（《論語·里仁》）

(8)不聞不若聞之，聞之不若見之，見之不若知之，知之不若行之。（《荀子·儒效》）

(9)知之曰知之，不知曰不知。（《荀子·儒效》）

這三個例子中的「之」字都沒有固定的稱代對象，它究竟稱代什麼，要靠讀者憑自己的體會去設想。還有一種情況，就是作為賓語的「之」字並不稱代什麼，可是動詞後面要是沒有它，好像就站不住。這大概是由於「動詞+之」這種形式被經常使用，習慣性地成為一種固定格式，所以有些不帶賓語的動詞後面也常帶一個「之」字。這個「之」字，並沒有什麼實際的意思，它只是一個形式上的賓語吧了。例如：

(10)公將鼓之。（《左傳·莊公十年》）

(11)惡可也，則不知手之舞之足之蹈之。（《孟子·離婁上》）

第二，「之」字不用作句子的主語，不過在一個作為賓語的主謂短語裏，有時可以用「之」字充當主語。例如：

(12)虞舜側微，堯聞之聰明，將使嗣位，歷試諸難。（《尚書·舜典》）

(13)有臣柳莊也者，非寡人之臣，社稷之臣也。聞之死，請往。（《禮記·檀弓下》）

(14)今子反往觀宋，聞人相食，大驚而哀之，不意之至於此也。（《春秋繁露·竹林》）

(15)至者，參輒飲以醇酒；度之欲有言，復飲以酒。（《漢書·曹參傳》）

第三，「之」字可充當兼語。兼語是指一個名詞或代詞在一個結構中作前一個動詞的賓語，同時又兼作後一個動詞的主語。有的語法學者認為「之」字不能作句子的主語，因而也就不具備作兼語的條件。但根據以上所舉的例子，「之」字既然可以充任主謂短語中的主語，所以它也應該是可以取得作為兼語的資格的了。以下是「之」字作兼語的例子：

(16)將命者出戶，取瑟而歌，使之聞之。（《論語·陽貨》）

(17)（巫臣）與其射御，教吳乘車，教之戰陣，教之叛楚。（《左傳·成公七年》）

第四，「之」還可以作定語，作用如同「其」字。例如：

(18)千室之邑，百乘之家，可使為之宰也。（《論語·公冶長》）

⑼吾不忍為之民也。（《戰國策‧趙策三》）

⑳猶欲其入而閉之門也。（《孟子‧萬章下》）

第五，「之」字雖然是第三人稱代詞，但有時它也可以用來指稱說話者本人（第一人稱），也可指稱對話人（第二人稱）。例如：

㉑若從君之惠而免之，以賜君之外臣首。（《左傳‧成公三年》）

㉒起也將亡，賴子存之。（《國語‧晉語八》）

㉓願及未填溝壑而托之。（《戰國策‧趙策四》）

㉔子不與吾，吾將殺子，直兵將推之，曲兵將勾之。（《新序‧義勇》）

以上㉑㉒兩例中的「之」字都稱代說話者自己，用做第一人稱代詞，「免之」是「釋放我」，「存之」是「救活我」。㉓㉔兩例中的「之」都指稱說話的對象，是第二人稱代詞，「托之」是「托付你」，「推之」是「刺死你」，「勾之」是「勾死你」

（二）其

「其」在文言文中一般作定語，經常指人，也可以指物，指事，沒有先行詞時也可以泛指。例如：

⑴回也，其心三月不違仁。（《論語‧雍也》）

⑵孫臏以此名顯天下，世傳其兵法。（《韓非子‧十過》）

⑶北冥有魚，其名為鯤。（《莊子‧逍遙游》）

⑷事大為衡，未見其利也，而亡地亂政矣。（《韓非子‧五蠹》）

⑸古者刑不過罪，故殺其父而臣其子，殺其兄而臣其弟。（《荀子‧君子》）

以上⑴⑵代人，⑶代物，⑷代事，⑸則為泛指。「其」字用為定語，後面緊接所領屬的名詞，像以上各例，這是最常見的情況。我們在說明或翻譯這種作為定語的第三人稱代詞「其」字時，有時要在「其」字所代的名詞後加一個「之」字。譬如第⑵例「世傳其兵法」中的「其兵法」就是「孫臏之兵法」，又如「禹作為祭器，墨染其外，而朱畫其內」（《韓非子‧十過》）中的「其外」就是「祭器之外」，「其內」就是「祭器之內」。這個「之」

字是偏正短語中定語和中心語之間的一個結構助詞，有時需要有它，有時也可以不要，像「北冥有魚，其名為鯤」的「其名為鯤」就是「魚名為鯤」，倒不必說成「魚之名為鯤」了。有的語法書說這種用法的「其」字相當於「名詞+之」，這是欠考慮的。「其」字它只是一個代詞用為定語，所代也只是某個名詞，並不包含結構助詞「之」字，因為如此，所以在古書裏也有些文句在「其」字後面再加「之」字的，如《詩經·鄘風·偕老》中的「其之翟也」、「其之展也」。這裏的「其」不等於「名詞+之」是顯而易見的。

第二，「其」可作主語。這有兩種情況，一是獨立作為句子的主語，例如：

(6)其未醉止，威儀反反；……其未醉止，威儀抑抑。（《詩經·小雅·賓之初筵》）

(7)其懷柔天下也，猶懼有外侮。（《左傳·僖公二十四年》）

(8)其在辟也，吾從中也。（《國語·晉語四》）

(9)其飛徐而鳴悲。（《戰國策·楚策四》）

「其」用作句子主語，在先秦已可見到不少例子，從前有些語法學者認為「其」要到漢魏以後才作句子主語，證明是不符合事實的。其次是「其」字充當主謂短語中的主語。主謂短語作句子的主語，如：

(10)其為人也，發憤忘食，樂以忘憂，不知老之將至云爾。（《論語·述而》）

(11)其為人也，好善。（《孟子·告子下》）

(12)且夫水之積也不厚，則其負大舟也無力。（《莊子·逍遙游》）

更多的是作為句子的賓語，例如：

(13)鳥，吾知其能飛；魚，吾知其能游。（《論語·衛靈公》）

(14)吾見師之出，而不見其入也。（《左傳·僖公三十二年》）

(15)人之有有四端也，猶其有四體也。（《孟子·公孫丑上》）

(16)秦王恐其破璧，乃辭謝。（《史記·廉頗藺相如列傳》）

以上這些作「主謂短語」中主語的「其」字，有些語法書上把它們歸為定語，這是個錯誤的看法。主要是他們根據一些例句，認為這些作「主謂短

語」主語的「其」字相當於「名詞+之」（或「彼+之」）。例如「水之積也不厚，則其負大舟也無力」，上文講「水之積」，下文的「其負大舟」當然是「水之負大舟」了；又如「吾見師之出，而不見其入也」，上文說「師之出」，下文的「其入」當然是「師之入」了。對照上下文，這樣的講法原是不錯的，不過卻有兩方面的問題值得探討。

一是「其負大舟」等於說「水之負大舟」，「其入」等於說「師之入」，但是如果就因此認為「水之負大舟」和「師之入」都是偏正結構，而「其」字是定語，卻是不合乎古代漢語語法事實的。在古代漢語裏，「主謂短語」作為句子的主語或賓語時，常常在主語和謂語中間加一個「之」字，如「丹之治水也愈於禹」（《孟子·告子下》），「臣恐強秦之為漁父也」（《戰國策·燕策二》）。這個加在「丹」和「治水」以及「強秦」和「為漁父」之間的「之」字，它只是一個結構助詞，其作用是取消這裏的主謂短語的獨立性，沒有什麼實質意義。所以這種「主+之+賓」的形式仍舊應該算是「主謂短語」，而不能說是變成偏正結構了。稱代這個「主謂短語」中主語的「其」字，當然還是個主語而不是定語。

其次，「其」字有時對應上下文，好像是相當於「名詞+之」，但是這個「之」字並不是連屬於「其」字，由「其」字產生的，它是個附加在主語和謂語之間的結構助詞，不能單算在「其」字身上；在有些文句裏，「其」字是不能在它所代的名詞後面再加上「之」字來解釋的，如在「客人不知其是商君也」（《史記·商君列傳》）這個句子裏，「其」不能解成「商君之」吧；又如在「子知其賢而不知其奚若」（《說苑·善說》）這個句子裏，「其奚若」能解釋為「仲尼之奚若」嗎？可見「其」字只是個代詞，解釋時要不要在它所代的詞的後邊加個「之」字，要看文句才能決定，而且就是加「之」字，這個「之」字也不是從「其」字來，而是由於「主謂短語」結構的需要，所以說「其」字等於「名詞+之」，不僅以偏概全，同時也忽視了古代漢語語法的這一個特點。

第二，「其」字作兼語和雙賓語，例子較少。如：

⒄將叔無狃，戒其傷女。（《詩經·鄭風·大叔于田》

⒅楚遂拔成皋，欲西；漢使兵距之鞏，令其不得西。（《史記‧項羽本紀》）

⒆孟嘗君使人給其食用，無使乏。（《戰國策‧齊策四》）

以上⒄⒅兩例中的「其」作兼語，例⒆中的「其」作雙賓語中的間接賓語。

第四，「其」字有時也可以用來表示自稱或對稱，例如：

⒇勾踐說於國人曰：「寡人不知其力之不足也，而又與大國執讎，以暴露百姓之骨於中原，此則寡人之罪也。」（《國語‧越語上》）

㉑平曰：「主臣。陛下不知其駑下、使待罪宰相。」（《史記‧陳丞相世家》）

㉒子有令聞而美其室，非所望也。（《左傳‧襄公十五年》）

㉓聞善而不善，皆以告其上。（《墨子‧尚同》）

以上⒇㉑兩例中的「其」是第一人稱代詞，「其力」是「我的力量」，「其駑下」是「我愚鈍無能」；㉒和㉓兩例中的「其」是第二人稱代詞，「其室」是「你的室」，「其上」是「你們的上司」。

㈢彼

「彼」可以作主語，也可以作賓語和定語。例如：

⑴彼竭我盈，故克之。（《左傳‧莊公十年》）

⑵彼，丈夫也；我，丈夫也。（《孟子‧滕文公上》）

⑶知此知彼，百戰百勝。（《孫子‧謀攻》）

⑷幸而殺彼，甚善。（柳宗元〈童區寄傳〉）

⑸彼不能收用彼眾，是故亡；我能收用吾眾，以上攻戰於天下。（《墨子‧非攻中》）

⑹今以君之下駟與彼上駟。（《史記‧孫子吳起列傳》）

以上⑴⑵兩例中的「彼」是主語，⑶⑷兩例中的「彼」是賓語，⑸⑹兩例中的「彼」是定語。

㈣厥、牟、諸、渠、伊、他

「厥」字多見於比較古的古籍如《尚書》、《詩經》等書中，春秋以後

漸漸少用，不過文言文有時為了仿古也會用它。「厥」相當於「其」，主要用作定語。例如：

(1)王播告之修，不匿厥指，王用丕欽。（《尚書·盤庚》）

(2)無念爾祖，聿修厥德。（《詩經·大雅·文王》）

(3)思厥先祖父，暴霜露，斬荊棘，以有尺寸之地。（蘇洵〈六國論〉）

「旃」和「諸」作第三人稱代詞，也是比較古的用法，主要充當賓語。例如：

(4)初，虞叔有玉，虞公求旃，弗獻。（《左傳·桓公十年》）

(5)潘崇曰：「能事諸乎？」（《左傳·文公元年》）

「渠」和「伊」是魏晉以後才大量使用的第三人稱代詞。例如：

(6)女婿昨來，必是渠所竊。（《三國志·吳書·趙達傳》）

(7)伊必能克蜀。（《世說新語·雅量》）

至於「他」字，有時又寫作「它」或「佗」，本來是表示旁指的指示代詞，到魏晉以後才用作人稱代詞。例如：

(8)還他馬，赦汝罪。（《後漢書·方術傳》）

(9)他自姓刁，那得韓盧後耶？（《晉書·張天錫傳》）

四　反身代詞

這種代詞沒有第一身、第二身、第三身的分別，無論代那一身，都用同樣的詞。文言文中經常使用的反身代詞有「己」和「身」。

「己」和「身」都可以分別作句子的主語、賓語和定語。例如：

(1)己欲立而立人，己欲達而達人。（《論語·雍也》）

(2)以叔隗為內子，而己下之。（《左傳·僖公二十四年》）

(3)兔不可復得，而身為宋國笑。（《韓非子·五蠹》）

(4)身直為閨閤之臣，寧得自引深藏於巖穴邪？（司馬遷〈報任安書〉）

以上「己」、「身」作主語。

(5)修己以安百姓，堯舜其猶病諸？（《論語·憲問》）

(6)君子貴人而賤己，先人而後己。（《禮記·坊記》）

(7)志士仁人無求生以害仁，有殺身以成仁。（《論語·衛靈公》）

(8)天下之本在國，國之本在家，家之本在身。（《孟子·離婁上》）

以上「己」、「身」作賓語。

(9)己所不欲，勿施於人。（《論語·顏淵》）

(10)堯以不得舜為己憂，舜以不得禹、皋陶為己憂。（《孟子·滕文公上》）

(11)世守也，非身之所能為也。效死勿去。（《孟子·梁惠王下》）

(12)身之所長，上雖不知，不以悖君。（《荀子·不苟》）

以上「己」、「身」作定語。

五　尊稱和謙稱

古人對話時，或由於身分地位的不同，或出於禮貌，稱對方時往往不用一般的第二人稱代詞，而相應對方不同的身分使用不同的尊稱，自稱也不用普通的第一人稱代詞，而用一些謙稱來代替。

表尊稱的有「君、公、先生、子、夫子、吾子、足下、卿」等等。例如：

(1)今君有一窟，未得高枕而臥也。（《戰國策·齊策四》）

(2)公等皆走，吾亦從此逝矣。（《史記·高祖本紀》）

(3)勝請為紹介而見之于先生。（《戰國策·趙策》）

(4)或謂孔子曰：「子奚不為政？」（《論語·為政》）

(5)夫子言之，於我心有戚戚焉。（《孟子·梁惠王上》）

(6)病未及死，吾子勉之。（《左傳·成公二年》）

(7)願足下孰慮之。（《史記·淮陰侯列傳》）

(8)卿與子敬、程公便在前發，孤當續發人眾，多載資糧，為卿後援。（《資治通鑒·漢紀五十七》）

表謙稱的有「寡人、不穀、孤、臣、僕、妾、小人」等等。例如：

(9)寡人不敢以先王之臣為臣。（《戰國策·齊策四》）

(10)豈不穀是為？先君之好是繼。（《左傳·僖公四年》）

(11)孤之有孔明，猶魚之有水也。（《三國志·蜀書·諸葛亮傳》）

⑫臣能令君勝。（《史記·孫子吳起列傳》）

⑬時之所重，僕之所輕。（白居易〈與元九書〉）

⑭君邊雲擁青絲騎，妾處苔生紅粉樓。（李白〈擣衣篇〉）

⑮小人有母，皆嘗小人之食矣。（《左傳·隱公元年》）

六　人稱代詞的複數

　　古代人身代詞在形式上沒有單複數的區別，一個人身代詞是表示單數還是複數要由先行詞語來決定，或者靠辨析文意來理解。如

　　(1)爾何知？中壽，爾墓之木拱矣。（《左傳·僖公三十二年》）

　　(2)武王之伐殷也……王曰：「無畏，寧爾也，非敵百姓也。」（《孟子·盡心下》）

　　(3)若與大叔，臣請事之。（《左傳·隱公元年》）

　　(4)彼眾我寡，及其未既濟也，請擊之。（《左傳·僖公二十二年》）

　　以上四例，(1)(2)兩例中都有代詞「爾」字，第(1)例是秦穆公派人向蹇叔傳話，對象是蹇叔，「爾」相當白話「你」，是單數；第(2)例是周武王對殷民的宣告，對象是殷國的老百姓，「爾」相當白話「你們」，是複數。(3)(4)兩例中都有代詞「之」字，第(3)例中的「之」指上文「大叔」，是單數，相當白話「他」；第(4)例中的「之」，稱代楚國的軍隊，是複數，相當白話「他們」。

　　文言文的人身代詞雖然本身沒有單複數的區別，但是可以在一些名詞或代詞後邊加上「儕、曹、屬、輩、等」等字來表示複數。這些字並不等於白話中表示複數的「們」。「們」不能單獨用，僅能附加在人身代詞或一些名詞後邊表示複數而已。「儕、曹、…」並不是單純的表複數的記號，它們不但表示複數，還有「類及」義，就是「一班人」、「一批人」、「這等人」、「這些人」等，而且它們在使用上也稍有分別。「儕」多用於第一人稱代詞後，如「吾儕」；「曹」多用於第二人稱代詞後，如「爾曹」、「汝曹」；「屬」第一第二人稱代詞後都可以用，還可以用在指示代詞「此、是」等後邊；「輩」和「等」三身代詞都可以用；「輩」常加在名物詞之後。例如：

⑴吾儕何知焉？。（《左傳・昭公二十四年》）

⑵吾愛之重之，願汝曹效之。。（《後漢書・馬援傳》）

⑶爾曹身與名俱滅，不廢江河萬古流。（杜甫〈戲為六絕句〉）

⑷雍齒尚為侯，我屬無患矣，。（《史記・留侯世家》）

⑸不者，若屬皆且為所虜。（《史記・項羽本紀》）

⑹陛下起布衣，以此屬取天下。（《史記・留侯世家》）

⑺設百歲後，是屬寧有可信者乎？。（《史記・魏其侯列傳》）

⑻天生汝輩，固需吾輩食也。（馬中錫〈中山狼傳〉）

⑼如彼等者無足與計天下事。（《史記・黥布列傳》）

⑽公等皆去，吾亦從此逝矣。（《史記・高祖本紀》）

⑾使嘉賓不死，鼠輩敢爾？（《世說新語・簡傲》）

第三節　指示代詞的用法

　　指示代詞主要有兩種不同的用法：「單純指示」和「指示兼稱代」，這要看它們在句子擔任什麼成分而定。如果是作句子的定語，那就只有單純指示的作用，如果是作為主語和賓語，那就有指示兼稱代的作用。指示代詞可以分為近指、遠指、旁指、虛指、無指、逐指、分指等數類。

一　近指

　　文言文中經常用來表示近指的指示代詞有「此、是、斯、之、茲」等。這些代詞相當於白話中的「這」，可以根據不同的語言環境作不同的語譯；一般說來，指代人或事物的可以譯為「這」、「這個」，指代地點的可以譯為「這裏」，指代情況的可以譯為「這樣」。

　　㈠「此、是、斯」經常作主語、賓語和定語，例如：

　　⑴此則岳陽樓之大觀也。（范仲淹〈岳陽樓記〉）

　　⑵是可忍也，孰不可忍也？（《論語・八佾》）

　　(3)斯固百世之遇也。（張溥〈五人墓碑記〉）

以上用作主語。

　　(4)王如知此，則無望民之多於鄰國也。（《孟子·梁惠王上》）

　　(5)豈若吾鄉鄰之旦旦有是哉？（柳宗元〈捕蛇者說〉）

　　(6)逝者如斯夫，不舍晝夜。（《論語·子罕》）

以上用作賓語。「是」字作賓語一般也是放在動詞後邊，但是在上古文獻中有倒置在動詞前邊的，如《詩經》、《左傳》中有不少的例句，其他書也有，戰國以後逐漸減少了。例如：

　　(7)君子是則是效。（《詩經·小雅·鹿鳴》）

　　(8)昭王南征而不服，寡人是問。（《左傳·僖公四年》）

指示代詞「是」字作賓語倒置在動詞前的這一比較特殊的用法，我們在閱讀古代文獻時要有正確的認識，以免誤解文意。

　　(9)此心之所以合於王者，何也？（《孟子·梁惠王上》）

　　(10)是鳥也，海運則將徙於南冥。（《莊子·逍遙游》）

　　(11)微斯人，吾誰與歸？（范仲淹〈岳陽樓記〉）

以上用作定語。

「此、斯」有時還可以用作狀語，「此、是」有時還可以用作謂語，例子都不多見，如：

　　(12)以鶉首而賜秦，天何為而此醉？（庾信〈哀江南賦〉）

　　(13)匪言不能，胡斯畏忌？（《詩經·大雅·桑柔》）

以上作狀語。

　　(14)醫能治之，而上不使，可為流涕者，此也。（《漢書·賈誼傳》）

　　(15)終而復始，日月是也。（《孫子·勢》）

以上作謂語。

㈡「之、茲」多作定語，有時也可以作賓語。例如：

　　(1)之二蟲又何知？（《莊子·逍遙游·》）

　　(2)茲心不爽。（《左傳·昭公元年》）

　　(3)其所善者，吾則行之。（《左傳·襄公三十一年》）

　　(4)文王既沒，文不在茲乎？（《論語・子罕》）

　　以上(1)(2)兩例中的「之、茲」作定語，(3)(4)兩例中的「之、茲」作賓語。

　　㈢其他表示近指的還有「然、乃、爾、云、巳」等兼詞，它們的意思相當於「如此」、「如是」。例如：

　　　(1)文人相輕，自古而然。（曹丕〈典論論文〉）

　　　(2)子產蹵然改容更貌，曰：「子無乃稱。」（《莊子・德充符》）

　　　(3)同是被逼迫，君爾妾亦然。（〈古詩為焦仲卿妻作〉）

　　　(4)子之言云，又焉用盟？（《左傳・襄公二十八年》）

　　　(5)吾生也有涯，而知也無涯。以有涯隨無涯，殆巳。巳而為知者，殆而巳矣。（《莊子・養生主》）

　　「焉」作「於是」講，也是兼詞，也有近指的作用，如：

　　　(6)積土成山，風雨興焉；積水成淵，蛟龍生焉。（《荀子・勸學》）

二　遠指

　　文言文中經常用來表示遠指的指示代詞有「彼、其、夫、厥」等。這些代詞相當於白話中的「那」，可以根據不同的語言環境作不同的語譯；一般說來，指代人或事物的可以譯為「那」、「那個」，指代地點的可以譯為「那裏」，指代情況的可以譯為「那樣」。

　　㈠遠指代詞中的「彼」字功能最廣，它可以用作主語、賓語（常和「此」字對舉），也可以用作定語。例如：

　　　(1)彼一時，此一時也。（《孟子・公孫丑上》）

　　　(2)春秋無義戰，彼善於此，則有之矣。（《孟子・盡心下》）

　　　(3)由是觀之，在彼不在此也。（《史記・酷吏列傳》）

　　　(4)然而人力為此而寡為彼，何也？（《荀子・榮辱》）

　　　(5)陟彼高岡，我馬玄黃。（《詩經・周南・卷耳》）

　　　(6)彼王不能用君之言任臣，安能用君之言殺臣？（《史記・商君列傳》）

　　以上(1)(2)兩例中的「彼」用作主語，(3)(4)兩例中的「彼」用作賓語，(5)

(6)兩例中的「彼」用作定語。

　　㈡「其」和「夫」只用作定語，譯成白話略等於「那」、「那個」，例如：

　　⑴爾愛其羊，我愛其禮。（《論語・八佾》）

　　⑵藏之名山，傳之其人。（《史記・自序》）

　　⑶小子何莫學夫詩？（《論語・陽貨》）

　　⑷以俟夫觀人風者得焉。（柳宗元〈捕蛇者說〉）

　　在以上的例子裏，「其」的指示作用重，表示特指，就是用來指示一定的人或事物；「夫」字則語氣輕些，有的時候譯成白話可以不必譯出，如「食夫稻，衣夫錦」（《論語・陽貨》）。另外，「夫」字這個指示代詞不一定完全表示遠指，有時也表示近指，這是我們要注意加以分別的，如：

　　⑸公曰：「不可。微夫人之力不及此。」（《左傳・僖公三十年》）

　　⑹既其出，則或咎其欲出者，而予亦悔其隨之而不得極夫游之樂也。
　　　（王安石〈遊褒禪山記〉）

　　魯僖公三十年九月秦晉兩國軍隊聯合圍攻鄭國，後來秦穆公卻私下背盟撤軍，晉國大夫子犯很氣憤，請求晉文公出兵攻擊秦軍，晉文公說：「不可以。我若沒有這個人的力量是到不了今天的。」「不得極夫游之樂也」是王安石後悔隨人出洞，以致「不能充分享受這次游玩的樂趣」。這兩句的「夫」字顯然是表示近指的。

　　㈢遠指代詞還有「厥、匪、伊」等。「厥」字在甲、金文中已經使用，《尚書》和《詩經》也常用它，作用等於「彼」或「其」。「匪」、「伊」多見於《詩經》，前者等於「彼」，後者的意思是「那個」。例如：

　　⑴率時農夫，播厥百穀。（《詩經・周頌・噫嘻》）

　　⑵書曰：「若藥不瞑眩，厥疾不瘳。」（《孟子・滕文公上》）

　　⑶匪風發兮，匪車偈兮。（《詩經・檜風・匪風》）

　　⑷所謂伊人，在水一方。（《詩經・秦風・蒹葭》）

三 旁指

又叫做「別指」。所指示的是除開現說對象的以外部分。文言文中經常用來表示旁指的指示代詞有「他（也作它、佗）、異」等。意思相當於「其他的」，「別的」、「另外的」。「他」多用作定語，也能作賓語，魏晉以後也有用作主語的；「異」作定語的多，作賓語的很少。例如：

(1)他人有心，予忖度之。（《詩經・小雅・巧言》）

(2)它山之石，可以攻錯。（《詩經・小雅・鶴鳴》）

(3)之死矢靡它。（《詩經・鄘風・柏舟》）

(4)王顧左右而言他。（《孟子・梁惠王上》）

(5)其收田租畝四升，戶出絹二匹、綿二斤而已，他不得擅興發。（曹操〈收田租令〉）

(6)拜見在近，千萬自愛！他留面陳。（《王文公文集・與孟逸秘校手書之一》）

(7)盜愛其室，不愛異室，故竊異室利其室。（《墨子・兼愛上》）

(8)季子然問：「仲由、冉求可謂大臣與？」子曰：「吾以為異之問，曾由與求之問。」（《論語・先進》）

以上(1)(2)兩例中的「他（它）」作定語，(3)(4)兩例中的「它（他）」作賓語，(5)(6)兩例中的「他」作主語，第(7)例中的兩個「異」字作定語，第(8)例中的「異」作賓語，是個倒置式，它倒置在動詞「問」之前。

旁指代詞還有「餘」、「其餘」，可譯成白話「別的」、「其他的」等，可作主語和賓語。例如：

(9)內諱不出於外，餘無所諱。（《世說新語・賞譽》）

(10)惟有從弟岱，當為微宗血食之繼，深托陛下，餘無復言。（《三國志・蜀書・馬超傳》）

(11)回也，其心三月不違仁；其餘則日月至焉而已矣。（《論語・雍也》）

(12)多聞闕疑，慎言其餘，則寡尤。（《論語・為政》）

四 虛指

文言文中，經常用來表示虛指的指示代詞是「某、或、人」等。所謂虛指，是說所指代的人或事物並不確定。

「某」可以代人，也可以代事物，代處所，在句中多作主語和定語。例如：

(1)子告之曰：「某在斯，某在斯。」（《論語・衛靈公》）

(2)言武等在某澤中。（《漢書・蘇武傳》）

「或」相當於白話「有人」。多作主語。例如：

(3)或謂孔子曰：「子奚不為政？」（《論語・為政》）

(4)或叩以往事，一一詳述之，意色揚揚，若自矜詡。（方苞〈獄中雜記〉）

「人」是「有人」、「別人」的意思，主語、賓語、定語都可以擔任，例如：

(5)人有言上曰：「丞相何亡？」（《史記・淮陰侯列傳》）

(6)寧我薄人，無人薄我。（《左傳・宣公十二年》）

(7)君子成人之美，無成人之惡。（《論語・顏淵》）

五 無指

文言文中經常用來表示無指的指示代詞有「莫、無、靡、罔、毋、末」等。所謂「無指」是表示「無」、「沒有」的指示代詞，表示「沒有人」、「沒有誰」或「沒有什麼」。「沒有什麼」可以指「沒有什麼事情」、「沒有什麼東西」、「沒有什麼處所」或「沒有什麼時候」等。無指代詞有兩個特點：第一，除「末」字充當狀語外，其他一般充當主語，前面經常出現先行詞語表示所指代的對象和範圍；第二，除「末」字外，經常和否定副詞「不、弗、非」等配合使用，組成「莫不（弗、非）」、「靡不（弗）」、「無不（非）」、「罔不（弗）」等，表示「沒有誰（什麼）不」、「沒有誰（什麼）不是」。例如：

(1)子曰：「莫我知也夫！」（《論語・憲問》）

(2)縉紳、大夫、士萃於左丞相府，莫知計所出。（文天祥〈指南錄後序〉）

(3)君仁，莫不仁；君義，莫不義。（《孟子・離婁下》）

(4)至則無可用，放之山下。（柳宗元〈三戒〉）

(5)將吏無敢與之抗者。（王安石〈上皇帝萬言書〉）

(6)君若以成周之眾，奉辭伐罪，無不克矣。（《國語・鄭語》）

(7)靡不有初，鮮克有終。（《詩經・大雅・蕩》）

(8)天下遺文古事，靡不畢集。（《史記・自序》）

(9)于是庶民，罔敢或二。（張衡〈東京賦〉）

(10)四方之民，罔不祗服。（《尚書・金縢》）

(11)上察宗室、諸竇，毋如竇嬰賢，乃召嬰。（《史記・魏其武安侯列傳・》）

(12)說而不繹，從而不改，吾末如之何也已矣。（《論語・子罕》）

(13)末之也已，何必公山氏之之也？（《論語・陽貨》）

　　最後兩個例子的「末」充當狀語，前一例解釋為「沒有辦法」，後一例解釋為「沒有地方」。「何必公山氏之之也」是「何必之公山氏也」的賓語倒置，前一個「之」字是結構助詞，沒有意義。

六　逐指

　　逐指代詞是用來指代無法逐一列舉的全部人、事、物的代詞。文言文中常用的表示逐指的指示代詞有「每」和「各」。由於它們經常用作定語和狀語，因此有些語法學者認為它們是形容詞、副詞而不是代詞，「每」是「指示形容詞」，「各」是「逐指副詞」或「代名副詞」。我們不採用這種說法，因為「每」和「各」都可以單獨作主語，它們顯然是個代詞，用作定語或狀語只是它們不同的句法功能表現，和別的代詞並沒什麼特殊相異之處。不過我們也要指出，像前面的那些代詞一樣，用作定語或狀語時，只有單純的指示作用；用作主語，就有指示兼稱代的作用了。例如：

　　(1)妾自伏念，入椒房以來，遺賜外家，未嘗逾故事。每輒決上，可復

問也。（《漢書・孝成許后傳》）

以上「每」字作主語，相當於「每件事」。

(2)子入太廟，每事問。（《論語・八佾》）

以上「每」字作定語，相當於「每件」。

(3)子南之子棄疾為王御士，王每見之必泣。（《左傳・襄公二十二年・》）

以上「每」字作狀語，相當於「每次」。

(4)征之為言正也，各欲正己也，焉用戰？（《孟子・盡心下》）

以上「各」字作主語，相當於「各人」。

(5)四面各開一門。（《洛陽伽藍記・永寧寺》）

以上「各」字作狀語。

七　分指

「分指」是用來指示整體人群或事物中的一個部分。文言文中常用「或」作為表示分指的指示代詞。它只能作主語，而且一般前面都有被指代的詞語，「或」只是指其中的一部分，相當於白話的「有些」、「有的」

(1)夫物之不齊，物之情也：或相倍蓰，或相什百，或相千萬。（《孟子・滕文公上》）

(2)人固有一死，或重于泰山，或輕于鴻毛。（司馬遷〈報任安書〉）

(3)山果多瑣細，羅生雜橡栗。或紅如丹砂，或黑如點漆。（杜甫〈北征〉）

(4)怪石森然，周于四隅，或列或跪，或立或仆。（柳宗元〈永州韋使君祈堂記〉）

第四節　疑問代詞的用法

用來提出問題的代詞叫做「疑問代詞」。疑問的對象可能涉及各種不同

的人、事、物，疑問的內容可能涉及各種不同的情狀，語詞的應用要對應實際的言語環境，因應這種比較複雜的情況，配合使用的疑問代詞也就相對的比較多。文言文中經常使用的疑問代詞有「誰、孰、何、奚、曷、安、胡、惡、烏、焉」等，這些疑問代詞大體上具有兩種不同的作用，作主語和賓語時作用在稱代，作定語時則是單純的修飾，作狀語時兩種情況都有，要看文意來決定。下面分別加以敘述。

一　誰

這是個專門用來詢問人的疑問代詞，白話裏還保留了它的用法。它一般用來作主語、賓語，有時也作定語和謂語。例如：

(1)誰能出不由戶？（《論語·雍也》）

(2)太守謂誰？廬陵歐陽修也。（歐陽修〈醉翁亭記〉）

(3)凡人主必信，信而又信，誰人不親？（《呂氏春秋·貴信》）

(4)若所追者誰？（《史記·淮陰侯列傳》）

二　孰

「孰」字既可以代人，也可以代物。代人可作主語，作賓語、狀語和定語的比較少，可語譯為「誰」、「哪個」或「為什麼」。

(1)吾與徐公孰美？（《戰國策·齊策》）

(2)王者孰謂？謂文王也。（《公羊傳·隱公元年》）

(3)襄公傷于泓，君子孰稱？（《史記·自序》）

(4)孰王而可畔也？（《呂氏春秋·行論·》）

(5)君子之道，孰先傳焉？孰後傳焉？（《論語·子張》）

以上(1)～(4)例中的「孰」都代人，第(5)例中的「孰」指代上文的「君子之道」。

三　何

「何」字是經常用來指代事物、處所、時間、情況、原因等的疑問代

詞，可以作主語、賓語、定語，基本意思是「什麼」；可以作狀語，意思是「怎麼」、「為什麼」；可以作謂語，意思是「什麼」、「為什麼」。「何」字也能代人，一般只作定語，偶而也作主語和謂語。例如：

(1)何貴？何賤？（《左傳‧昭公三年》）

(2)大王來何操？（《史記‧項羽本紀》）

(3)此何聲也？（歐陽修〈秋聲賦〉）

以上三例「何」字分作主語、賓語、定語。

(4)夫子何哂由也？（《論語‧先進》）

(5)齊國雖褊小，吾何愛一牛？（《孟子‧梁惠王上》）

以上兩例「何」用為狀語，(4)中的「何」相當於「為什麼」，(5)中的「何」相當於「怎麼」。

(6)春者何？歲之始也。（《公羊傳‧隱公元年》）

(7)此心之所以合于王者，何也？（《孟子‧梁惠王上》）

以上兩例「何」字作謂語，前者的意思是「什麼」，後者是「為什麼」。

(8)悠悠蒼天，此何人哉？（《詩經‧王風‧黍離》）

(9)今茲諸候何實吉？何實凶？（《左傳‧昭公十一年》）

(10)文姜者何？莊公之母也。（《公羊傳‧莊公二十二年》）

以上三例「何」字代人，分別作定語、主語和謂語。

四 奚

「奚」這個疑問代詞主要用來表示詢問、反詰，多作賓語、定語、狀語，作主語和謂語比較少。以下分別舉例說明。

「奚」用作賓語，大多數用來詢問所指代的事物、原因、處所等，代事物、原因時相當於白話「什麼」，代處所時相當於白話「哪兒」、「哪裏」。例如：

(1)彼且奚適也？（《莊子‧逍遙遊‧》）

(2)太師奚笑也？（《韓非子‧難二》）

(3)奚以知其然也？（《呂氏春秋‧貴生》）

　　(4)君奚為不見孟軻也？（《孟子‧梁惠王下》）

　　(5)子路宿于石門。晨門曰：「奚自？」（《論語‧憲問》）

　　以上五例中的「奚」字，(1)(2)兩例作動詞賓語，(3)(4)(5)三例作介詞賓語。按照文言文的習慣用法，疑問代詞作動詞或介詞賓語時，都要倒置於動詞或介詞前，以上五例皆是如此。

　　「奚」用作定語，多半直接放在所要詢問的名詞前，只有提出疑問的作用，而沒有稱代的作用，相當於白話「什麼」。例如：

　　(6)此奚疾哉？奚方能已之乎？（《列子‧仲尼》）

　　(7)蝗螟，農夫得而殺之，奚故？為其害稼也。（《呂氏春秋‧不屈》）

　　「奚」作狀語，常用來表示詢問或反詰。相當於白話「怎麼」或「為什麼」，詢問處所時相當「哪兒」、「哪裏」。例如：

　　(8)或問孔子：「子奚不為政？」（《論語‧為政》）

　　(9)子奚哭之悲也？（《韓非子‧和氏》）

　　(10)此道奚出？（《韓非子‧十過》）

　　「奚」用作主語例子不多，如：

　　(11)奚謂輕法？其賞少而威薄，淫道不塞之謂也。（《商君書‧外內》）

　　(12)奚謂小忠？（《韓非子‧十過》）

五　曷

　　「曷」在古書裏通假作「害」，常用來詢問人、事物、原因、時間等，可以作賓語、狀語，作主語和定語比較少。

　　「曷」用作賓語，多詢問人與事，表示反詰，可語譯為「誰」、「什麼」。例如：

　　(1)雖聞，曷聞？雖見，曷見？雖知，曷知？（《呂氏春秋‧任教》）

　　(2)藐藐孤女，曷依曷恃？（《陶淵明集‧祭程氏妹文》）

　　(3)害澣害否？歸寧父母。（《詩經‧周南‧葛覃》）

　　「曷」又常作介詞「為」的前置賓語，組成介賓結構「曷為」，古書中常用來作為狀語，詢問原因，可譯作「為什麼」。如：

(4)親弒君者趙穿，曷為加之趙盾？（《公羊傳‧宣公六年‧》）

(5)物有必至，事有常然，曷為可悲？（《晏子春秋‧外傳七》）

「曷」用作狀語，多用來詢問時間，表示「何時」，可譯作「什麼時候」；有時也可以詢問原因，可譯作「怎麼」。如：

(6)君子于役，不知其期，曷至哉？（《詩經‧王風‧君子于役》）

(7)時日曷喪？予及汝皆亡。（《尚書‧湯誓》）

(8)曷若是而可以持國乎？（《荀子‧強國》）

(9)俠客之義又曷可少哉？（《史記‧游俠列傳》）

「曷」作主語，用來代人物處所，可譯作「誰」、「什麼」。例如：

(10)四方有罪無罪有我在，天下曷敢有越厥志？（《孟子‧梁惠王下‧》）

(11)曷謂至足？（《荀子‧解蔽》）

「曷」作定語，僅有指示作用，而沒有稱代作用，可譯作「哪」。如：

(12)懷哉，懷哉！曷月予還歸哉？（《詩經‧王風‧揚之水》）

(13)其得意若此，則胡禁不止？曷令不行？（《漢書‧王褒傳》）

六　安

「安」常用作賓語，倒置在動詞或介詞之前，多用來詢問處所，可譯為「哪兒」、「哪裏」；有時詢問人或事物，可譯為「誰」或「什麼」。例如：

(1)沛公安在？（《史記‧項羽本紀》）

(2)梁客辛垣衍安在？（《戰國策‧趙策》）

(3)泰山其頹，則吾將安仰？（《禮記‧檀弓上》）

(4)安忠？忠王。安信？信賞。安敢？敢去不善。（《孫臏兵法‧纂卒》）

「安」也常用作作狀語，或詢問原因、情況，可譯作「為什麼」「怎麼」等；或詢問方式，可譯作「怎麼」、「怎麼樣」等。例如：

(5)所求者生馬，安事死馬而捐五百金？（《戰國策‧燕策一》）

(6)君安與項伯有故？（《史記‧項羽本紀》）

(7)王室多故，予安逃死乎？（《史記‧鄭世家》）

(8)安得廣廈千萬間，大庇天下寒士俱歡顏。（杜甫〈茅屋為秋風所破歌〉）

「安所」連用，相當於「哪裏」，「什麼地方」。如：

(9)子當為王，欲安所置之？（《史記‧滑稽列傳》）

(10)駙馬都尉安所受此語？（《漢書‧師丹傳》）

七　胡

「胡」單獨用，通常作狀語，多數用來詢問原因，相當於「為什麼」，「怎麼」。也有用作定語的，相當於「什麼」，例子不多見。

(1)不稼不穡，胡取禾三百廛兮？（《詩經‧魏風‧伐檀》）

(2)子墨子曰：「胡不見我于王？」（《墨子‧公輸》）

(3)田園將蕪，胡不歸？（陶潛〈歸去來辭〉）

(4)其得意若此，則胡禁不止？曷令不行？（《漢書‧王褒傳》）

最後一個例子「胡」用作定語，「胡禁」是「什麼禁令」的意思。

「胡」用作介詞賓語（不作動詞賓語），常和介詞「為」「以」構成「胡為」、「胡以」等介賓短語，用來做狀語，「胡為」相當於「為什麼」，「胡以」相當於「用什麼」。

(5)胡為廢上計而出下計？（《漢書‧英布傳》）

(6)其險也若此，嗟爾遠道之人，胡為乎來哉？（李白〈蜀道難〉）

(7)即不幸有方二三千里之旱，國胡以相恤？（賈誼〈論積貯疏〉）

八　焉

「焉」作疑問代詞，常用為狀語，可譯為「怎麼」「哪裏」。例如：

(1)焉知賢才而舉之？（《論語‧子路》）

(2)不入虎穴，焉得虎子？（《後漢書‧班超傳》）

(3)焉得并州快剪刀，剪取吳松半江水？（杜甫〈戲題王宰畫山水圖歌〉）

「焉」也能作賓語，一是用來詢問所代的人，可譯為「誰」；二是用來詢問所代的事，可譯為「什麼」；三是詢問所代的處所，可譯為「哪裏」。例如：

(4)寡人即不起此病，吾將焉致乎魯君？（《公羊傳・莊公二十三年》）

(5)世與我而相違，復駕言兮焉求？（陶潛〈歸去來辭〉）

(6)天下之父歸之，其子焉往？（《孟子・離婁上》）

「焉」作定語可譯為「什麼」，例不常見，如：

(7)面目美好者，焉故必知哉？（《墨子・尚賢下》）

九　惡烏

「惡」作賓語，可譯作「哪裏」。第一，常和動詞「在」組成「惡在」述賓短語，用作詢問處所的狀語。

(1)居惡在？仁是也。路惡在？義是也。（《孟子・盡心上》）

(2)為民父母，行政不免于率獸而食人，惡在其為民父母也？（《孟子・梁惠王上》）

第二，常和介詞「乎」組成「惡乎」介賓短語，可譯作「用什麼」、「對什麼」等。例如：

(3)君子去仁，惡乎成名？（《論語・里仁》）

(4)敢問夫子惡乎長？（《孟子・公孫丑上》）

「惡」用作狀語，有時也作「烏」，可譯作「哪裏」、「怎麼」等。如：

(5)今也滕有倉廩府庫，則是厲民而以自養也，惡得賢？（《孟子・滕文公上》）

(6)遲速有命，烏識其時？（《史記・屈原賈生列傳》）

第六章

形容詞　第六章

第一節　形容詞的意義和類別

一　形容詞的意義

形容詞是用來描繪人和事物的形狀、性質、狀態和摹擬聲音的一種詞。

二　形容詞的類別

文言形容詞大別可以分為四類：形象形容詞、性質形容詞、狀態形容詞、擬聲形容詞。

㈠形象形容詞

表示人、事、物的形象的詞，如「高、小、紅、黑、美、醜、輕、重、圓、長、厚、薄」等。

㈡性質形容詞

表示人、事、物等的性質的特徵或狀態的詞，如「仁、義、忠、勇、寒、熱、甘、酸、剛、強、虛、弱」等。

㈢狀態形容詞

表示行為、動作等的狀態的詞，如「難、易、遲、速、久、暫、同、異」等。

㈣擬聲形容詞

摹擬人、事、物的聲音的詞，大多是疊音詞。如「喃喃、呦呦、關關、活活、蕭蕭、轔轔」等

第二節　形容詞的構詞特點

古書中常用的形容詞，和其他的詞如名詞、動詞基本上是一致的，就是單音詞多，雙音節的複合詞少。後來逐漸發展，雙音詞數量大增，在現代漢

語裏，雙音詞已經是詞匯中的主流了。不過古書中除了常用單音節形容詞以外，還有另外三種形式的形容詞也常被使用的。

一　雙音節單純詞中的聯綿詞

聯綿詞並不限於形容詞，如「鴛鴦」、「蜉蝣」、「蟪蛄」、「鸚鵡」都是名詞，「踟躕」、「逍遙」、「輾轉」、「陵遲」都是動詞；但形容詞也不少，如「參差」、「玲瓏」、「崔嵬」、「荒唐」、「間關」、「栗烈」、「浩蕩」、「旁魄」等都是形容詞。

二　雙音節單純詞中的疊音詞

疊音詞以形容詞為主，雖然也有描摹容狀的，如「霏霏」、「依依」、「灼灼」、「杲杲」等，但多數是摹擬聲音的，如「嚶嚶」、「喈喈」、「呦呦」、「喓喓」、「雝雝」、「習習」、「丁丁」、「喤喤」等，《詩經》中使用特別多。

三　合成詞中的派生詞

主要是詞根加後綴的形式，如「喟然」、「憮然」、「欣然」、「愀然」、「儼然」、「婉如」、「宴如」、「展如」、「申申如」、「恂恂如」、「沃若」、「鏗爾」、「潛焉」、「煥乎」等等皆是。

第三節　形容詞的語法功能

形容詞最廣泛的用途是用作定語，對它後面的中心語進行修飾，其次是作句子的謂語和充當狀語，這三者是形容詞的主要語法功能；不過形容詞也可以作補語和主語、賓語。

一 形容詞的主要語法功能是作定語。例如：

(1)制，嚴邑也。（《左傳・隱公元年》）

(2)一簞食，一瓢飲，在陋巷，人不堪其憂回也不改其樂。（《論語・雍也》）

(3)此地有崇山峻嶺，茂林修竹。（王羲之〈蘭亭集序〉）

(4)有良田美池桑竹之屬。（陶潛〈桃花源記〉）

文言文中，形容詞作定語，單音節的一般直接附加在中心語之前；雙音節的複合詞一般在定語和中心語之間加一個結構助詞「之」字，如果是雙音節單純詞，像聯綿詞、疊音詞，一般不加「之」字，尤其在詩詞韻文中，但也有在定語和中心語之間加「之」字的，大概看行文的需要而定。例如：

(5)今媼尊長安君之位，而封之以膏腴之地。（《戰國策・趙策四》）

(6)鄙賤之人，不知將軍寬之至此也。（《史記・廉頗藺相如列傳》）

(7)參差荇菜。（《詩經・周南・關雎》）

(8)喓喓草蟲。（《詩經・召南・草蟲》）

(9)今君有區區之薛。（《戰國策・齊策》）

(10)有大石當中流，可坐百人，空中而多竅，與風水相吞吐，有窾坎、鏜鎝之聲。（蘇軾〈石鐘山記〉）

二 形容詞充當句子的謂語

形容詞作句子的謂語，有兩種情形：一是形容詞單獨作句子的謂語，無論單音節形容詞或雙音節形容詞包括聯綿詞、疊音詞、合成詞都有這樣的功能；其次是形容詞只作為謂語的中心語，在它的前後還有其他的修飾、補充等附加成分。例如：

(1)其文約，其辭微，其志潔，其行廉。（《史記・屈原賈生列傳》）

(2)溪深而魚肥，泉香而酒洌。（歐陽修〈醉翁亭記〉）

(3)歌聲靡曼，而有抗墜之節也。（《文心雕龍・章句》）

(4)車轔轔，馬蕭蕭。（杜甫〈兵車行〉）

(5)土地平曠，屋舍儼然。（陶潛〈桃花源記〉）

(6)環堵蕭然，不蔽風日，（陶潛〈五柳先生傳〉）

(7)老臣賤息舒祺，最少。（《戰國策‧趙策四》）

(8)春水碧於天，畫船聽雨眠。（韋莊〈菩薩蠻〉）

以上(1)到(6)是形容詞單獨作句子的謂語，(1)(2)兩例是單音節形容詞；(3)(4)兩例的形容詞是雙音節單純詞，(3)是聯綿詞，(4)是疊音詞；(5)(6)兩例的形容詞是合成詞，前者是複合詞，後者是派生詞。(7)(8)兩例的句子謂語是一個偏正短語，(7)例中的謂語是短語「最少」，形容詞「少」是這個短語的中心語，前面有副詞「最」作狀語修飾它；(8)例中的謂語是短語「碧於天」，形容詞「碧」後面有介賓短語「於天」作補語來補充說明它。

三　形容詞作狀語。例如：

(1)老臣病足，曾不能疾走。（《戰國策‧趙策四》）

(2)行過凋碧柳，蕭索倚朱樓。（杜甫〈西園〉）

(3)翩翩舞廣袖，似鳥海東來。（李白〈高句驪〉）

(4)夫列子御風而行，泠然善也。（《莊子‧逍遙游》）

以上四例中的狀語，分別由四種不同的形容詞充任：(1)是單音詞，(2)是聯綿詞，(3)是疊音詞，(4)是派生詞。

四　形容詞作補語

漢代以前，形容詞一般不直接放在動詞後面作補語，魏晉以後「動補」直接組合的形式才逐漸增多。例如：

(1)信復收兵，與漢王會滎陽，復擊破楚京、索之間。（《史記‧淮陰侯列傳》）

(2)漢氏減輕田租。（《漢書‧王莽傳》）

(3)及仲舒對冊，推明孔氏，抑黜百家。（《漢書‧董仲舒傳》）

(4)陳仲舉為士則行為世範。登車攬轡，有澄清天下之志。（《世說新語‧德行》）

五　形容詞作主語和賓語。例如：

(1)猛如虎，很如羊，貪如狼，強不可使者，皆斬之。（《史記‧項羽本紀》）

(2)夫被堅執銳，義不如公。（《史記‧項羽本紀》）

以上兩例，(1)例中形容詞作主語，(2)例中形容詞作賓語。

六　形容詞作述語。例如：

(1)老吾老以及人之老，幼吾幼以及人之幼。（《孟子‧梁惠王上》）

(2)重人不能忠主而進其仇。（《韓非子‧孤憤》）

(3)女兒之山，其山多鴆。（《山海經‧中山經》）

(4)卒使上官大夫短屈原於頃襄王。（《史記‧屈原列傳》）

第七章

数量詞

第七章

數　詞

第一節　數詞的意義和類別

一　數詞的意義

數詞是表示事物的數目和次序的詞。

二　數詞的類別

數詞的類別可以分為以下幾項：

㈠簡單數詞和複合數詞

凡表示個位、十位、百位等的單獨數詞，如一、二、三、四、五……十、百、千、萬、億等屬於簡單數詞。簡單數詞「一」到「九」，加「十、百、千、萬、億」等數詞組合而成複合數詞。如十一、二十、三百四十一、四千五百，五萬、六萬七千八百、七十八萬九千、十億等。

㈡基數、序數、約數

基數表示確定的數目，上述簡單數詞和複合數詞都是基數，包括「零」和「半」。

序數表示人，事、物排列的次序。如第一、第二、初三、初四等。約數表示不確定的大約數目，如幾、許、若干等。

㈢分數和倍數

分數表示一個單位幾分之幾的數，如二分之一、五分之三。

一數可以被另一數整除時，這一數就是另一數的倍數，如十五是是三的倍數，也是五的倍數。

㈣虛數

只有強調多或少的作用，而並不代表實數的數叫虛數。

第二節　各類數詞的表示法

一　基數表示法

　　文言文基數的表示方法有兩種：一種是前一位數和後一位數或幾位數直接相加，也就是整數後面直接加零數，如四十三、五十六、六百四十八，這和白話裏使用的方法是一樣的；另一種是在相連的位數之間用「有（又）」字連接。例如：

　　　　(1)參功：凡下二國，縣一百二十二，得王二人，相三人，將軍六人，大莫敖、郡守、司馬、候、御史各一人。（《史記・曹相國世家》）

　　　　(2)有不得見者三十六年。（杜牧〈阿房宮賦〉）

　　　　(3)吾十有五而志於學。（《論語・為政》）

　　　　(4)朕臨天下二十有八年。（《史記・封禪書》）

　　沒有表示零位的數詞，這也是古今不同的地方。「一百零五」是現代的說法，古時只說「一百五」，不加「零」字。例如：

　　　　(5)冬至後一百五日為寒食。（宗懍《荊楚歲時記》）

　　　　(6)桂陽郡十一城，戶十三萬五千二十九，口五十萬一千四百三。（《後漢書・郡國志》）

　　第(5)例是說「冬至後一百零五天是寒食」，「一百五」不是現代人習慣上了解的「一百五十」，第(6)例是說桂陽郡當時的居民有十三萬五千零二十九戶，人口有五十萬一千四百零三人。

二　序數表示法

　　序數的表示法大約有以下幾種：

　　㈠在基數前面加「第」。例如：

　　　　(1)奈何欲以一旦之功而加萬世之功哉！蕭何第一。（《史記・蕭相國世家》）

(2)于是孝文帝乃以絳侯勃為右丞相，位次第一；平徙為左丞相，位次第二。（《史記・陳丞相世家》）

(3)朔方徙歲行當滿，欲為君刊第二碑。（劉禹錫〈哭呂衡州時余方謫居〉）

(4)云有第三郎，窈窕世無雙。（〈古詩為焦仲卿妻作〉）

有一點要注意的是，表示年月日的序數，習慣上前面一律不加「第」字，如：

(5)時六年九月十五日。（范仲淹〈岳陽樓記〉）

㈡先用「太上」、「長」等表示第一，然後用「次」、「其次」、「再次」等表示排列的次序；或不用「太上」等字眼，只在下文用「次」等字，也可以表示前後的次序。

(1)太上有立德，其次有立功，其次有立言。（《左傳・襄公二十四年》）

(2)太上不辱先，其次不辱身，其次不辱理色，其次不辱辭令，……（司馬遷〈報任安書〉）

(3)奮長子建，次子甲，次子乙，次子慶，皆以馴行孝謹，官至二千石。（《漢書・石奮傳》）

(4)王當歃血定縱，次者吾君，次者遂。（《史記・平原君虞卿列傳》）

㈢由於基數詞「一」、「二」、「三」……等也是順序的排列，所以基數詞也就可以用來表示序數。例如：

(1)狄有五罪，俊才雖多，何補焉？不祀，一也；嗜酒，二也；棄仲章而奪黎氏地，三也；虐我伯姬，四也；傷其君目，五也。（《左傳・宣公十五年》）

(2)事有不可知者三：……宮車一日晏駕，是事之不可知者一也；君卒然捐館舍，是事之不可知者二也；使臣卒然填溝壑，是事之不可知者三也。（《史記・范雎蔡澤列傳》）

㈣凡是有排列順序的詞群，如「甲、乙、丙、丁……」、「子、丑、寅、卯……」等也可以用來作為序數。

三　約數表示法

約數也稱概數、不定數，有以下幾種表示方法：

㈠使用專用約數詞如「幾、幾何、幾多、若干、若而」等來表示。相當於白話的「多少」、「幾個」，多半表示不確定的總數。例如：

(1)子來幾日矣？（《孟子・離婁上》）

(2)太后曰：「敬諾！年幾何矣？」（《戰國策・趙策四》）

(3)總把春山掃眉黛，不知供得幾多愁？（李商隱〈代贈之二〉）

(4)吾攻國覆軍，殺將若干人矣。（《墨子・天志》）

(5)夫婦所生若而人，妾之子若而人。（《左傳・襄公十二年》）

㈡用「幾希」表示一個數目不大的不定數。

(1)人之所以異于禽獸者幾希？（《孟子・離婁下》）

(2)舜之居深山之中，與木石居，與鹿豕游，其所以異于深山之野人者幾希？（《孟子・盡心上》）

㈢在基數前面加「可、且、將、幾」等詞，表示接近這個基數的總數，相當白話「差不多」、「將近」。

(1)項羽之卒可十萬。（《史記・高祖本紀》）

(2)北山愚公者，年且九十。（《列子・湯問》）

(3)今滕絕長補短，將五十里也。（《孟子・滕文公上》）

(4)蒙霧露，沐霜雪，行幾十年。（《漢書・韓安國傳》）

㈣在基數的後面加「餘、許、所、數、奇」等詞表尾數不確定。例如：

(1)古者，《詩》三千餘篇。（《史記・孔子世家》）

(2)赴河死者，五萬許人。（《後漢書・皇甫嵩傳》）

(3)今陽慶已死十年所。（《史記・田叔列傳》）

(4)將以求富而喪其國，將以求利而危其身，古有萬國，今無十數焉。（《荀子・富國》）

(5)改作貨布，長二寸五分，廣一寸，首長八分有奇。（《漢書・食貨志下》）

㈤連用相鄰的兩個數詞。

⑴冠者五六人，童子六七人。（《論語・先進》）

⑵漢軍出塞六七百里，夜圍右賢王。（《史記・匈奴列傳》）

四　分數表示法

文言文裏關於分數的表示，沒有一致的方法，大別有下面幾種，分別舉例說明如下：

㈠比現在的分數表示法複雜得多，如：

⑴法，一月之日，二十九日八十一分日之四十三。（《漢書・律曆志》）

這是說按曆法，一個月的天數是「二十九又八十一之四十三天」。

⑵冬至，日在斗二十一度四分度之一。（《漢書・律曆志》）

這是說冬至那天，太陽在斗的「二十一又四分之一度」的地方。

㈡把代表整個範圍的名詞放在母數的後面，如：

⑴先王之制，大都不過參國之一。（《左傳・隱公元年》）

「參國之一」，是說「國都的三分之一」。

㈢和現在相同的表示法，即「幾分之幾」，如：

⑴故關中之地，於天下三分之一。（《史記・貨殖列傳》）

㈣省掉「分」字，如：

⑴今行父雖未獲一吉人，去一凶矣。于舜之功，二十之一也。（《左傳・文公十八年》）

「二十之一」就是「二十分之一」，省掉「分」字。

㈤省掉「之」字，如：

⑴子一分，丑三分二，寅九分八，卯二十七分十六。（《史記・律書》）

「三分二」、「九分八」、「二十七分十六」就是「三分之二」、「九分之八」、「二十七分之十六」，都省掉一個「之」字。

㈥「分」和「之」一併省掉，只剩下母數和分數兩個數字，如：

⑴吏士離毒氣死者什三。（《漢書・王莽傳中》）

　　　「什三」就是「十分之三」。

　　(2)會天寒，士卒墮指者什二三。（《史記・高祖本紀》）

　　　「什二三」就是「十分之二、三」。

㈦只用一個基數表示分數，母數及「分」、「之」都省去。如：

　　(1)哀公問於有若曰：「年饑，用不足，如之何？」有若對曰：「盍徹乎？」曰：「二，吾猶不足，如之何其徹也？」（《論語・顏淵》）

　　　這裏的「二」是指「十分之二」的稅率，「徹」是十分之一的稅率。

五　倍數表示法

㈠文言和白話一樣也用「倍」這個詞表示倍數。有一點不同的是，在現代口語中「兩倍」往往說成「一倍」，如「六」是「三」的兩倍，可是可以這麼說：「昨天才三塊一斤，今天要六塊，整整貴了一倍。」文言文中表示兩倍時單獨用「倍」，「三」以上的倍數則為原數的乘數。例如：

　　(1)故事半古之人，功必倍之，惟此時為然。（《孟子・公孫丑上》）

　　(2)諸侯之地五倍於秦，料度諸侯之卒十倍於秦。（《史記・蘇秦列傳》）

　　(3)天下安寧有萬倍於秦之時。（《史記・淮南衡山列傳》）

㈡直接用基數表示倍數，不用「倍」字。例如：

　　(1)利不百，不變法；功不十，不易器。（《商君書・更法》）

　　(2)故用兵之法，十則圍之，五則攻之，倍則分之，敵則能戰之，少則能逃之，不若則能避之。（《孫子・謀攻》）

㈢兩個基數連用，表示相乘的關係，前者是後者的倍數。例如：

　　(1)公錫魏絳女樂一八。（《國語・晉語》）

　　　「一八」就是八人。

　　(2)三五容色滿，四五始華具。（鮑照〈中興歌〉十首）

　　　「三五」就是十五，「四五」就是二十。

㈣文言文中有一個專門表示五倍的「蓰」字，但很少單用，常和「倍」字連用，組成「倍蓰」習慣用語。例如：

(1)夫物之不齊，物之情也：或相倍蓰，或相什百，或相千萬。（《孟子‧滕文公上》）

六　虛數的表示法

表面上的數字並不代表實際的數目，而祇是用來表示「多」或「少」，這個數就是個虛數。文言文裏多有這種用法，讀者不可受數字的拘限。

㈠用「半、一、二（兩）、三」等表示少。例如：

(1)吾所以待侯生者備矣，天下莫不聞。今吾且死而侯生曾無一言半辭送我，我豈有所失哉！（《史記‧魏公子列傳》）

(2)小弟遍覽諸儒之說，也有一二私見請教。（《儒林外史‧三十四回》）

(3)日暮以歸，當送乾薪二三束。（王褒〈僮約〉）

(4)竹外桃花三兩枝，春江水暖鴨先知。（蘇軾〈惠崇春江晚景〉）

㈡基數「三」，有時表示少，有時表示多。例如：

(1)三人行，必有我師焉。（《論語‧述而》）

(2)楚雖三戶，亡秦必楚。（《史記‧項羽本紀》）

(3)吾日三省吾身。（《論語‧學而》）

(4)梁使三反，孟嘗君固辭不往也。（《戰國策‧齊策四》）

以上(1)(2)兩例中的「三」言其少，(3)(4)兩例中的「三」則言其多。

㈢「三」的倍數如「九」、「十二」、「三十六」、「七十二」等，以及「十」、「百」、「千」、「萬」、「億」等也常是用來表示多的虛數。清儒汪中在《述學‧釋三九》中說：「凡一二所不能盡者，則約之三以見其多，三之所不能盡者，則約之九以見其極多。此言語之虛數也。實數可指，虛數不可指也。推之十、百、千、萬，莫不皆然。」劉師培在《古書疑義舉例補》中補充說：「古人于浩繁之數有不能確指其目者，則所舉之數，或曰三十六，或曰七十二。如三十六天、三十六宮是也。……七十二家之數，亦係以虛擬之詞，表其眾多。」例如：

(1)亦余所善兮，雖九死其猶未悔。（《楚辭‧離騷》）

(2)軍書十二卷，卷卷有爺名。（〈木蘭詩〉）

(3)檀公三十六計，走為上計。（《南齊書・王敬則傳》）

(4)古者封泰山禪梁父者七十二家。（《史記・封禪書》）

(5)此百世之怨，而趙之所羞。（《史記・平原君虞卿列傳》）

(6)東方千餘騎，夫婿居上頭。（〈陌上桑〉）

(7)萬牛臠炙，萬甕行酒。（韓愈〈元和聖德詩〉）

(8)眾人惑惑兮，好惡積億。（賈誼〈鵩鳥賦〉）

第三節　數詞的語法功能

數詞的主要作用是修飾名詞和動詞（和形容詞不同的是數詞前面不能加任何程度副詞），所以主要的功能就是作定語和狀語；但是有時也能作謂語、主語和賓語。

一　數詞充當定語。例如：

(1)齊國雖褊小，吾何愛一牛？（《孟子・梁惠王上》）

(2)忽如一夜春風來，千樹萬樹梨花開。（岑參〈白雪歌送武判官歸京〉）

數詞直接放在名詞之前作定語，如以上兩例，有時也可以直接放在名詞之後，作為後置定語。如：

(3)吏二縛一人詣王。（《晏子春秋・內篇・雜下》）

(4)以羊一豬一投惡溪之潭水，以與鱷魚食。（韓愈〈祭鱷魚文〉）

二　數詞充當狀語。例如：

(1)禹八年於外，三過其門而不入。（《孟子・滕文公上》）

(2)寒暑易節，始一反焉。（《列子・湯問》）

(3)軒凡四遭火，得不焚，殆有神護者。（歸有光〈項脊軒志〉）

三　數詞充當補語。例如：

(1)取判鋪背上，以大杖擊二十，垂死，輿來庭中。（柳宗元〈段太尉逸事狀〉）

(2)親推之三。（《左傳‧定公九年》）

四　數詞充當謂語。例如：

(1)舉所佩玉玦以示者三。（《史記‧項羽本紀》）

(2)國之所以治者三：一曰法，二曰信，三曰權。（《商君書‧修權》）

(3)不匝旬而得異地者二。（柳宗元〈鈷鉧潭西小丘記〉）

五　數詞充當主語。

文言文中數詞作主語，往往有先行出現的名詞語。後面作主語的數詞，有人認它有代表名詞的作用，有人認為它後面有所省略。我們認為它顯然是承接上文而省略了先行的名詞語，後者的說法是正確的。不過數詞作主語，如果它本身是被說明的對象，或者作主語的數詞表明年齡，也都可以不出現先行的名詞語。例如：

(1)命夸娥氏二子負二山，一厝朔東，一厝雍南。（《列子‧湯問》）

(2)誰謂爾無羊？三百維群。（《詩經‧小雅‧無羊》）

以上兩例，兩個「一」後面省略了上文的「山」字，「三百」後省略了上文的「羊」字。

(3)二十尚不足，十五頗有餘。（〈陌上桑〉）

(4)萬，滿數也。（《史記‧魏世家》）

六　數詞充當賓語。例如：

(1)天得一以清，地得一以寧。（《老子‧三十九章》）

(2)治國刑多而賞少，故王者刑九而賞一，削國賞九而刑一。（《商君書‧開塞》）

$$\boxed{量\quad詞}$$

第一節　量詞的意義和類別

一　量詞是表示人、事、物或動作、行為數量單位的詞。

　　量詞分為物量詞（也有稱名量詞的）和動量詞兩類。表示人、事、物單位的叫物量詞，表示動作、行為單位的叫動量詞。在古代漢語中，物量詞的產生比動量詞早，殷商時代已經出現，譬如在甲骨文中就用「朋」作為表示「貝」的量詞，「卣」作為表示「鬯」的量詞，周秦時代就有了頗為豐富的物量詞。動量詞的產生比較晚，但在先秦時代也已經出現。

二　物量詞可以分為兩種

　　第一，表示度量衡單位的量詞，如「分、寸、尺、丈、里、畝、雉（以上為「度」的量詞）、升、豆、區、釜、秉、鍾、斛、石（以上為「量」的量詞）、兩、金、斤、銖、鎰、鈞（以上為「衡」的量詞）」等。

　　第二，表示天然單位的量詞，也可以分為兩類：一類是借用普通名詞來做量詞，早期的文獻裏如「人、羌、牛、羊、豕、鹿、玉」等，較晚的則借用「篋、簞、瓢、豆、杯、車、輿」等盛物的器具為量詞；另一類是真正表示天然單位的量詞，早期文獻裏有「珏、絇、張」等。

　　漢代以後，物量詞不但數量增加而且使用更為普遍，常用的物量詞有「枚、匹、頭、群、頓、株、根、朵、把、架、竿」等等。

三　動量詞則有「匝、周、遍、下、回、場、遭、番、陣」等。

　　漢語具有豐富的量詞，是漢語不同於其他語言的重大特色之一。這個現象在先秦時代就已經表現出來。先秦古籍裏既有表示度量衡的「寸、尺、步、畝、升、斗、斛、石、斤」等個體物量詞和「豆、區、釜、庾、秉、

總、雉、鍾、鈞、鎰」等合體物量詞，也有表示天然單位的物量詞如「匹、乘、兩（輛）、卷、勺、塵、困、鼎、口、家、身、馭、兩、個、旅、社、屬、杯、車、輿、簞、瓢、張」等。有些語法學者認為古代漢語量詞不發達，這並不符合事實。不過由於語言的發展，有些古代的量詞後來逐漸陶汰，特別是一些表示度量衡的量詞，同時又由於現代漢語中量詞特別發達，對比之下，古代量詞的使用就不如現代那麼豐富靈活多變了；但似乎不能就因此說它不發達。

量詞基本上不能單獨使用，一定要和數詞結合成數量詞才能產生各種語法功能；但有時前面的數詞是「一」則可省略數詞而單用量詞。例如：

(1)各為【】尺六寸之符，明書年月日時所問法令之名，以告吏民。（《商君書·定分》）

(2)非有大事，爭【】杯酒，不足以引他過以誅也。（《史記·魏其武安侯列傳》）

(3)運鹽之法，凡行百里，陸運【】斤四錢，船運【】斤一錢，以此為率。（沈括《夢溪筆談》）

第二節　數量詞的語法功能

數量詞的使用，古今有些不同。文言文裏數詞常常直接作定語、狀語、補語或謂語，不必在數詞的後面再帶量詞，這是文言文數詞的正常使用方法，我們並不能說這種現象是省略了量詞。但在現代漢語裏，經常要數量詞連用，量詞不能省，「一碗稀飯」不能說「一稀飯」，「三場電影」不能說「三電影」，「兩壺酒」不能說「兩酒」，這是古今語法的差異。

數量詞在文言中裏有各種語法功能，分別說明如下：

一　數量詞作定語

數量詞用作定語，有三種不同的情況：第一是數量詞放在名詞後邊做後

置定語，這可能代表上古漢語較為通行的用法，後來正常的順序雖然成為定語在前，被修飾的中心語在後，但定語後置的做法也並未消失，文言文中仍有使用，詩詞中例子更多一些；第二種數量詞作定語是放在名詞的前邊，這種形式比起第一種發展時代要晚些，但卻成為漢語中定語加中心語的正常語序；第三是在數量詞和名詞之間加「之」字來聯結，現代漢語沿襲了這種用法，而把「之」字換成了「的」字。

　　⑴子產以帷幕九張行。（《左傳・昭公十三年》）

　　⑵謹使臣奉百璧一雙，再拜獻大王足下，玉斗一雙，再拜獻大將軍足下。（《史記・項羽本紀》）

　　⑶方宅十餘畝，草屋八九間。（陶潛〈歸園田居〉）

　　⑷吳酒一杯春竹葉，吳娃雙舞醉芙蓉。（白居易〈憶江南〉）

　　⑸衛人使屠伯饋叔向羹與一篋錦。（《左傳・昭公十三年》）

　　⑹今之為仁者，猶以一杯水救一車薪之火也。（《孟子・告子上》）

　　⑺兩個黃鸝鳴翠柳，一行白鷺上青天。（杜甫〈絕句四首〉）

　　⑻三里之城，七里之郭，環而攻之而不勝。（《孟子・公孫丑上》）

　　⑼五寸之矩，盡天下之方也。（《荀子・不苟》）

　　⑽且遂聞湯以七十里之地王天下，文王以百里之壤而臣諸侯。（《史記・平原君虞卿列傳》）

　　以上⑴⑵⑶⑷四例是數量詞放在名詞後邊，⑸⑹⑺三例是數量詞放在名詞前邊，⑻⑼⑽三例是數量詞與名詞之間加「之」字。

二　數量詞作謂語

　　⑴獻公之子九人，唯君在矣。（《左傳・僖公二十四年》）

　　⑵木器髹者千枚。（《史記・貨殖列傳》）

　　⑶身長八尺，每自比於管仲、樂毅。（《三國志・蜀書・諸葛亮傳》）

　　在第⑴例句子裏，「獻公之子九人」是這個句子的主語，它本身是一個主謂短語，「九人」是這個主謂短語中的謂語。第⑵句也是個主謂句，「木器髹者」是主語，「千枚」是謂語。第⑶例中「身長八尺」的主語「諸葛

亮」蒙上省略了，「身長八尺」是謂語，它也是個主謂結構，「身長」是主
語，「八尺」是謂語。

三 數量詞作主語或賓語

(1)十六兩為斤，三十斤為鈞。（《漢書‧食貨志》）

(2)黃四娘家花滿蹊，千朵萬朵壓枝低。（杜甫〈江畔獨步尋花其六〉）

(3)先生飲一斗而醉，惡能飲一石哉？（《史記‧滑稽列傳》）

(4)心折此時無一寸，路迷何處見三秦？（杜甫〈冬至〉）

(5)年來歲去，應折柔條過千尺。（周邦彥〈詠柳〉）

以上(1)(2)兩例是數量詞作主語，(3)(4)(5)三例是數量詞作賓語。

四 數量詞作補語

數量詞作補語有兩種情況：甲類是由數詞加表度量衡的物量詞組成的數
量詞作補語，乙類是由數詞加動量詞組成的數量詞作補語。前者見之古籍較
早，但變化不多；後者出現較晚，但發展迅速，運用靈活多變，唐人詩歌中
運用甚廣。例如：

(1)（楚師）退三十里，宋及楚平。（《左傳‧宣公十五年》）

(2)死馬且買之五百金，況生馬乎？（《戰國策‧燕策一》）

(3)陽虎為亂於魯，魯君令人閉城門而捕之，得者有重賞，失者有重
罪，圍三匝。（《淮南子‧人間》）

(4)太子擊前誦恭王之言，誦三遍而請習之。（《說苑‧敬慎》）

(5)巴東三峽巫峽長，猿鳴三聲淚沾裳。（《水經注‧江水》）

(6)吾於書，讀不過三遍，終身不忘。（韓愈〈張中丞傳後序〉）

以上(1)(2)兩例是由甲類數量詞作補語，(3)(4)(5)(6)四例是由乙類數量詞作
補語。

五 數量詞作狀語

數詞直接放在動詞前作狀語，在古代是相當普遍的，從周秦到南北朝的

許多古籍裏都有不少例子（例見前）。數量詞作狀語則時代較晚，多為數詞加動量詞的組合，在古籍尤其詩詞裏可以看到不少的例子，例如：

(1)千年念佛求加護。（《父母恩重經》變文）

(2)一遍宣揚妙法花。（《妙法蓮華經》變文）

(3)千場縱博家仍富，幾處報仇身不死。（高適〈邯鄲少年行〉）

(4)岐王宅裏尋常見，崔九堂前幾度聞。（杜甫〈江南逢李龜年〉）

(5)此曲只應天上，人間能得幾回聞？（杜甫〈贈花卿〉）

第八章

動詞

第一節　動詞的意義和類別

一　動詞的意義

動詞是表示人、事、物的動作、行為、存現、發展變化以及心理、意念活動的詞。

二　基本動詞的類別

動詞可分為基本動詞和能願動詞兩類。基本動詞又分為以下四類：

㈠具體活動動詞

這一類動詞表示某種具體的活動，是動詞中數目最多的一種，如：「攻、伐、殺、行、趨、追、逐、飲、食、奪、截、來、往、坐、立、生、死、哭、笑」等都是。

㈡心理活動動詞

這一類動詞不是表示某種具體的動作，只是顯示一種心理的活動。這一類動詞的數目比起具體活動動詞要少，但在語文中使用的頻率卻相當高。如：「愛、悅、喜、思、念、知、惡、怒、憎、厭、憾、恨、怨、意、以、憂、患、聞、見、恐、懼、哀、以為」等都是。

㈢存在動詞

這一類動詞不表示動作、行為，而只是在說明有關人、事、物的有、無或存在的方式、環境等等。表示存在的動詞有「有、無、在」等。

㈣判斷動詞

這一類動詞對於主語所代表的人、事、物和賓語所代表的人、事、物是否具有等同、一致或相似的關係加以判斷。

表示等同關係的判斷動詞有「是」。

表示一致關係的判斷動詞有「惟（維）、為、曰、謂」等。

表示相似關係的判斷動詞有「猶、如、若、似」等。

第二節　動詞的及物與不及物

一　及物動詞和不及物動詞

　　及物動詞又叫外動詞或他動詞，不及物動詞又叫內動詞或自動詞。有時某一個動詞它所代表的動作或行為，只屬於發出動作者或行為者的某一人或事物的自身活動，不干涉、影響、達及別的對象，這個動詞就是不及物動詞；如果動作或行為干涉、影響、達及其他的人、事、物，那麼這個動詞就是及物動詞。如果一個句子（或者短語），動詞所代表的動作、行為，是由動詞前邊代表某一人、事、物的名詞所發出的，這個施行動作的名詞語稱做「主語」，動作或行為所達到的對象，或者說代表接受這個動作或行為的人、事、物的名詞語稱做「賓語」。所以從語句的形式上看，及物動詞後邊帶有賓語，不及物動詞後邊則不帶賓語。例如：

　　⑴三十而立。（《論語・為政》）

　　⑵有朋自遠方來，不亦樂乎。（《論語・學而》）

　　⑶坎坎伐檀兮，置之河之干兮。（《詩經・魏風・伐檀》）

　　⑷齊侯以諸侯之師侵蔡。（《左傳・僖公四年》）

　　以上⑴⑵兩例的動詞分別是「立」和「來」，「立」的主動者是孔子，「來」的主動者是「朋」，「立」和「來」的活動都不干涉到別的對象，所以都是不及物動詞，後邊也都不帶賓語；⑶例的動詞「伐」是砍伐的意思，砍伐的對象是檀樹，⑷例的動詞「侵」，是侵略是意思，侵略的對象是蔡國，所以這兩個動詞都是及物動詞，「伐」的賓語是「檀」，「侵」的賓語是「蔡」。

　　根據上面的例子，及物動詞是帶賓語的，不及物動詞是不帶賓語的，那麼能不能帶賓語、需不需要帶賓語，不是就可以作為區別及物動詞和不及物動詞的標準嗎？答案是否定的。因為帶賓語或者不帶賓語在實際情況中並不是這麼簡單。及物動詞本來應該有賓語，但有時在具體語言環境中，賓語不

言可喻，是不必說出來的，例如：

　　⑸人不知而不慍，不亦君子乎？（《論語·學而》）

　　⑹鄭武公娶于申。（《左傳·隱公元年》）

　　「知」和「娶」雖然都是及物動詞，但第⑸例中「知」後的賓語「我」，第⑹例中「娶」後的賓語「夫人」都省略了。

　　不及物動詞是不帶賓語的，但在一些特殊的情況下也可以帶賓語。例如：

　　⑺提彌明死之。（《左傳·宣公二年》）

　　⑻故遠人不服，則修文德以來之。（《論語·季氏》）

　　以上兩例中，「死」和「來」都是不及物動詞，本來都不帶賓語，但現在卻都帶了賓語「之」，而臨時作為及物動詞用了。不過我們應當了解的是，在這兩個例子裏的動賓結構都不是一般的支配關係：第⑺例中的代詞「之」所代的是趙盾，「死之」不能理解為「死趙盾」，正確的意思是「為趙盾死」；第⑻例中的代詞代的是上文的「遠人」，「來之」不能直接解釋為「來遠人」，而是「使遠人來歸」的意思。所以我們對於動詞和賓語的正確了解應當是這樣子的：及物動詞本來是應該帶賓語的，但也不是必然要帶；不及物動詞本來是不帶賓語的，但在某種情形下也可以帶。

　　另外，一個動詞它究竟是及物的還是不及物的，有的能清楚分別，但也有的不容易分別清楚。例如：

　　⑼夫子不言不笑。（《論語·憲問》）

　　⑽蜩與學鳩笑之曰：「……奚以之九萬里而南為？」（《莊子·逍遙游·》）

　　⑾升車，必正立執綏。（《論語·鄉黨》）

　　⑿願請先王之祭器，立宗廟於薛。（《戰國策·齊策四》）

　　第⑼例的「笑」字和第⑾例的「立」顯然是不及物動詞，而在第⑽⑿兩例中則都是及物動詞，那麼「笑」和「立」到底是及物的還是不及物的動詞呢？說它們本來是不及物動詞，作及物動詞用是一種特別或者臨時的用法，這樣說是不能令人滿意的，因為「笑」和「立」作及物動詞用是很普遍的現象，並不是什麼特例，「笑」和「立」的確同時具有及物和不及物兩種意

義。我們區別詞類有時不能以整個詞為單位，而要以一個詞內部的義位為單位，區別一個動詞是及物動詞還是不及物動詞，也要這樣，有時需要分別處理。譬如以上所說的「笑」和「立」兩個動詞，如果採用義位的觀點來區分是及物動詞還是不及物動詞就很清楚了。「言笑」這個義位的「笑」是不及物動詞，「譏笑」這個義位的「笑」是及物動詞；「站立」這個義位的「立」是不及物動詞，「建立」這個義位的「立」是及物動詞。

二　存在動詞和賓語的關係

　　前項所談的及物動詞和它的賓語，基本上是一種支配的關係，就是主語施行由動詞所代表的動作（這種主語叫施事主語），而賓語接受了這個由主語發出來的動作的支配（這種賓語叫做受事賓語）。下面看兩個例子：

　　　　(1)惠王用張儀之計，拔三川之地，西并巴蜀，北收上郡，南取漢中，
　　　　　包九夷，制鄢郢，東據成臯之險，割膏腴之壤，遂散六國之從。
　　　　　（李斯〈諫逐客書〉）
　　　　(2)處官久者士妒之，祿厚者民怨之，位尊者君恨之。（《荀子・堯
　　　　　問》）

　　第(1)例是個複句，包含十個分句，除第一句外，其他九個分句都由及物動詞後帶所支配的賓語組成，主語都是「惠公」。惠公是動作施行者，「張儀之計」、「三川之地」等賓語則是受支配的對象，這種動詞與賓語的關係是典型的支配關係。動詞「用」、「拔」、「并」、「收」、「取」、「包」、「制」、「據」、「割」、「散」都是具體活動動詞。第(2)例中的「妒之」、「怨之」、「恨之」三個動賓短語也都是支配關係，動詞「妒」、「怨」、「恨」都是心理活動動詞。由此可見，支配關係的動賓結構許多是由具體活動動詞和心理活動動詞構成的，當然這不會是全部，也還有一些具體活動動詞和心理活動動詞對於賓語構成除了支配以外的其他種種關係。同時各種不同性質的動詞和賓語也表現出各自不同的功能，如存在動詞、判斷動詞和能願動詞等。不過它們既然都帶有賓語，也都可以視為及物動詞了。

　　存在動詞和賓語的關係：「有」、「無」是常用的存在動詞，「有」主

要表示存在、領有，「無」則是對「有」的否定。例如：

　　(3)師旅有制，刑法有等，莫不稱罪。（《荀子‧禮論》）

　　(4)春無淒風，秋無苦雨。（《左傳‧昭公四年》）

　　(5)湯有天下，選於眾，舉伊尹。（《論語‧顏淵》）

　　(6)王有公，諸侯有卿，皆有貳。（《左傳‧昭公三年》）

以上第(3)(4)兩例是表示存在的存在句，「有」和「無」的賓語表示存在和不存在的事物，主語則表示存在的環境。第(5)(6)兩例是表示領有的存在句，「有」的賓語是所擁有的人物，主語則表示擁有者。在這些例句裏，動詞和賓語的關係是表示存在的關係，而不是支配的關係。

三　判斷動詞和賓語的關係

　　㈠表示等同關係的判斷動詞，它的作用是用來判斷主語和賓語的等同關係。例如：

　　(1)厥土惟白壤。（《尚書‧禹貢》）

　　(2)韓是魏之縣也。（《戰國策‧魏策三》）

表示等同關係的判斷動詞對於主語所代表的事物和賓語所代表的事物是否等同作出判斷，它和主語及賓語的關係是相等的。

　　㈡表示一致關係的判斷動詞，它的作用是用來判斷主語和賓語的一致關係。例如：

　　(1)不期而會曰遇。（《穀梁傳‧隱公八年》）

　　(2)仁者，謂其中心欣然愛人也。（《韓非子‧解老》）

以上兩例動詞用「曰」、「謂」，是表示賓語和主語具有一致性。「仁者」和「其中心欣然愛人」是一致的。這些動詞和賓語都不是支配關係。

　　㈢表示相似關係的判斷動詞，它的作用是用來判斷主語和賓語的相似關係。例如：

　　(1)人之於文學也，猶玉之於琢磨也。（《荀子‧大略》）

　　(2)心若死灰。（《莊子‧庚桑楚》）

以上兩例動詞用「猶」、「若」，是表示賓語和主語具有相似性。人不

學不知道，玉不琢不成器，人要求學問，就好像玉要琢磨是一樣的。

第三節　動詞的語法功能

　　動詞最主要的語法功能是作句子的謂語，但也可以作定語、狀語、補語，也可以作主語、賓語。

一　動詞作句子謂語或謂語中的述語、中心語

　　動詞是謂語最基本的構成成分，它可以單獨做句子的謂語；句子的謂語如果不是單獨的動詞而是動詞短語，則動詞就是這個短語的主要成分。如果是述賓短語，動詞就是其中的述語；如果是中補短語或狀中短語，動詞就是其中的中心語。例如：

　　(1)然鄭亡，子亦有不利焉。（《左傳·僖公三十年》）
　　(2)國定而天下定。（《荀子·王霸》）
　　(3)子張問善人之道。（《論語·先進》）
　　(4)宋人執鄭祭仲。（《左傳·桓公十一年》）
　　(5)宣子田於首山。（《左傳·宣公二年》）
　　(6)（黃帝）與蚩尤戰於涿鹿之野。（《莊子·盜跖》）
　　(7)當堯之時，天下猶未平，洪水橫流，氾濫於天下。（《孟子·滕文公上》）
　　(8)生民之艱，辛苦之甚，豈可具陳哉！（《三國志·蜀書·許靖傳》）

　　以上第(1)例動詞「亡」，第(2)例兩個動詞「定」，都單獨作謂語。第(3)(4)兩例的謂語是述賓短語，第(3)例動詞「問」後帶賓語「善人之道」，第(4)例動詞「執」後帶賓語「鄭祭仲」。第(5)(6)兩例的謂語是中補短語，第(5)例動詞「田」後的補語是「於首山」，第(6)例動詞「戰」後的補語是「於涿鹿之野」。第(7)(8)兩例的謂語是狀中短語，兩例的動詞是中心語，前邊的狀語分別是「橫」和「具」。

二　動詞作定語、狀語和補語

(1)不狩不獵，胡瞻爾庭有懸鶉兮。（《詩經・魏風・伐檀》）

(2)常記溪亭日暮，沈醉不知歸路。（李清照〈如夢令〉）

(3)事所不成者，以欲生劫之，必得約契以報太子也。（《史記・刺客列傳》）

(4)噲拜謝，起，立而飲之。（《史記・項羽本紀》）

(5)兩兔傍地走，安能辨我是雄雌？（〈木蘭詩〉）

(6)挾太山以超北海，是不能也。（《孟子・梁惠王上》）

(7)齊侯伐衛，戰敗衛師。（《左傳・莊公二十八年》）

(8)匈奴右賢王當衛青等兵，以為漢兵不能至此，飲醉。（《史記・衛將軍驃騎列傳》）

以上第(1)(2)兩例是動詞作定語。(3)～(6)四例是動詞作狀語，第(3)(4)兩例是兩個動詞直接相連，前邊的動詞作狀語，修飾後邊的動詞，不同的是第(4)例兩動詞之間有連詞「而」，第(3)例則不用；第(5)(6)兩例是動賓短語作狀語，修飾後邊的動詞，第(6)例有連詞「以」，第(5)例則不用。第(7)(8)兩例是動詞作補語。

三　動詞作主語和賓語

(1)君子曰：學不可以已。（《荀子・勸學》）

(2)范雎大供具，盡請諸候使，食飲甚設。（《史記・范雎蔡澤列傳》）

(3)夫易，彰往而察來。（《易經・繫辭下》）

(4)夫大國，難測也，懼有伏焉。（《左傳・莊公十年》）

以上(1)(2)兩例動詞作主語，(3)(4)兩例動詞作賓語。

第四節　能願動詞

能願動詞可分為以下三類：

表示可能的，有「可、能、足、得」等。

表示應當的，有「應、當、宜、須」等。

表示願望的，有「願、欲、敢、肯、忍」等。

　　能願動詞一般語法書稱之為助動詞，認為它基本上要用在動詞前，對動詞起一種幫助表達的作用，有人認為它和動詞組成合成謂語，有人認為它是狀語。我們認為以前這個「助動詞」的名稱和對它的認識都是不甚妥當的。能願動詞也是動詞的一種，它並不是只有輔助作用，在語法上有它獨有的功能，它和前述的基本動詞有顯著的不同，但不應當被視為動詞的附庸。

　　能願動詞既然是一種動詞，因此它後邊所帶的詞語，從句法結構上看，可以視為它的賓語；另外從意義上看，能願動詞的意思往往貫通後邊所有詞語而不僅是動詞，所以把它後邊的全部詞語視為賓語，才符合全句意義。

　　能願動詞可以帶賓語，但是所帶的賓語通常只能是動詞或動詞短語，這是能願動詞和其他動詞最大的不同。以下舉一些例子：

　　⑴鍥而舍之，朽木不折；鍥而不舍，金石可鏤。（《荀子・勸學》）

　　⑵寡人已知將軍能用兵矣。（《史記・孫子吳起列傳》）

　　⑶孔子曰：其禮與其辭足觀矣。（《公羊傳・昭公二十五年》）

　　⑷故布衣皆得風議，何況公卿之史乎！（《鹽鐵論・刺議》）

以上表示可能。

　　⑸曉鏡但愁雲鬢改，夜吟應覺月光寒。（《李商隱〈無題〉》）

　　⑹丈夫為志，窮當益堅，老當益壯。（《後漢書・馬援傳》）

　　⑺今大王亦宜齋戒五日。（《史記・廉頗藺相如列傳》）

　　⑻白日放歌須縱酒，青春作伴好還鄉。（杜甫〈聞官軍收河南河北〉）

以上表示應當。

　　⑼在天願作比翼鳥，在地願為連理枝。（白居易〈長恨歌〉）

　　⑽欲加之罪，其無辭乎！（《左傳・僖公十年》）

　　⑾主明臣忠，左右多忠，主有失，皆敢分爭正諫，如此者，國日安。（《新序・雜事》）

　　⑿小人可以為君子而不肯為君子。（《荀子・性惡》）

(13)君子之於禽獸也，見其生不忍見其死，聞其聲不忍食其肉。（《孟子·梁惠王上》）

以上表示願望。

充當述語，是能願動詞最主要的功能。它不是狀語，也不作主語、賓語、定語和補語。有時可以在省略的情形下，單獨作謂語，或直接帶名詞、代詞賓語，這種情形多半出現在對答中。例如：

(14)對曰：「臣問其詩而不知也，若問遠焉，其焉能知之。」王曰：「子能乎？」對曰：「能。」（《左傳·昭公十二年》）

(15)「有瓦器而不漏，可以盛酒乎？」昭侯曰：「可。」（《韓非子·外·儲說右上》）

(16)刺史顏證奇之，留為小吏，不肯。（柳宗元〈童區寄傳〉）

(17)公曰：「姜氏欲之，焉避害？」（《左傳·隱公元年》）

(18)（孟嘗君）曰：「……先生不羞，乃有意欲為收責於薛乎？」馮諼曰：「願之。（《戰國策·齊策四》）

(19)假舟楫者，非能水也，而絕江河。（《荀子·勸學》）

以上第(14)例中兩個「能」字，後邊都省略了「知之」，「子能乎」說的是「子能知之乎」，但因為上文有「其焉能知之」的話，所以下文「知之」就不必說出來了。第(15)例中的「可」，是「可以盛酒」的省略。例(16)上文說「留為小吏」，下文的「不肯」自然是說「不肯留為小吏」了。例(17)(18)是能願動詞後直接帶代詞「之」做賓語，例(19)是直接帶名詞賓語，其實「欲之」是「欲封之」，「願之」是「願為之」，「能水」是「能游水」，能願動詞後邊都省略了一個動詞，於是本來是動詞的賓語表面上變成了能願動詞的賓語了。

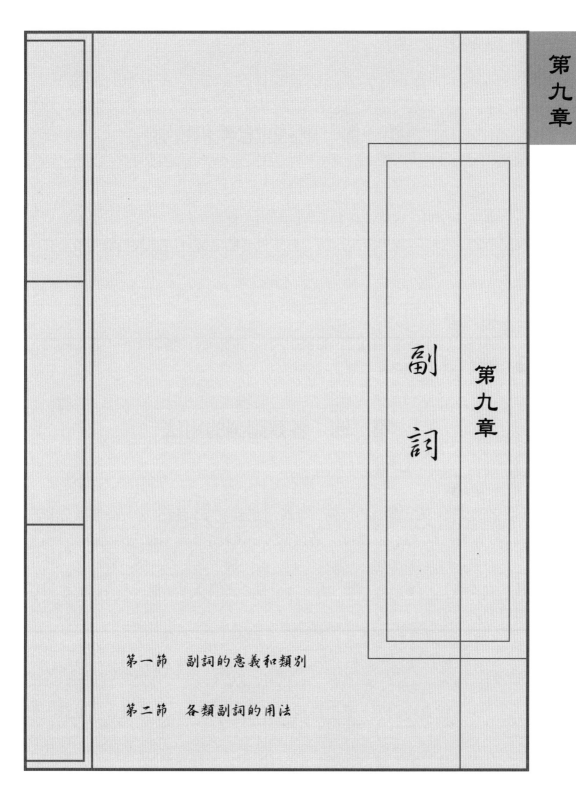

第九章

第九章　副詞

副詞

第一節　副詞的意義和類別

一　副詞的意義

　　副詞是說明、修飾或限制事物的動作或性質的詞，主要的對象是動詞或動詞短語、形容詞或形容詞短語，有時也修飾名詞性謂語或整個句子。在語句中的主要功能，是充當狀語。

二　副詞的類別

　　副詞可以分為程度副詞、範圍副詞、時間副詞、情態副詞、否定副詞、謙敬副詞、語氣副詞等七類。

第二節　各類副詞的用法

一　程度副詞

　　程度副詞表示事物的行為、性質所達到的不同程度，一般可以分為三類：一類表示程度高，一類表示程度低，一類表示與原有情況的比較或發展。
　　㈠表示程度高的副詞，常見的有「最、極、至、絕、特、殊、尤、良、甚、太（泰）、頗、孔、深、酷、奇」等。它們既可以修飾形容詞，也可以修飾動詞。如：
　　⑴老臣賤息舒祺最少，不肖。（《戰國策‧趙策四》）
　　⑵人皆以斯極忠而被五刑死。（《史記‧李斯列傳》）
　　⑶罪至重而刑至輕。（《荀子‧正論》）
　　⑷四顧奇峰錯列，眾壑縱橫，真黃山絕勝處。（徐霞客〈遊黃山日記〉）
　　⑸降及元康，潘、陸特秀。（《宋書‧謝靈運傳》）

(6)孔璋章表殊健，微為繁富。（曹丕〈與吳質書〉）

(7)伐竹取道，下見小潭，水尤清冽。（柳宗元〈小石潭記〉）

(8)絕巘多生檉柏，懸泉瀑布，飛漱其間，清榮峻茂，良多趣味。
（《水‧經注‧江水》）

(9)宋人有酤酒者，……為酒甚美，懸幟甚高。（《韓非子‧外儲說右
上》）

(10)臣愚以為陛下法太明，賞太輕，罰太重。（《史記‧張釋之馮唐列
傳》）

(11)翰以文章自名，為此傳頗詳密。（韓愈〈張中丞傳後序〉）

(12)謀夫孔多，是用不集。（《詩經‧小雅‧小旻》）

(13)韓康伯數歲，家酷貧，至大寒，止得襦。（《世說新語‧夙惠》）

(14)許允婦是阮衛尉女，德如妹，奇醜。（《世說新語‧賢媛》）

以上修飾形容詞。

(15)當此之時，髡心最歡，能飲一石。（《史記‧滑稽列傳》）

(16)孤極知燕小力少，不足以報。（《戰國策‧燕策一》）

(17)同我婦子，饁彼南畝，田畯至喜。（《詩經‧幽風‧七月》）

(18)謝太傅絕重褚公。（《世說新語‧德行》）

(19)俯瞰其下，亦有危壁，泉從壁半突出，疏竹掩映，殊有佳致。（徐
霞客〈遊武夷山日記〉）

(20)況僕與足下為文，尤患其多。（白居易〈與元九書〉）

(21)臣竊料匈奴之眾不過漢一大縣，以天下之大，困於一縣之眾，甚為
執事者羞之。（《漢書‧賈誼傳》）

(22)不泰多事乎？（《莊子‧漁父》）

(23)廷尉乃言賈生年少，頗通諸子百家之書。（《史記‧屈原賈生列
傳》）

(24)憂心孔疚，我行不來。（《詩經‧小雅‧采薇》）

(25)老成子歸，用尹文先生之言，深思三月。（《列子‧周穆王》）

(26)嫩熱便嗔疏小扇，斜陽酷愛弄飛蟲。（楊萬里〈新晴讀樊川詩〉）

以上修飾動詞。

㈡表示程度低的副詞，常見的有「少、稍、略、頗、微、小」等，例如：

(1)上曰：「王陵可。然陵少憨，陳平可以助之。」（《史記·高祖本紀》）

(2)邇年獄訟，情稍重，京兆五城即不敢專決。（方苞〈獄中雜記〉）

(3)涉淺水者見蝦，其頗深者察魚鱉，其尤深者觀蛟龍。（《論衡·別通》）

「頗」在這裏是「稍微」的意思，和表示程度高的不同，讀者要注意。

(4)兩行微相近。（《齊民要術·種瓜》）

以上修飾形容詞。

(5)太后之色少解。（《戰國策·趙策四》）

(6)世之傳神寫照者，能稍得其形似，已得稱為良工。（朱熹〈送郭拱辰序〉）

(7)請略陳固陋。（司馬遷〈報任安書〉）

(8)韓生推《詩》之意而為《內外傳》數萬言，其語頗與齊魯間殊，然其歸一也。（《史記·儒林列傳》）

(9)孔璋章表殊健，微為繁富。（曹丕〈與吳質書〉）

(10)善待問者如撞鐘，叩之以小者則小鳴，叩之以大者則大鳴。（《禮記·學記》）

以上修飾動詞。

㈢表示比較或發展的副詞，常見的有「益、愈、滋、彌、更、加、漸、浸（寖）、足」等。用例如：

(1)苟虧人愈多，其不仁茲甚，罪益厚。（《墨子·非攻》）

(2)余聞而愈悲。（柳宗元〈捕蛇者說〉）

(3)如水益深，如火益熱。（《孟子·梁惠王下》）

(4)是以竇太后滋不說魏其等。（《史記·魏其武安侯列傳》）

(5)自此之後，方士言神祠者彌眾。（《史記·封禪書》）

(6)今日拒之,事更不順。(《資治通鑒‧漢紀五十七》)

(7)鄰國之民不加少,寡人之民不加多,何也?(《孟子‧梁惠王上》)

以上表示比較。

(8)先是峰頂霧滴如雨,至此漸開,景亦漸奇。(徐霞客〈遊嵩山日記〉)

(9)遂盡力傳寫,浸覺有味,不能自已。(李清照〈金石錄後序〉)

(10)春秋之時,王道浸壞。(《漢書‧刑法志》)

(11)彼人也有是,是足為良人矣。(韓愈〈原毀〉)

「足」表示發展能夠達到的程度。

以上表示發展。

狀語一般都直接放在中心語的前面,文言文中有時為了強調,而把表示程度大小的副詞,從緊接被修飾的動詞或形容詞前面的位置提到更前面。另外,表示程度副詞「甚、極」等可以放在形容詞或動詞後面作補語。例如:

(1)湯武者,至天下之善禁令者也。(《荀子‧正論》)

(2)身與士卒平分糧食,最比其羸弱者。(《史記‧司馬穰苴列傳》)

(3)長公主大以是怨光。(《漢書‧霍光傳》)

(4)雖然,略以子之所聞見而言之。(《史記‧司馬相如傳》)

(5)君美甚,徐公何能及君也。(《戰國策‧齊策一》)

(6)窺鏡而自視,又弗如遠甚。(《戰國策‧齊策一》)

(7)傷吾民甚,則吾民之惡我必甚矣。(《荀子‧王制》)

(8)登斯樓也,則有去國懷鄉,憂讒畏譏,滿目蕭然,感極而悲者矣。(范仲淹〈岳陽樓記〉)

以上(1)例中副詞「至」修飾「善禁令」,(2)例中副詞「最」修飾「羸弱」,(3)例中副詞「大」修飾「怨光」,(4)例中副詞「略」修飾「言之」,均因強調而提前。(5)例中副詞「甚」是「美」的補語,(6)例中副詞「甚」是「遠」的補語,(7)例中兩個副詞「甚」字分別是「傷吾民」及「惡我」的補語,(8)例中副詞「極」是「感」的補語。

二　範圍副詞

範圍副詞表示行為、性質、事物以及人員的大小多少，一般可以分為四類：一類表示全部，一類表示共同、互相，一類表示僅獨，一類表示各別。

㈠表示全部的範圍副詞，常見的有「盡、悉、皆、咸、畢、具（俱）、舉、遍、並、僉、備、一、總、勝、鈞（均）、全、都」等，用例如下：

⑴盡信書，則不如無書。（《孟子・盡心下》）

⑵懷王乃悉發國中兵，以深入擊秦，戰於藍田。（《史記・屈原列傳》）

⑶小人有母，皆嘗小人之食矣，未嘗君之羹，請以遺之。（《左傳・隱公元年》）

⑷村中聞有此人，咸來問訊。（陶潛〈桃花源記〉）

⑸群儒畢起。（《莊子・在宥》）

⑹越明年，政通人和，百廢具興。（范仲淹〈岳陽樓記〉）

⑺韓非……與李斯俱事荀卿。（《史記・韓非列傳》）

⑻僖子不對而泣曰：「君舉不信群臣乎！」（《左傳・哀公六年》）

⑼大事如此，不可遍舉。（白居易〈與元九書〉）

⑽男女衣著悉如外人，黃髮垂髫並怡然自樂。（陶潛〈桃花源記〉）

⑾殛鯀於羽山，四罪而天下咸服。（《孟子・萬章上》）

⑿數年間，人養子者千數，僉曰：「賈父所長。」（《後漢書・黨錮列傳》）

⒀險阻艱難，備嘗之矣；民之情偽，盡知之矣。（《左傳・僖公二十八年》）

⒁參代何為相，舉事無所變更，一遵何約束。（《資治通鑑・漢紀四》）

⒂雖有五男兒，總不好紙筆。（陶潛〈責子〉）

⒃不違農時，穀不可勝食也。（《孟子・梁惠王上》）

⒄鈞是人也，或為大人，或為小人，何也？（《孟子・告子上》）

⒅紅杏枝頭春意鬧，著一「鬧」字，而境界全出。（王國維《人間詞

話》）

⒆古道行人來去，香紅滿樹，風雨殘花，望斷青山，高處都被雲遮。
（辛稼軒〈玉蝴蝶〉）

以上修飾動詞。

⒇張芝臨池學書，池水盡黑，使人耽之若是未必後之也。（《晉書·
王羲之傳》）

㉑兩軍相當，兩將相望，皆堅而固，莫敢先舉，為之奈何？（《孫臏
兵法·威王問》）

㉒昔孔子力可翹關，不以力稱，何則？大聖之德具美者眾，不可以一
介標末為百行端首也。（《史通·史記八條》）

㉓三王臣主俱賢，則共憂之。（《漢書·晁錯傳》）

以上修飾形容詞。

有些表示全部的範圍副詞可以放在判斷句的謂語（名詞或名詞短語）
前，修飾整個謂語，例如：

㉔此悉貞良死節之臣，願陛下親之信之。（諸葛亮〈前出師表〉）

㉕光子禹及兄孫雲皆中郎將。（《漢書·霍光傳》）

㉖之所與為之者，之人則舉義士也。（《荀子·王霸》）

㉗若是者，貴賤不同，均吏也。（鄧牧〈吏道〉）

也有些可以放在動詞後作補語，例如：

㉘春風得意馬前疾，一日看盡長安花。（孟郊〈登科後〉）

㉙走遍人間行路難，異鄉風物雜悲歡。（《石湖居士詩集·冬至日銅
壺閣落成》）

㈡表示共同、互相的範圍副詞，常見的有「共、同、相、互、兼、交、
偕、相與、互相」等，用例如：

⑴凡我父兄、昆弟及國子姓，有能助寡人謀而退吳者，吾與之共知越
國之政。（《國語·越語上》）

⑵今王與百姓同樂，則王矣。（《孟子·梁惠王下》）

⑶浮光耀金，靜影沈璧，漁歌互答，此樂何極？（范仲淹〈岳陽樓

記〉）

(4)故天下兼相愛則治，交相惡則亂。（《墨子‧兼愛上》）

(5)修我甲兵，與子偕行。（《詩經‧秦風‧無衣》）

(6)奇文共欣賞，疑義相與析。（陶潛〈移居〉）

(7)魯孟孫、叔孫、季孫相戮力劫昭公。（《韓非子‧內儲說下》）

(8)枝枝相覆蓋，葉葉相交通。（〈古詩為焦仲卿妻作〉）

(9)兒童相見不相識，笑問客從何處來？（賀知章〈回鄉偶書〉）

(10)天下者，高祖天下，父子相傳，此漢之約也。（《史記‧魏其武安侯列傳》）

(11)夫物之不齊，物之情也。或相倍蓰，或相什百，或相千萬。（《孟子‧滕文公上》）

「相」字作為範圍副詞用，一是表示幾個主體的共同行為，這個「相」可譯解為「共同」、「一起」，例(7)就這樣講；一是表示動作行為交互涉及對方，這個「相」可譯解為「相互」、「互相」，例(8)就這樣講。這兩例中的「相」是表示共同或相互的範圍副詞。第(9)(10)(11)三例中的「相」字意思則有所不同，第(9)例表示雙方的行為由一方涉及另一方，「相」字兼有稱代賓語的作用，譯解時可根據文義補出動作所涉及的對象，「兒童相見不相識」是說「兒童看見我卻不認識我」；第(10)例表示遞相傳承；第(11)例表示雙方進行比較，可譯解為「相差」。

㈢表示僅獨的範圍副詞，常見的有「徒、特、直、但、僅、獨、唯（惟）、乃、止、第、才（纔財裁）」等，這類副詞表示活動行為被限制在一定的範圍之內。例如：

(1)吾不見人，徒見金耳。（《淮南子‧氾論》）

(2)公罷矣，吾特戲耳。（《漢書‧酈陸朱劉叔孫傳》）

(3)寡人非能好先王之樂也，直好世俗之樂耳。（《孟子‧梁惠王下》）

(4)匈奴匿其壯士牛馬，但見老弱及羸畜。（《史記‧劉敬叔孫通列傳》）

(5)狡兔有三窟，僅得免其死耳。（《戰國策‧齊策四》）

(6)獨學而無友，則孤陋而寡聞。（《禮記‧學記》）

(7)不聞機杼聲，唯聞女歎息。（〈木蘭詩〉）

(8)將軍將數萬之眾，乃下趙五十餘城。（《漢書‧蒯伍江息夫傳》）

(9)擔中肉盡，止有剩骨。（《聊齋志異‧狼》）

(10)江山之外，第見風帆沙鳥、雲煙竹樹而已。（王禹偁〈黃岡竹樓記〉）

(11)床前兩小女，補綻才過膝。（杜甫〈北征〉）

有些表示僅獨的範圍副詞可以直接放在數量詞前頭，以示數量有限，如：

(12)今楚國雖小，絕長續短，猶以數千里，豈特百里哉？（《戰國策‧楚策四》）

(13)安陵君受地于先王而守之，雖千里不敢易也，豈直五百里哉！（《戰國策‧魏策四》）

(14)室僅方丈，可容一人居。（歸有光〈項脊軒志〉）

(15)項籍用江東之子弟，人唯八千。（庾信〈哀江南賦〉）

(16)天下勝者眾矣，而霸者乃五。（《呂氏春秋‧義賞》）

(17)近行止一身，遠去終轉迷。（杜甫〈無家別〉）

(18)五代終始才五十年。（歐陽修〈王彥章畫像記〉）

也有些可放在判斷句謂語前（名詞短語），對謂語的範圍加以限制，如：

(19)此特匹夫之勇耳。（《史記‧淮陰候列傳》）

(20)故知燮非徒節義之士也。（《讀通鑑論‧漢靈帝》）

(21)所患獨呂產，今已誅，天下定矣。（《史記‧呂太后本紀》）

(四)表示各別的範圍副詞，常見的有「各、別」等。例如：

(1)四人前對，各言名姓。（《史記‧留侯世家》）

(2)項梁使沛公及項羽別攻城陽，屠之。（《史記‧項羽本紀》）

(3)舉秀才，不知書；舉孝廉，父別居。（《古詩源‧桓帝時童謠》）

三 時間副詞

時間副詞是表示動作行為和時間之間種種關係的副詞。就時間而言，有

現在、過去和未來。動作行為除了有時需要表明發生的時間外，還需要表明
發生時的不同情況，有的是已經完成，有的是正在進行，有的是將要發生；
完成的有的是較早完成，有的是較晚完成，有的是最先完成，有的是最後完
成；將要發生的有的是即將發生，有的是較長時間以後才會發生；除此而外
還有許多別的情況。當然，這些都需要許多不同的時間副詞來加以適當的表
示。例如：

　　㈠表示動作行為正在進行或持續的時間副詞，常見的有「方、正、適、
鼎、今」等，例如：

　　　⑴蚌方出曝，而鷸啄其肉，蚌合而鉗其喙。（《戰國策‧燕策二》）

　　　⑵斜陽正在煙柳斷腸處。（辛棄疾〈摸魚兒〉）

　　　⑶此時魯仲連適游趙。（《史記‧魯仲連列傳》）

　　　⑷天子春秋鼎盛。（《漢書‧賈誼傳》）

　　　⑸今在骨髓，臣是以無請也。（《韓非子‧喻老》）

　　㈡表示動作行為已經完成或曾經發生的時間副詞，常見的有「既、已、
業、曾、嘗」等，例如：

　　　⑴既來之，則安之。（《論語‧季氏》）

　　　⑵平原君曰：「勝已洩之矣。」（《戰國策‧趙策三》）

　　　⑶天子業出兵誅宛，宛小國，而不能下。（《漢書‧李廣利傳》）

　　　⑷梁王以此怨盎，曾使人刺盎。（《史記‧袁盎列傳》）

　　　⑸俎豆之事。則嘗聞之矣；軍旅之事，未之學也。（《論語‧衛靈
　　　　公》）

　　㈢表示動作行為將要發生的時間副詞，常見的有「將、且、行」等，例
如：

　　　⑴春，齊師伐我，公將戰。（《左傳‧莊公十年》）

　　　⑵不者，若屬皆且為所虜。（《史記‧項羽本紀》）

　　　⑶羨萬物之得時，哀吾生之行休。（陶潛〈歸去來辭〉）

　　㈣動作行為的發生有時段的不同，有的發生在早先的階段，有的最後才
完成。表示前者的時間副詞常見的有「初、始、昔」等，意思大概等於「起

初」、「開始」，表示後者的時間副詞常見的有「終、竟、卒、訖（迄）」等，有「終於」、「始終」、「最後」等的意思。例如：

(1)今初下，群臣進諫，門庭若市。（《戰國策·齊策一》）

(2)始吾於人也，聽其言而信其行；今吾於人也，聽其言而觀其行。（《論語·公冶長》）

(3)昔繆公求士，西取由余於戎。（《史記·李斯列傳》）

(4)然韓非知說之難，為〈說難〉書甚具，終死於秦，不能自脫。（《史記·老莊申韓列傳》）

(5)其後，楚日以削，數十年，竟為秦所滅。（《史記·屈原列傳》）

(6)（秦王）卒廷見相如，畢禮而歸之。（《史記·廉頗藺相如列傳》）

(7)康居驕黠，訖不肯拜使者。（《漢書·西域傳》）

㈤表示動作行為接續發生的時間副詞，常見的有「遂、即、乃、旋、隨、便、尋、輒」等，這些副詞有的表示「立即」，有的表示「隨即」，相當於白話的「就」、「立刻就」、「不久就」，例如：

(1)趙王於是遂遣相如奉璧西入秦。（《史記·廉頗藺相如列傳》）

(2)歲餘，高后崩，即罷兵。（《史記·南越列傳》）

(3)於是為長安君約車百乘質於齊，齊兵乃出。（《戰國策·趙策四》）

(4)卓既殺瓊、珌，旋亦悔之。（《後漢書·董卓傳》）

(5)立政隨謂李陵曰：「亦有意乎？」。（《漢書·李廣蘇建傳》）

(6)南中諸郡，并皆叛亂，亮以新遭大喪，故未便加兵。（《三國志·蜀書·諸葛亮傳》）

(7)詔書特下，拜臣郎中；尋蒙國恩，除臣洗馬。（李密〈陳情表〉）

(8)巡怒，鬚髯輒張。（韓愈〈張中丞傳後敘〉）

「既」除了表示動作完成，也用來表示動作接續，表示後一動作在前一動作發生後不久發生，常和「而」連用，「已而」也有同樣的作用。例如：

(9)新築人仲叔于奚救孫桓子，桓子是以免。既，衛人賞之邑，辭。（《左傳·成公二年》）

(10)遂置姜氏於城潁而誓之曰：「不及黃泉，無相見也。」既而悔之。

（《左傳・隱公元年》）

⑾秦所以急圍趙者，前與齊湣王爭強為帝，已而復歸帝，以齊故。
（《戰國策・趙策三》）

㈥表示動作行為發生在以前不久的時間副詞，常見的有「才（纔）、始、適、甫」等，等於白話的「才」、「剛剛」等，例如：

⑴少發則不足，多發，遠縣纔至，則胡又已去。（《漢書・晁錯傳》）

⑵於是河伯始旋其面目，望洋向若而歎曰……（《莊子・秋水》）

⑶適得府君書，明日來迎汝。（〈古詩為焦仲卿妻作〉）

⑷今歌吟之聲未絕，傷痍者甫起。（《漢書・匈奴傳》）

㈦表示動作行為徐緩、漸進的時間副詞，常見的有「稍、漸、徐、浸（寖）」等，相當於白話「逐漸」、「慢慢地」。例如：

⑴其後秦稍蠶食諸侯，十八歲而虜魏王。（《史記・魏公子列傳》）

⑵山行六七里，漸聞水聲潺潺，而瀉出於兩峰之間者，釀泉也。（歐陽修〈醉翁亭記〉）

⑶原流泉浡，沖而徐盈；混混滑滑，濁而徐清。（《淮南子・原道》）

⑷春秋之時，王道寖壞。（《漢書・刑法志》）

⑸旬日之間，浸大也；三年之後，如車輪焉。（《列子・湯問》）

㈧表示動作行為重複發生的時間副詞，常見的有「重、復、亦、更、屢、數、亟、仍」等，有「又」、「再」、「多次」等意思。例如：

⑴乃重修岳陽樓，增其舊制。（范仲淹〈岳陽樓記〉）

⑵晉侯復假道於虞以伐虢。（《左傳・僖公五年》）

⑶一碗茶頃，光沒，而其傍復現一光如前，有頃亦沒。（范成大〈吳船錄上〉）

⑷欲窮千里目，更上一層樓。（王之渙〈登鸛雀樓〉）

⑸與貴酋處二十日，爭曲直，屢當死。（文天祥〈指南錄後序〉）

⑹臣，市井鼓刀屠者，公子親數存之。（《史記・魏公子列傳》）

⑺愛共叔段，欲立之，亟請於武公。（《左傳・隱公元年》）

⑻晉仍無道而鮮胄，其將失之矣。（《國語・周語下》）

㈨表示動作行為驟然或急速發生的時間副詞，常見的有「卒（猝）、暴、疾、速、遽、忽、急、亟、驟、倏、趣、暫、乍、立、即」等，有「突然」、「立即」、「趕快」等意思。例如：

(1)卒有寇難之事，又望百姓之為己死，不可得也。（《荀子・王霸》）

(2)澭水暴益，荊人弗知。（《呂氏春秋・察今》）

(3)遂疾進軍。（《左傳・成公十八年》）

(4)君夢齊姜，必速祭之。（《左傳・僖公四年》）

(5)楚人有涉江者，其劍自舟中墜於水，遽契其舟。（《呂氏春秋・察今》）

(6)急擊勿失。（《史記・項羽本紀》）

(7)忽逢桃花林，夾岸數百步。（陶潛〈桃花源記〉）

(8)君亟定變法之慮，殆無顧天下之議之也。（《商君書・更法》）

(9)虢公驕，若驟得勝於我，必棄其民。（《左傳・莊公二十七年》）

(10)兩岸參天而起，夾立甚隘，水奔流其間，循河南行，倏而東折，倏而西轉。（《徐霞客遊記・遊太華山日記》）

(11)參聞之，告舍人：「趣治行！吾將入相。」。（《史記・曹相國世家》）

(12)竹動蟬爭散，蓮搖魚暫飛。（庾信〈詠畫屏風〉）

(13)今人乍見孺子將入於井，皆有怵惕惻隱之心。（《孟子・公孫丑上》）

(14)沛公至軍，立誅殺曹無傷。（《史記・項羽本紀》）

(15)即從巴峽穿巫峽，便下襄陽向洛陽。（杜甫〈聞官軍收河南河北〉）

㈩表示動作行為經常發生的時間副詞，常見的有「常、恒、輒、時」等，有「時常」、「經常」等意思。例如：

(1)其氣浩然，常留天地之間。（全祖望〈梅花嶺記〉）

(2)生之者眾，食之者寡，為之者疾，用之者舒，則財恒足矣。（《禮記・大學》）

(3)衡不慕世，所居之官，輒積年不徙。（《後漢書・張衡傳》）

(4)而庭階寂寂，小鳥時來啄食，人至不去。（歸有光〈項脊軒志〉）

四　情態副詞

　　情態副詞是表示動作行為的情狀、方式的副詞，主要用來修飾動詞。行動有多種情態，相應的情態副詞也有許多，下面列舉常見的幾類。

　　㈠表示真確的情態副詞，常見的有「誠、實、信、洵、良、定、果」等，有「的確」、「實在」等意思。例如：

　　　(1)臣誠恐見欺於王而負趙。（《史記‧廉頗藺相如列傳》）

　　　(2)吏以此責解，解實不知殺者。（《史記‧游俠列傳》）

　　　(3)水信無分於東西，無分於上下乎？（《孟子‧告子上》）

　　　(4)自牧歸荑，洵美且異。（《詩經‧邶風‧靜女》）

　　　(5)古人思秉燭夜遊，良有以也。（曹丕〈與吳質書〉）

　　　(6)聞陳王定死，因立楚後懷王孫心為楚王。（《史記‧高祖本紀》）

　　　(7)夫如此而不用，然後知天下果不足與有為，而可以無憾矣。（蘇軾〈賈誼論〉）

　　㈡表示必然的情態的副詞，常見的有「必、決」等，有「一定」的意思。例如：

　　　(1)古之學者必有師。（《韓愈〈師說〉》）

　　　(2)相如度秦王雖齋，決負約不償城。（《史記‧廉頗藺相如列傳》）

　　㈢表示固然的情態副詞，常見的有「固、故」等，有「本來」的意思。例如：

　　　(1)臣固知王之不忍也。（《孟子‧梁惠王上》）

　　　(2)禮義法度者，是生於聖人之偽，非故生於人之性也。（《荀子‧性惡》）

　　㈣表示專意、特意、故意的情態副詞，常見的有「專、特、故」等，有「專門」、「特地」、「故意」等的意思。例如：

　　　(1)是故弟子不必不如師，師不必賢於弟子，聞道有先後，術業有專攻，如是而已。（韓愈〈師說〉）

(2)河東吾股肱郡，故特召君耳。（《史記・季布欒布列傳》）

(3)白雪卻嫌春色晚，故穿庭樹作飛花。（韓愈〈春雪〉）

㈤表示動作行為保持不變的情態副詞，常見的有「猶、尚、且、仍」等，有「還」、「仍舊」、「依然」的意思。例如：

(1)千呼萬喚始出來，猶抱琵琶半遮面。（白居易〈琵琶行〉）

(2)及夫至門，丞相尚臥。（《史記・魏其武安侯列傳》）

(3)一戰勝齊，遂有南陽；然且不可。（《孟子・告子下》）

(4)飄零仍百里，消渴已三年。（杜甫〈秋日夔府詠懷一百韻〉）

㈥表示動作行為權宜性的情態副詞，常見的有「姑、固、暫、且、聊」等，有「姑且」、「暫且」的意思。例如：

(1)多行不義，必自斃，子姑待之。（《左傳・隱公元年》）

(2)將欲弱之，必固強之。（《老子・三十六章》）

(3)卿但暫還家，吾今且報府。（〈古詩為焦仲卿妻作〉）

(4)子有酒食，何不日鼓瑟？且以喜樂，且以永日。。（《詩經・唐風・山有樞》）

(5)優哉游哉，聊以卒歲。（《左傳・襄公二十一年》）

㈦表示動作行為出於意外的情態副詞，常見的有「乃、寧、一、徒、曾、直」等，有「竟然」、「卻」等意思。例如：

(1)吾困於此，旦暮望若來佐我，乃欲自立為王。（《史記・淮陰侯列傳》）

(2)心之憂矣，寧莫之知。（《詩經・小雅・小弁》）

(3)伯樂喟然太息曰：「一至於此乎？」。（《列子・說符》）

(4)子路謂子貢曰：「吾以夫子為無所不知，夫子徒有所不知。」。（《荀子・子道》）

(5)誰謂河廣？曾不容刀。誰謂宋遠？曾不崇朝。（《詩經・衛風・河廣》）

(6)何昔日之芳草也，今直為此蕭艾也？。（《楚辭・離騷》）

㈧表示動作行為的發展出現相反情況的情態副詞，常見的有「反、翻、

顧、覆、更、轉」等，有「反而」、「卻」、「倒」等意思。例如：

　　⑴天予弗取，反受其咎。（《史記・趙世家》）

　　⑵有菊翻無酒，無弦則有琴。（庾信〈臥疾窮愁〉）

　　⑶足反居上，首顧居下。（《漢書・賈誼傳》）

　　⑷此宜無罪，女反收之；彼宜無罪，女覆脫之。（《詩經・大雅・瞻
　　　卬》）

　　⑸是商君反為主，大王更為臣也。（《戰國策・秦策一》）

　　⑹將恐將懼，維予與女；將安將樂，女轉棄予。（《詩經・小雅・谷
　　　風》）

　㈨表示情況、數量接近某種程度的情態副詞，常見的有「將、僅、幾、
殆、垂、欲」等，有「將近」、「快要」、「幾乎」等意思。例如：

　　⑴今滕絕長續短，將五十里也。（《孟子・滕文公上》）

　　⑵初守睢陽時，士卒僅萬人。（韓愈〈張中丞傳後敘〉）

　　⑶坐桂公塘土圍中，騎數千過其門，幾落賊手死；賈家莊幾為巡徼迫
　　　死；夜趨高郵，迷失道，幾陷死。（文天祥〈指南錄後敘〉）

　　⑷其石之突怒偃蹇，負土而出，爭為奇狀者，殆不可數。（柳宗元
　　　〈鈷鉧潭西小丘記〉）

　　⑸初，帝好文學，以著述為務，自所勒成垂百篇。（《三國志・魏
　　　書・文帝紀》）

　　⑹不得足下書欲二年矣。（白居易〈與元微之書〉）

五　否定副詞

　　否定副詞是對於動作行為表示否定的副詞。主要用作狀語，用來否定動
詞或形容詞。一種是一般性的否定，就是對於所敘述行為事理持否定的看
法，一種是出於主觀的判斷或要求，用禁止、勸阻的語氣表示否定，後者多
半用在祈使句中。另外，還有一些用法比較特殊的否定副詞。

　㈠表示一般否定的否定副詞，常見的有「不、弗、無、莫、靡、蔑、
微、未」等，相當於白話「不」或「沒」。例如：

(1)君子不憂不懼。（《論語・顏淵》）

(2)犧牲玉帛，弗敢加也，必以信。（《左傳・莊公十年》）

(3)因令韓慶入秦，而使三國無攻秦。（《戰國策・西周策》）

(4)小子何莫學夫詩？（《論語・陽貨》）

(5)苟書法其如是也，豈不使為人君者靡憚憲章？（《史通・惑經》）

(6)寧事齊楚，有亡而已，蔑從晉矣。（《左傳・成公十六年》）

(7)微獨趙，諸侯有在者乎？。（《戰國策・趙策四》）

以上諸例否定副詞，相當於白話的「不」。

(8)自直之箭，自圜之木，百世無有一。（《韓非子・顯學》）

(9)夙興夜寐，靡有朝矣。（《詩經・衛風・氓》）

(10)封疆之削，何國蔑有？（《左傳・昭公元年》）

以上幾個否定副詞相當於白話的「沒」。

「未」的用法比較複雜，它可以相當於白話的「不」，如例(11)；也可以解釋成「沒」，如例(12)；它又有「還沒有」的意思，著重於過程還沒有完成，如例(13)；它還可以單獨用來表示否定，如例(14)。

(11)宦三年矣，未知母之存否。（《左傳・宣公二年》）

(12)七十者衣帛食肉，黎民不飢不寒，然而不王者，未之有也。（《孟子・梁惠王上・》）

(13)傷未及死，如何勿重？（《左傳・僖公二十二年》）

(14)或問曰：「勸齊伐燕，有諸？」曰：「未也。」。（《孟子・公孫丑下》）

「不」和「弗」的意思相同，但先秦時的用法有些分別。「不」的應用範圍大，「弗」的應用範圍小。「不」可以否定動詞，也可以否定形容詞，所否定的動詞包括及物動詞和不及物動詞，帶賓語或不帶賓語。「弗」基本上只用來否定不帶賓語的及物動詞。例如：

(15)城非不高也，池非不深也，兵革非不堅利也，米粟非不多也。（《孟子・公孫丑下》）

(16)仁者不憂，知者不惑，勇者不懼。（《論語・憲問》）

⒄予畏上帝，不敢不正。（《尚書・湯誓》）

⒅不登高山，不知天之高也。（《荀子・勸學》）

⒆若與大叔，臣請事之；若弗與，則請除之。（《左傳・隱公元年》）

以上諸「不」字用法，⒂例中否定形容詞，⒃例中否定不及物動詞，⒄例中否定不帶賓語的及物動詞，⒅例中否定帶賓語的動詞。⒆例中的「弗」則是否定省略賓語的及物動詞。秦漢以後，「弗」的用法擴大，逐漸和「不」混同了。

㈡表示勸阻、禁止的否定副詞，常見的有「毋、勿、無、莫、休」等，相當於白話的「不要」、「別」。例如：

⑴毋妄言，族矣。（《史記・項羽本紀》）

⑵勿為新婚念，努力事戎行。（杜甫〈新婚別〉）

⑶不如早為之所，無使滋蔓。（《左傳・隱公元年》）

⑷請君莫奏前朝曲，聽唱新翻楊柳枝。（劉禹錫〈楊柳枝詞〉）

⑸休問梁園舊賓客，茂陵風雨病相如。（李商隱〈寄令狐郎中〉）

㈢「非」和「否」是兩個用法比較特別的否定副詞。先說「非」字，它有三種用法，一是用在動詞、形容詞之前，表示對於行為、性質等的否定，意思相當於白話的「不」。例如：

⑴問難之道，非必對聖人及生時也。（《論衡・問孔》）

⑵使其中坦然，不以物傷性，將何適而非快？（蘇轍〈黃州快哉亭記〉）

其次也是用在動詞或形容詞前，表示對於行為、性質等的否定，意思相當於白話的「不是」。例如：

⑶非敢後也，馬不進也。（《論語・雍也》）

⑷城非不高也，池非不深也，兵革非不堅利也。（《孟子・公孫丑下》）

再次，「非」字用在否定判斷句中，相當於白話「不是」，但並不是說「非」字在這裡就等於否定副詞「不」加連繫動詞「是」，它還僅僅是個否定副詞，其作用在否定整個謂語。例如，

(5)子非魚，安知魚之樂？（《莊子‧秋水》）

(6)人非生而知之者，孰能無惑？（韓愈〈師說〉）

「非」有時也通假作「匪」，如：

(7)夙夜匪懈，以事一人。（《詩經‧大雅‧丞民》）

(8)匪來貿絲，來即我謀。（《詩經‧衛風‧氓》）

(9)我心匪石，不可轉也；我心匪席，不可卷也。（《詩經‧邶風‧柏舟》）

以上第(7)例中「匪」作「不」講，(8)(9)兩例中「匪」作「不是」講。

「否」字主要有兩種用法，一是經常單獨用來回答問話，否定前面的詢問，常與「然」相對，相當於白話「不」或「不是的」，例如：

⑽曰：「許子以釜甑爨，以鐵耕乎？」曰：「然。」曰：「自為之與？」曰：「否。以粟易之。」。（《孟子‧滕文公上》）

⑾萬章問曰：「人有言，至於禹而德衰，不傳於賢而傳於子，有諸？」孟子曰：「否。不然也。」。（《孟子‧萬章上》）

其次「否」字還經常和肯定詞並舉，表示否定的一面，如：

⑿宦三年矣，未知母之存否。。（《左傳‧宣公二年》）

⒀晉人侵鄭，以觀其可攻與否。（《左傳‧僖公三十年》）

⒁否定副詞「不、否、無、未」等還可以用在句末，表示反面的詢問。例如：

(1)張儀謂其妻曰：「視吾舌尚在不？」。（《史記‧張儀列傳》）

(2)廉頗老矣，尚能飯否？（辛棄疾〈永遇樂〉）

(3)晚來天欲雪，能飲一杯無？（白居易〈問劉十九〉）

(4)來日綺窗前，寒梅著花未？（王維〈雜詩〉）

六 謙敬副詞

當人們進行言談時，有時因為對談雙方的身分地位有尊卑貴賤的不同，或者出於說話者對對方的禮貌，常用一些謙敬副詞表示對對方的尊敬或自謙，古時的人在這方面比較講究，文言文中表示謙敬的副詞也比較多。

㈠表示對人尊敬的謙敬副詞，常見的有「幸、惠、辱、枉、猥」等。例如：

(1)秦王跽而請曰：「先生何以幸教寡人？」。（《戰國策・秦策三》）

(2)公子重耳出見使者曰：「子惠顧亡人重耳。」。（《國語・晉語二》）

(3)君惠徼福於敝邑之社稷，辱收寡君，寡君之願也。（《左傳・僖公四年》）

(4)侯生又謂公子曰：「臣有客在市屠中，願枉車騎過之。（《史記・信陵君列傳》）

(5)先帝不以臣卑賤，猥自枉屈，三顧臣於草廬之中。（《三國志・蜀書・諸葛亮傳》）

㈡表示自謙的謙敬副詞，常見的有「敬、謹、請、敢、竊、愚、伏、忝、猥」等。例如：

(1)徒屬皆曰：「敬受命。」。（《史記・陳涉世家》）

(2)寡人謹奉社稷以從。（《戰國策・楚策一》）

(3)王曰：「請問親魏奈何？」。（《戰國策・秦策三》）

(4)敢問何謂浩然之氣？（《孟子・公孫丑上》）

(5)臣聞吏議逐客，竊以為過矣。（李斯〈諫逐客書〉）

(6)愚以為匈奴不可擊也。（《史記・劉敬列傳》）

(7)伏惟聖朝以孝治天下，凡在故老，猶蒙矜育，況臣孤苦，特為尤甚。（李密〈陳情表〉）

(8)臣忝當大任，義在安國。（《三國志・魏書・三少帝紀》）

(9)猥以微賤，當侍東宮，非臣隕首所能上報。（李密〈陳情表〉）

七　語氣副詞

在文言文中、常常在動詞或形容詞前使用某些語氣副詞，表示對於某種行為、事理等持有的一種較強的主觀看法，並同時表現出強調的語氣。可以分為兩類，一種是持否定的看法，用反詰的語氣；一種是肯定的看法，用正

面強調的語氣。

　　㈠表示反詰的語氣副詞，常見的有「豈、其、寧、庸、獨」等，有「難道」、「哪裏」、「怎麼」等的意思。例如：

　　　　⑴趙王豈以一璧之故欺秦邪？（《史記‧廉頗藺相如列傳》）

　　　　⑵國無主，其能久乎？（《左傳‧襄公二十九年》）

　　　　⑶王侯將相，寧有種乎？（《史記‧陳涉世家》）

　　　　⑷此天所置，庸可殺乎？（《史記‧晉世家》）

　　　　⑸王獨未見夫蜻蛉乎？（《戰國策‧楚策四‧》）

　　㈡表示強調的語氣副詞，有「曾、竟、一、其、」等，可以語譯為「竟然」、「這樣」；還有「一何」、「何其」等相當於「多麼」、「怎麼這樣」等意思。例如：

　　　　⑴吾以子為異之問，曾由與求之問。（《論語‧先進》）

　　　　⑵出入三代，五百餘載，竟瓜剖而豆分。（鮑照〈蕪城賦〉）

　　　　⑶范叔一寒如此哉！（《史記‧范雎列傳》）

　　　　⑷今齊魏不和如此其甚，則齊不欺秦。（《史記‧蘇秦列傳》）

　　　　⑸今日之琴一何悲也。（《說苑‧尊賢》）

　　　　⑹雖有君命，何其速也！。（《左傳‧僖公二十四年》）

第十章

介詞

第十章

第一節　介詞的意義和類別

一　介詞的意義

　　介詞基本上不能單獨運用。它不能單獨充當句子成分，必須和它後邊的名詞、代詞或名詞短語構成介賓短語，才能在句子裏用作狀語、補語或賓語，以表示動作、行為等所涉及的時間、地點、原因、對象、工具等。

二　介詞的類別

　　根據介詞所帶的賓語和所說明或修飾的動詞、形容詞之間不同的關係，介詞大致可以分為時地介詞、原因介詞、方式介詞、對象介詞、賓語介詞、被動介詞等六類。

第二節　各類介詞的用法

一　時地介詞

　　時地介詞用來引進表示動作行為發生的時間或地點的詞語，常用的有「于、於、乎、以、為、自、由、從、在、向、因、當、道、及、臨、逮」等。例如：

　　⑴自我不見，于今三年。（《詩經・豳風・東山》）

　　⑵趙衰、咎犯乃於桑下謀行。（《史記・晉世家》）

　　⑶雞鳴狗吠相聞，而達乎四境，齊有其民矣。（《孟子・公孫丑上》）

　　⑷文以五月五日生。（《史記・孟嘗君列傳》）

　　⑸今之時人，辭官而隱處為鄉邑之下，豈可同哉？（《淮南子・氾論》）

　　⑹弟子自遠方至受業者百人。（《史記・儒林列傳》）

⑺由文王至孔子，五百餘歲。（《孟子‧盡心下》）

⑻從小丘西行百二十步，隔篁林聞水聲，如鳴珮環，心樂之。（柳宗元〈至小丘西小石潭記〉）

⑼子在齊聞韶，三月不知肉味。（《論語‧述而》）

⑽向晚意不適，驅車登古原。（李商隱〈登樂遊原〉）

⑾然後踐華為城，因河為池。（賈誼〈過秦論〉）

⑿當窗理雲鬢，對鏡帖花黃。（〈木蘭詩〉）

⒀故凡治亂之情，皆道上始。（《管子‧禁藏》）

⒁彼眾我寡，及其未既濟也，請擊之。（《左傳‧僖公二十二年》）

⒂先帝知臣謹慎，故臨崩寄臣以大事也。（諸葛亮〈前出師表〉）

⒃逮吳之未定也，君取其分焉。（《左傳‧定公四年》）

二　原因介詞

原因介詞用來引進表示動作行為發生的原因的詞語，常用的有「以、因、由、用、為、緣、坐」等。例如：

⑴不以言舉人，不以人廢言。（《論語‧衛靈公》）

⑵恩所加則思無因喜以謬賞，罰所及則思無因怒而濫刑。（魏徵〈諫太宗十思疏〉）

⑶人才有高下，知物由學。（《論衡‧實知》）

⑷王前欲伐齊，員強諫，已而有功，用是反怨王。（《史記‧越王勾踐世家》）

⑸天行有常，不為堯存，不為桀亡。（《荀子‧天論》）

⑹趙穿緣民眾不說，起弒靈公。（《公羊傳‧宣公六年》）

⑺耕者忘其犁，鋤者忘其鋤。來歸相怨怒，但坐觀羅敷。（《樂府詩集‧陌上桑》）

三　方式介詞

方式介詞常用的有「以、用、因、乘、歷、依、由」等。方式是個較廣

義的說法，包括動作行為運行的方式、手段，使用的工具、材料和憑藉的條件等。例如：

(1)許子以釜甑爨，以鐵耕乎？（《孟子·滕文公上》）

(2)是直用管窺天，用錐指地也。（《莊子·秋水》）

(3)善戰者，因其勢而利導之。（《史記·孫子列傳》）

(4)本乘興而來，興盡而返，何必見安道邪？（《晉書·王徽之傳》）

(5)禮，朝廷不歷位而相與言。（《孟子·離婁下》）

(6)吾家本素族，自可依流平進，不須苟求也。（《南史·王騫傳》）

(7)由此觀之，客何負秦哉？（李斯〈諫逐客書〉）

四　對象介詞

對象介詞用來引進表示動作行為所涉及的對象的詞語。常用的有「為、比、從、及、由、代、對、共」等

(1)太子怒，入為王泣。（《韓非子·外儲說右上》）

(2)及寡人之身，東敗於齊，長子死焉；西喪地於秦七百里，南辱於楚，寡人恥之，願比死者一洒之，如之何則可？（《孟子·梁惠王上·》）

(3)乃從荀卿學帝王之術。（《史記·李斯列傳》）

(4)宋公及楚人戰於泓。（《左傳·僖公二十二年》）

(5)別求聞由古先哲王，用保康王。（《尚書·康誥》）

(6)或謂惠子曰：「莊子來，欲代子相。（《莊子·秋水》）

(7)孤非徒對諸君說此也，常以語妻妾，皆令深知此意。（《三國志·魏書·武帝紀注》）

(8)丈夫出處自有深意，難為共兒曹語。（陳亮〈復何叔厚〉）

五　賓語介詞

賓語介詞用來引進動詞的賓語。這個賓語從結構上看是它前面的介詞的賓語，但實際上它就是動詞所代表的動作、行為的直接對象。這個介賓短語

只能放在動詞後邊作補語，不能放在動詞前邊作狀語。介詞在這裏兼有語氣舒緩的作用，介進的作用很輕，有時意思可以不必譯出。例如：

(1)故以眾勇無畏乎孟賁矣；以眾力無畏乎烏獲矣；以眾視無畏乎離婁矣；以眾知無畏乎堯舜矣。（《呂氏春秋・用眾》）

(2)觀乎天文，以察時變。（《周易・賁》）

(3)故明於天人之分，則可謂至人矣。（《荀子・天論》）

(4)今李生學於詩有年矣。（柳宗元〈送李判官往桂州序〉）

六　被動介詞

被動介詞用來引進動作行為的施事者，有「于、於、被、乎、為」等。例如：

(1)王姚嬖于莊王。（《左傳・莊公十九年》）

(2)魏惠王兵數破於齊、魏。（《史記・商君列傳・》）

(3)亮子被蘇峻害。（《世說新語・方正》）

(4)王痍者何？傷乎矢也。（《公羊傳・成公十六年》）

(5)兔不可復得而身為宋國笑。（《韓非子・五蠹》）

第三節　文言中常用的幾個介詞

文言文中經常使用的介詞有「于、於、以、為、與」等，下面分別作較詳細的說明。

一　于

「于」同它的賓語組成介賓短語，用作狀語、補語或賓語。由於引進賓語的意義不同，「于」字也就跟著相應作各種不同的解釋。

㈠引進動作行為發生、出現的時間，可語譯為「到、在」。例如：

(1)自我不見，于今三年。（《詩經・豳風・東山》）

(2)右廣初駕，數及日中；左則受之，以至于昏。（《左傳·宣公十二年》）

(3)繁啟蕃長于春夏，畜積收藏于秋冬。（《荀子·天論》）

㈡引進動作行為發生、出現的地點、趨向等，可語譯為「從、在、到」。例如：

(1)宜民宜人，受祿于天。（《詩經·大雅·假樂》）

(2)召莊公于鄭而立之。（《左傳·桓公二年》）

(3)晉侯齊侯盟于斂孟。（《左傳·僖公二十八年》）

(4)逃竄于楚，廢死蘭陵。（韓愈〈進學解〉）

㈢引進動作行為發生、出現的原因，可語譯為「因為、由於」。例如：

(1)且天下之殃，固于富強，為善不用，出政不行，賢人使遠，讒人反昌。（《晏子春秋·內篇·雜上》）

(2)業精于勤，荒于嬉；行成于思，毀于隨。（韓愈〈進學解〉）

㈣引進動作行為發生、出現時所依賴借助的工具、手段、方式、憑藉物等，可語譯為「用、拿、靠、按照」等。例如：

(1)民無于水鑒，當于民鑒。（《書經·盤庚》）

(2)宜鑒于殷，竣命不易。（《詩經·大雅·文王》）

(3)鑒于后羿，而用德度，遠至邇安。（《左傳·襄公四年》）

(4)是故非誠賈不得食于賈，非誠工不得食于工，非誠農不得食于農。（《管子·乘馬》）

㈤引進比較的對象，可語譯為「比」。例如：

(1)古我先王將多于前功。（《尚書·盤庚下》）

(2)防民之口，甚于防川。（《國語·周語》）

(3)〈太誓〉曰：「我武惟揚，侵于之疆，則取于殘，殺伐用張，于湯有光。」（《孟子·滕文公下》）

㈥引進動作行為發生時旁及的對象，可語譯為「向、跟、給」等。例如：

(1)先民有言，詢于芻蕘。（《詩經·大雅·板》）

(2)北戎伐齊，齊使乞師于鄭。（《左傳·桓公六年》）

(3)晉侯使趙同獻狄俘于周。（《左傳・宣公十五年》）

(4)景公有女，請嫁于晏子。（《晏子春秋・內篇・雜下》）

㈦引進動作行為發生時直接涉及的對象，可語譯為「對、對于」，或不譯出。例如：

(1)天亦惟休于前寧人。（《尚書・大誥》）

(2)不愧于人，不畏于天。（《詩經・小雅・何人斯》）

(3)故不明于敵人之政，不能加也。（《管子・七法》）

㈧引進動作行為的主動者，可語譯為「被」。例如：

(1)憂心悄悄，慍于群小。（《詩經・邶風・柏舟》）

(2)有間，晏子見疑于景公。（《晏子春秋・內篇・雜上》）

(3)於是二客醉于仁義，飽于盛德，終日仰歎而悅服。（王褒〈四子講德論〉）

　　介詞「于」字和另一個介詞「乎」有部分的功用相同，大部分的介詞「于」可以用「乎」字來替代；不過二者也有分別：第一，「于」字組成的介賓短語既可以作狀語，也可以作補語；但「乎」字組成的介賓短語只能作補語。第二，「乎」不能用在被動句中引進主動者。第三，「于」作「對於」講的時候不能用「乎」字代替。第四，在「惡乎」的固定短語中的「乎」不能用「于」。

二　於

　　「於」的用法大致和「于」相同，二字的出現有先後，古音「于」屬匣紐魚部，「於」屬影紐魚部，讀音也不同。「于」作為介詞常見於甲骨文和《易經》、《尚書》、《詩經》等較早典籍中，西周金文中出現介詞「於」，《春秋》中全用「于」，《左傳》中「于」、「於」兩用，大致相當。《論語》、《墨子》、《孟子》、《荀子》等書中使用「於」較多。魏晉以後「于」字就較少使用了。

　　和「于」字一樣，「於」字同它的賓語組成介賓短語，用作狀語、補語或賓語。「於」字的意義就跟著文意不同而作各種不同的解釋。

㈠引進動作行為發生、出現的時間，可語譯為「在、到、從」。例如：

(1)子於是日哭，則不歌。（《論語・述而》）

(2)聲名光輝傳於後世。（《史記・范雎蔡澤列傳》）

(3)自吾氏三世居是鄉，積於今六十歲矣。（柳宗元〈捕蛇者說〉）

(4)《廣陵散》於此絕矣。（《世說新語・雅量》）

㈡引進動作行為發生、出現的處所，可語譯為「從、在、到」。例如：

(1)虎兕出於柙，龜玉毀於櫝中，是誰之過與？（《論語・季氏》）

(2)民以為將拯己於水火之中也。（《孟子・梁惠王下》）

(3)趙衰、咎犯乃於桑下謀行。（《史記・晉世家》）

(4)今楚多淫刑，其大夫逃死於四方而為之謀主，以害楚國。（《左傳・襄公二十六年》）

㈢引進動作行為發生、出現的原因，可語譯為「由於、因為」。例如：

(1)余必使爾罷於奔命以死。（《左傳・成公七年》）

(2)然後知生於憂患，而死於安樂也。（《孟子・告子下》）

(3)貧生於不足，不足生於不農。（晁錯〈論貴粟疏〉）

(4)始得名於文章，終得罪於文章，亦其宜也。（白居易〈與元九書〉）

㈣引進動作行為發生、出現時所依賴的事物、方式或準則等，可語譯為「用、拿、靠、按照」等。例如：

(1)井蛙不可語於海者，拘于虛也。（《莊子・秋水》）

(2)鑒於水者見面之容，鑒於人者知吉與凶。（《史記・范雎蔡澤列傳》）

(3)詐稱病不朝，於古法當誅。（《史記・吳王濞列傳》）

(4)粟米布帛，生於地，長於時，聚於力，非一日可成也。（晁錯〈論貴粟疏〉）

㈤引進比較的對象，可語譯為「比」。例如：

(1)季氏富於周公。（《論語・先進》）

(2)是故所欲有甚於生者，所惡有甚於死者。（《孟子・告子》）

(3)青，取之於藍而青於藍。（《荀子・勸學》）

(4)神莫大於化道，福莫長於無禍。（《荀子・勸學》）

(5)在天者莫明於日月，在地者莫明於水火，在物者莫明於珠玉，在人者莫明於禮義。（《荀子・天論》）

(6)弟子不必不如師，師不必賢於弟子。（韓愈〈師說〉）

(六)引進動作行為發生時旁及的對象，可語譯為「向、對、跟（同）、給」等。例如：

(1)愛共叔段，欲立之，亟請於武公，公弗許。（《左傳・隱公元年》）

(2)趙嘗五戰於秦，二戰而三勝。（蘇洵〈六國〉）

(3)爾何曾比予於管仲？（《孟子・公孫丑上》）

(4)於是（田）忌進孫子於威王。（《史記・孫子吳起列傳》）

(七)引進動作行為發生時直接涉及的對象，可語譯為「對、對於」，或不譯出。例如：

(1)將虢是滅，何愛於虞？（《左傳・僖公五年》）

(2)舜明於庶物，察於人倫。（《孟子・離婁下》）

(3)故明於天人之分，可謂至人矣。（《荀子・天論》）

(4)博聞強志，明於治亂，嫺於辭令。（《史記・屈原列傳》）

(5)我於天下賢士，可謂無負矣。（《漢書・高帝紀》）

(八)引進動作行為的主動者，可語譯為「被」。例如：

(1)郤克傷於矢，流血及屨，未絕鼓音。（《左傳・成公二年》）

(2)夫破人之與破於人也，臣人之與臣於人也，豈可同日而論哉！（《史記・蘇秦列傳》）

(3)相如既歸，趙王以為賢大夫，使不辱於諸侯，拜相如為上大夫。（《史記・廉頗藺相如列傳》）

三　以

　　「以」字也是運用較廣的介詞之一，主要用以引進表示方式、原因、時間等有關的賓語。「以」字所組成的介賓短語主要放在動詞前作狀語，放在動詞後作補語也可以，但是比較少。「以」字也隨著所帶賓語的不同，相應

作各種不同的解釋。

　　㈠引進動作行為發生時所憑藉的對象。憑藉對象可以是具體的，如工具、事物、材料等，也可以是抽象的概念。「以」和這樣賓語組成的介賓短語可以放在動詞前，也可以放動詞後，可語譯為「用、拿、憑」等。例如：

　　⑴（重耳）醒，以戈逐子犯。（《左傳・僖公二十三年》）

　　⑵殺人以梃與刃，有以異乎？。（《孟子・梁惠王上》）

　　⑶必以長安君為質，兵乃出。（《戰國策・趙策》）

　　⑷常以身翼蔽沛公，莊不得擊。（《史記・項羽本紀》）

　　⑸以羽為巢，而編之以髮。（《荀子・勸學》）

　　⑹以身教者從，以言教者訟。（《後漢書・第五倫傳》）

　　⑺臣以神遇，而不以目視。（《莊子・養生主》）

　　⑻儒以文亂法，俠以武犯禁。（《韓非子・五蠹》）

　　有時所憑藉的是一種名義或資格，「以」字相當於「以……身分」、「憑……資格」，這樣的介賓短語一般放在動詞前，例如：

　　⑼高祖以亭長送徒驪山，徒多道亡。（《史記・高祖本紀》）

　　⑽將軍趙食其……以主爵為右將軍，……將軍曹襄以平陽侯為後將軍。（《史記・衛將軍驃騎列傳》）

　　⑾騫以郎應募使月氏。（《漢書・張騫傳》）

　　另一種用法是引進所依據的條件、標準，這種介賓短語放在動詞前後皆可，「以」字相當於白話「依照……」、「以……而論」。

　　⑿今以法割削之，則逆節萌起。（《史記・主父偃列傳》）

　　⒀其始，太醫以王命聚之，歲賦其二。（柳宗元〈捕蛇者說〉）

　　⒁立適以長不以賢，立子以貴不以長。（《公羊傳・隱公元年》）

　　⒂以賢，則去疾不足；以順，則公子堅長。（《左傳・宣公四年》）

　　㈡引進動作行為關聯的對象（人或事物），可語譯為「把、同、跟、率領」等，例如：

　　⑴陳子以時子之言告孟子。（《孟子・公孫丑下》）

　　⑵王又以虞卿之言告樓緩。（《史記・平原君虞卿列傳》）

(3)天下有變，王割漢中以楚和。（《戰國策‧周策》）

(4)陛下起布衣，以此屬取天下。（《史記‧留侯世家》）

(5)四年春，齊侯以諸侯之師侵蔡。（《左傳‧僖公四年》）

(6)宮之奇以其族行。（《左傳‧僖公五年》）

㈢引進動作行為發生的原因，組成的介賓短語一般放在動詞前，「以」字可語譯為「因為、由於」，例如：

(1)君子不以言舉人，不以人廢言。（《論語‧衛靈公》）

(2)而吾以捕蛇獨存。（柳宗元〈捕蛇者說〉）

(3)不以物喜，不以己悲。（范仲淹〈岳陽樓記〉）

㈣引進動作行為發生的時間，組成的介賓短語放在動詞前，「以」可語譯為「在」。例如：

(1)文以五月五日生。（《史記‧孟嘗君列傳》）

(2)明法度，定律令，皆以始皇起。（《史記‧李斯列傳》）

(3)武以始元六年春至京師。（《漢書‧蘇武傳》）

㈤引進動作行為發生的有關處所，組成的介賓短語放在動詞前，「以」可語譯為「從、在」。例如：

(1)敵以東方來。（《墨子‧迎敵祠》）

(2)今以長沙、豫章往，水道多絕，難行。（《史記‧西南夷列傳》）

(3)忽奔走以先後兮，及前王之踵武。（《楚辭‧離騷》）

四　為

「為」作為介詞，除了在被動句中引進主動者時唸陽平外，其他都唸去聲。主要的用法有以下幾種。

㈠引進動作行為受益的對象，可譯為「給、替」等。這是介詞「為」最主要的用法。例如：

(1)公輸盤為楚造雲梯之械。（《墨子‧公輸》）

(2)誰習計會，能為文收責於薛者乎？（《戰國策‧齊策四》）

(3)庖丁為文惠君解牛。（《莊子‧養生主》）

(4)君為我呼入，吾得兄事之。（《史記・項羽本紀》）

㈡引進動作行為發生的原因或目的，可譯解為「因為、為了」

(1)天行有常，不為堯存，不為桀亡。（《荀子・天論》）

(2)漢卒十餘萬人皆入睢水，睢水為之不流。（《史記・項羽本紀》）

(3)不知者以為為肉也，其知者以為為禮也。（《孟子・告子下》）

(4)故燕昭築金臺，天下稱其賢；殷紂作玉杯，百代傳其惡。蓋為人與為己殊也。（《翰苑集・奉天請罷瓊林大盈二庫狀》）

㈢引進動作行為關聯的對象，可譯為「向、跟、同」等。例如：

(1)越王慮伐吳，欲人之輕死也，出見怒蛙，乃為之式。（《韓非子・內儲說上》）

(2)太子怒，入為王泣。（《韓非子・外儲說右上》）

(3)寡人獨為仲父言，而國人知之，何也？（《韓詩外傳四》）

(4)淮陰人為余言，韓信雖為布衣時，其志與眾異。（《史記・淮陰侯列傳》）

㈣引進動作行為的主動者，「為」讀陽平調，可譯為「被」。組成的介賓短語一定置於動詞前，與「於」字在被動句中引進主動者一定放在動詞後不同。例如：

(1)不為酒困。（《論語・子罕》）

(2)兔不可復得，而身為宋國笑。（《韓非子・五蠹》）

(3)身死人手，為天下笑者，何也？（《史記・秦始皇本紀》）

(4)願君留意臣之計！否，必為二子所禽矣。（《史記・淮陰侯列傳》）

㈤引進動作行為發生的時間、處所、或行動的趨向，有時可譯為「當、在」，有時可不必譯出。例如：

(1)為其來也，臣請縛一人過王而行。（《晏子春秋・內篇・雜下》）

(2)今之時人，辭官而隱處為鄉邑之下，豈可同哉？（《淮南子・氾論》）

(3)君不如令弊邑陰合為秦。（《戰國策・西周策》）

(4)秦穆公帥師送公子重耳，圍令狐、桑泉、臼衰，皆降為秦師。（《竹

書紀年》）

　　例⑴表示時間，例⑵表示處所，例⑶⑷表示行動的趨向，「為」相當「于（於）」。

五　與

　　㈠引進與主語共同從事某種動作的對象，可譯為「跟、同（和）」等。例如：

　　　　⑴孔子下，欲與之言。趨而辟之，不得與之言。（《論語‧微子》）
　　　　⑵齊侯陳諸侯之師，與屈完乘而觀之。（《左傳‧僖公四年》）
　　　　⑶諸君子皆與驩言，孟子獨不與驩言，是簡驩也。（《孟子‧離婁下》）
　　　　⑷曩與吾祖居者，今其室十無一焉。（柳宗元〈捕蛇者說〉）

　　㈡引進動作行為受益的對象，可譯為「替、給」等，例如：

　　　　⑴得其心有道：所欲，與之聚之；所惡，勿施爾也。（《孟子‧離婁上》）
　　　　⑵今子與我取之，而不與我治之；與我置之，而不與我祀之。焉可？。（《韓非子‧外儲說左上》）
　　　　⑶漢王與義帝發喪。（《漢書‧高帝紀》）
　　　　⑷匡衡勤學，邑人大姓，文不識家富多書，衡乃與其傭作而不求償。（《西京雜記二》）

　　㈢引進比較的對象，相當「跟（同）……（相比）」。例如：

　　　　⑴與刖其父而弗能病者，何如？。（《左傳‧文公十八年》）
　　　　⑵夫地大而不墾者，與無地同。（《商君書‧算地》）
　　　　⑶故不學之與學也，猶喑聾之比於人也。（《淮南子‧泰族》）
　　　　⑷中國與邊境，猶支體與腹心也。（《鹽鐵論‧誅秦》）

　　㈣與于（於）通，引進動作行為發生的處所，可譯為「在」；引進有關的對象，可譯為「對、對於」；引進涉及的直接對象，也可譯為「對、對於」，或者不譯出。例如：

⑴昔者楚人與越人舟戰與江。（《墨子‧魯問》）

⑵要離力微，坐與上風。（《吳越春秋‧闔閭內傳》）

⑶吳有越，腹心之疾；齊與吳，疥癬也。（《史記‧越世家》）

⑷縱軀委命兮，不私與己。（《史記‧屈原賈生列傳》）

㈤引進動作行為的主動者，可譯為「被」。例如：

⑴吳王夫差棲越於會稽，勝齊於艾陵，……遂與勾踐禽。（《戰國策‧秦策五》）

⑵秦與天下罷，則令不橫行於周矣。（《戰國策‧西周策》）

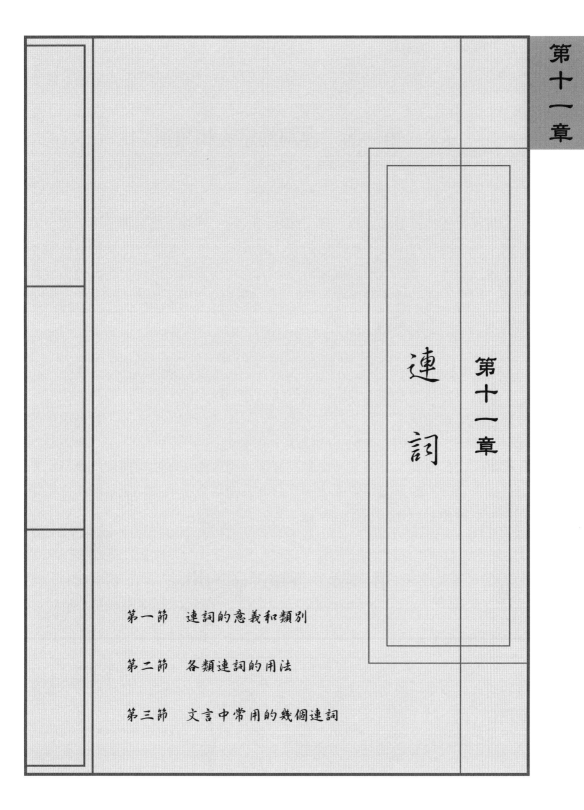

第十一章

連詞

第一節　連詞的意義和類別

一　連詞的意義

連詞是連接詞語和詞語、分句和分句的詞。連詞不能單獨運用，也沒有修飾作用或補充作用，不能作句子的任何成分。成分和成分的連接有各種不同的連接關係，不同的連接關係常用不同的連詞表示；但是有時同一個連詞卻可以用在不同的連接關係中，這時它的唯一的作用是連接，詞句之間的連接關係是由語義決定的。

二　連詞的類別

連詞可分為聯合關係連詞和偏正關係連詞兩大類。前者所連接的成分，彼此之間的關係是平等的，沒有主次之分；後者所連接的成分，彼此之間的關係不是對等的，而是偏與正的關係，有主次之分。

聯合關係連詞又可分為並列關係連詞、順承關係連詞，選擇關係連詞和遞進關係連詞四類；偏正關係連詞又可分為轉折關係連詞、因果關係連詞、條件關係連詞和讓步關係連詞四類。

第二節　各類連詞的用法

一　並列關係連詞

並列關係連詞一般用來連接對等的兩項或多項詞語，分句間用得少。連接的兩項或多項一般可以互換位置而並不影響原來的語意。常用的並列關係連詞有「與、及、而、以、且、暨」等。例如：

(1)懷與安，實敗名。（《左傳・僖公二十三年》）

(2)所以遣將守關者，備他盜之出入與非常也。（《史記・項羽本紀》）

(3)六月食鬱及薁，七月亨葵及菽。（《詩經・豳風・七月》）

(4)秦王大喜，傳以示美人及左右。（《史記・廉頗藺相如列傳》）

(5)子溫而厲，威而不猛，恭而安。（《論語・述而》）

(6)高祖為人，隆準而龍顏，美鬚髯，左股有七十二黑子。（《史記・高祖本紀》）

(7)古之民樸以厚，今之民巧以偽。（《商君書・開塞》）

(8)其為人也，善射以好思。（《荀子・解蔽》）

(9)邦有道，貧且賤焉，恥也；邦無道，富且貴焉，恥也。（《論語・泰伯》）

(10)舜拜稽首，讓于稷、契暨皋陶（《書經・舜典》）

二　順承關係連詞

順承關係連詞主要用來連接具有順序關係的分句，因為被連接的事項或者在時間上或者在事理上具有先後承接的關係，所以前後的位置不可以互換，這和並列關係是明顯不同的。常用的順承關係連詞有「斯、則、即、而、於是、而後、然後」等。例如：

(1)我欲仁，斯仁至矣。（《論語・述而》）

(2)王無罪歲，斯天下之民至焉。（《孟子・梁惠王上》）

(3)聖人以順動，則刑罰清而民服。（《周易・豫卦》）

(4)奕之為數，小數也；不專心致志，則不得也。（《孟子・告子上》）

(5)約束既布，乃設鈇鉞，即三令五申之。（《史記・孫子吳起列傳》）

(6)聞令下，即各以其學議之。（《史記・李斯列傳》）

(7)學而時習之，不亦說乎？（《論語・述而》）

(8)見兔而顧犬，未為晚也；亡羊而補牢，未為遲也。（《戰國策・楚策四》）

(9)襄王聞之，顏色變作，身體戰慄。於是乃以執珪而授之為陽陵君，與淮北之地也。（《戰國策・楚策四》）

(10)或謂惠子曰：「莊子來，欲代子相。」於是惠子恐，搜於國中，三

日三夜。（《莊子・秋水》）

⑾或百步而後止，或五十步而後止。（《孟子・梁惠王上》）

⑿臣鞠躬盡瘁，死而後已。（諸葛亮〈後出師表〉）

⒀今王既棲於會稽之上，然後乃求謀臣，無乃後乎？（《國語・越語上・》）

⒁絕雲氣，負青天，然後圖南，且適南冥也。（《莊子・逍遙遊》）

三　選擇關係連詞

　　選擇關係連詞用來連接兩個或幾個具有選擇關係的詞語或分句。常用的選擇連詞有「將、如、若、且、抑、意、或、寧…將…、與…寧…、寧…寧…、寧…無…、非…則…、與其…寧（無寧）…、與其…孰若（豈若、不若、不如）…」等，例如：

⑴夫子貪生失理而為此乎？將子有亡國之事、斧鉞之誅而為此乎？將子有不善之行，愧遺父母妻子之醜而為此乎？將子有凍餒之患而為此乎？將子之春秋故及此乎（《莊子・至樂》）

⑵安見方六七十如五六十而非邦也者。（《論語・先進》）

⑶諸將以萬人若郡降者，封萬戶。（《史記・高祖本紀》）

⑷足下欲助秦攻諸侯乎？且欲率諸侯破秦也？（《史記・酈生列傳》）

⑸子將大滅衛乎？抑納君而已乎？（《左傳・哀公二十六年》）

⑹今子獨無意焉，知不足耶？意知而力不能行耶？（《莊子・盜跖》）

⑺負污辱之名、見笑之行，或不仁不孝，而有治國用兵之術，其各舉所知，勿有所遺。（《三國志・魏書・武帝紀》）

⑻寧誅鋤草茅以力耕乎？將游大人以成名乎？（屈原〈卜居〉）

⑼與富貴而詘於人，寧貧賤而輕世肆志焉。（《史記・魯仲連列傳》）

⑽虞卿謂趙王曰：「人之情，寧朝人乎？寧朝於人也？。（《戰國策・趙策四・》）

⑾寧負二千石，無負豪大家。（《漢書・酷吏傳》）

⑿曰安且治者，非愚則諛，皆非事實知治亂之體者也。（《漢書・賈

誼傳》）

⑬禮，與其奢也，寧儉；喪，與其易也，寧戚。（《論語‧八佾》）

⑭且予與其死於臣之手也，無寧死於二三子之手乎。（《論語‧子罕》）

⑮與其有譽於前，孰若無毀於其後；與其有樂於身，孰若無憂於其心。（韓愈〈送李愿歸盤谷序〉）

⑯且而與其從辟人之士也，豈若從辟世之士哉？（《論語‧微子》）

⑰喪禮，與其哀不足而禮有餘也，不若禮不足而哀有餘也；祭祀，與其敬不足而禮有餘也，不若禮不足而敬有餘也。（《禮記‧檀弓上》）

⑱與其譽堯而非桀，不如兩忘而閉其所譽。（《莊子‧外物》）

四　遞進關係連詞

遞進關係連詞主要用來連接具有遞進關係的分句。所謂遞進關係就是前句說的某種意思，而後句所表示的比前句有進一層的意思，用在這種前後語句之間表示有進一層關係的連詞就是遞進關係連詞。常用的遞進關係連詞有「況、且、而、矧、而況、何況、尚…況…、非獨…亦…、非徒…又…、不唯…亦…、既…且…、既…又…」等，例如：

⑴一夫不可狃，況國乎？（《左傳‧僖公十五年》）

⑵大夫何罪？且吾不以一眚掩大德。（《左傳‧僖公三十三年》）

⑶君子博學而日省乎己，則知明而行無過矣。（《荀子‧勸學》）

⑷求其生而不得，則死者與我皆無恨也，矧求而有得耶？（歐陽修〈瀧岡阡表〉）

⑸人主之子也，骨肉之親也，猶不能恃無功之尊，無勞之奉，而守金玉之重也；而況人臣乎？。（《戰國策‧趙策四》）

⑹欲害之心亡於中，則飢虎可尾，何況狗馬之類乎？（《淮南子‧原道》）

⑺王者尚不能行之於臣下，況同列乎？（《史記‧伍子胥列傳》）

(8)非獨性異人也，亦形勢然也。（《漢書・賈誼傳》）

(9)異哉，小童！非徒知具茨之山，又知大隗之所存。（《莊子・徐无鬼》）

(10)寡人之使吾子處此，不唯許國之為，亦聊以固吾圉也。（《左傳・隱公十一年》）

(11)三軍既惑且疑，則諸侯之難至矣。（《孫子・謀攻》）

(12)既有聽之之明，又有振之之力。（韓愈〈上兵部李侍郎書〉）

五　轉折關係連詞

轉折關係連詞用來連接具有轉折關係的分句。所謂轉折關係，就是前後分句所表達的意思有轉折，前句所說的是這個意思，後句卻不順著這個意思而另有轉折。連接這種前後分句在句意上有轉折的連詞就是轉折連詞。常用的轉折連詞有「然、而、然而、抑、乃、顧、但」等，例如：

(1)吾嘗將百萬之師，然安知獄吏之可貴乎？（《史記・絳侯世家》）

(2)人不知而不慍。（《論語・學而》）

(3)老者衣帛食肉，黎民不飢不寒，然而不王者，未之有也。（《孟子・梁惠王上》）

(4)人心之不同，如其面焉。吾豈敢謂子面如吾面乎？抑心所謂危，亦以告也。（《左傳・襄公三十一年》

(5)皆古聖人也，吾未能有行焉；乃所願，則學孔子也。（《孟子・公孫丑上》）

(6)吾每念痛於骨髓，顧計不知所出耳。（《史記・刺客列傳》）

(7)願為弟子久，但不取先生以白馬為非馬耳。（《公孫龍子・跡府》）

六　因果關係連詞

因果關係連詞用在表示因果關係的複句中。常用的因果連詞有「因、以、為、唯」等，這是表原因的；「故、以故、是故、是以、是用、以是、故此、用此」等，這是表結果的。例如：

⑴因前使絕國功，封騫博望侯。（《史記·衛將軍驃騎列傳》）

⑵晉侯、秦伯圍鄭，以其無禮於晉，且貳於楚也。（《左傳·僖公三十年·》）

⑶為其老，強忍下取履。（《史記·留侯世家》）

⑷唯不信，故質其子。（《左傳·昭公二十年》）

⑸彼竭我盈，故克之。（《左傳·莊公十年》）

⑹苦為河伯娶婦，以故貧。（《史記·滑稽列傳》）

⑺惟仁者為能以大事小，是故湯事葛，文王事昆夷。（《孟子·梁惠王下》）

⑻雖小道，必有可觀者焉；致遠恐泥，是以君子不為也。（《論語·子張》）

⑼不穀惡其無成德，是用宣之。（《左傳·成公三年》）

⑽然公子遇臣厚，公子往而臣不送，以是知公子恨之復返也。（《史記·魏公子列傳》）

⑾或為請代，公弗許，故此二人怒。（《史記·齊太公世家》）

⑿吳楚平，一歲之中，則無鹽氏之息什倍，用此富埒關中。（《史記·貨殖列傳》）

七　條件關係連詞

條件關係連詞用在表示條件關係的複句中。一般的條件複句是在前面的分句提出假設的條件，後面的分句則提出在這種條件下可能的後果。常用的表示條件的連詞有「如、若、苟、設、即、則、使、令、誠、果、倘（儻）、設使、若使、如使、假令、向使、誠令、如令」等，例如：

⑴如彼豎子用臣之計，陛下安得而夷之乎？（《史記·淮陰侯列傳》）

⑵公子若反晉國，則何以報不穀？（《左傳·僖公二十三年》）

⑶子苟赦越國之罪，又有美於此者將進之。（《國語·越語上》）

⑷設百歲後，是屬寧有可信者乎？（《史記·魏其武安侯列傳》）

⑸王即不聽用商鞅，必殺之，無令出境。（《史記·商君列傳》）

(6)大寇則至，使之持危城，則必畔，遇敵處戰，則必北。（《荀子・議兵》）

(7)使我得此人以自輔，豈有今日之勞乎？。（《三國志・蜀書・諸葛亮傳》）

(8)吾馬賴柔和，令他馬，固不敗傷我乎？。（《史記・張釋之列傳》）

(9)今誠以吾眾詐自稱公子扶蘇、項燕，為天下唱，宜多應者。（《史記・陳涉世家》）

(10)果遇，必敗。（《左傳・宣公十二年》）

(11)故人倘思我，及此平生時。（庾信〈寄徐陵〉）

(12)儻急難有用，敢效微軀。（李白〈與韓荊州書〉）

(13)設使國家無有孤，不知當幾人稱帝，幾人稱王。（《三國志・魏書・武帝紀注》）

(14)若使天下兼相愛，愛人若愛其身，猶有不肖者乎？（《墨子・兼愛上》）

(15)如使予欲富，辭十萬而受萬，是為欲富乎？。（《孟子・公孫丑下》）

(16)假令僕伏法受誅，若九牛亡一毛，與螻蟻何以異？（司馬遷〈報任安書〉）

(17)向使四君卻客而不納，疏士而不用，是使國無富利之實，而秦無強大之名也。（李斯〈諫逐客書〉）

(18)假設陛下居齊桓之時，將不合諸侯而匡天下乎？（《漢書・賈誼傳》）

(19)誠令成安君聽足下計，若信者亦已為禽矣。（《史記・淮陰侯列傳》）

(20)如令子當高帝時，萬戶侯豈足道哉。（《史記・李將軍列傳》）

八　讓步關係連詞

讓步關係連詞用在表示讓步關係的複句中。所謂讓步關係指偏句和正句

處在相反的地位，不過說話者對於偏句所表達意思雖然不表同意，但是仍然在正句中抱持容忍讓步的態度，表示這種讓步關係的連詞就是讓步連詞。常用的讓步連詞有「雖、縱、即、自、惟、就、縱令、就令、弟令、藉弟令」等，例如：

(1)雖小道，必有可觀者焉。（《論語・子張》）

(2)雖乘奔御風，不以疾也。（《水經注・江水・三峽》）

(3)縱彼不言，籍獨不愧於心乎？（《史記・項羽本紀》）

(4)公子即合符，而晉鄙不授公子兵而復請之，事必危矣。（《史記・魏公子列傳》）

(5)高祖不修文學，而性明達，好謀，能聽，自監門戍卒，見之如舊。（《漢書・高帝紀》）

(6)惟大辟無所要，然猶質其首。（方苞〈獄中雜記〉）

(7)法孝直若在，則能令主上不東行。就復東行，必不傾危矣。（《三國志・蜀書・法正傳》）

(8)縱令其亂人，戚之而已。（柳宗元〈封建論〉）

(9)就令虜決可和，盡如倫議，天下後世，謂陛下何如主！（胡詮〈戊午上高宗封事〉）

(10)大王與吳西鄉，弟令事成，兩主分爭，患乃始結。（《史記・吳王濞列傳・》）

(11)失期當斬。藉弟令毋斬，而戍死者固十六七。（《史記・陳涉世家》）

　　文言文中的「雖」字相當於白話的「雖然」，如以上例(1)(2)中的「雖」字就這樣講。不過文言文中也常有「雖然」連用的，如《左傳・成公三年》載：「（楚共）王曰：『子歸，何以報我？』（晉大夫）知罃對曰：『臣不任受怨，君亦不任受德，無怨無德，不知所報。』王曰：『雖然，必告不穀。』」這裏邊的「雖然」字面上和白話中的一樣，但其實不同，應該講作「雖然如此」。也就是說，白話中的「雖然」是一個連詞，而文言中的「雖然」卻是一個由連詞「雖」（等於「雖然」），加代詞「然」（等於「如

此」）組成的短語。

第三節　文言中常用的幾個連詞

一　而

「而」是文言中用得最多、最靈活的連詞，它既可以表示並列關係，也可以表示偏正關係；既可以連接詞語與詞語，又可以連接分句與分句。約略說來，大概有以下幾種用法。在不同的用法中，「而」字雖然可以根據不同的文意作不同的講解，但它真正的作用只是連接而已。

㈠連接詞、短語或分句，表示並列關係，有的相當於「和」、「又」或「而且」，有的可以不必譯出。例如：

(1)子溫而厲，威而不猛，恭而安。（《論語・述而》）

(2)惰而侈者貧，而力而儉者富。（《韓非子・顯學》）

(3)晉公子廣而儉，文而有禮；其從者肅而寬，忠而能力。（《左傳・僖公二十三年》）

(4)君子之道，淡而不厭，簡而文，溫而禮。（《禮記・中庸》）

(5)高祖為人，隆準而龍顏。（《史記・高祖本紀》）

(6)士不可以不弘毅，任重而道遠。（《論語・泰伯》）

(7)時人以為年且百歲而貌有壯容。（《三國志・魏書・方技傳》）

(8)察言而觀色。（《論語・顏淵》）

(9)寡人聞古之賢君也，不患其眾之不足也，而患其志行之少恥也。（《國語・越語上》）

(10)今申不害言術，而公孫鞅為法。（《韓非子・定法》）

(11)彼節者有間，而刀刃者無厚。（《莊子・逍遙遊》）

(12)王者以民人為天，而民人以食為天。（《史記・酈生列傳》）

以上(1)至(4)四例「而」字連接詞和詞或詞和短語，(5)至(8)四例連接短語和短語，(9)至(12)四例連接分句和分句，都是並列關係。

㈡表示偏正關係

1 連接狀語和謂語中心語。狀語從方式、情態、條件、原因、時間、數量等方面修飾謂語中心語，連詞「而」可以根據文意譯為「著、來、地」等，也可以不譯。例如：

(1)妻側目而視，傾耳而聽。（《戰國策・秦策一》）

(2)前不見古人，後不見來者。念天地悠悠，獨愴然而涕下。（陳子昂（登幽州台歌））

(3)故兵無常勢，水無常形，能因敵變化而取勝者，謂之神。（《孫子・虛實》）

(4)勿以惡小而為之，勿以善小而不為。（《三國志・蜀書・先主傳注》）

(5)吾嘗終日而思矣，不如須臾之所學也。（《荀子・勸學》）

(6)千里而襲人，未有不亡者也。（《穀梁傳・僖公三十三年》）

2 有些能願動詞和它的賓語之間用「而」字連接，不能譯出。例如：

(7)我無糧，我無食，安得而至焉。（《莊子・山木》）

(8)聖人，吾不得而見之矣；得見君子者，斯可矣。（《論語・述而》）

(9)夫子之文章，可得而聞也；夫子之言性與天道，不可得而聞也。（《論語・公冶長》）

3 連接「來、往、上、下、東、西、南、北」等方位詞，表示時間、方位、或範圍等，相當「以」字。例如：

(1)由孔子而來，至於今百有餘歲。（《孟子・盡心下》）

(2)郡守而下，少時皆至，士民觀者如墻。（《夢溪筆談・神奇》）

㈢連接順承關係複句中的分句，表示事理上或時間上前後相承，相當於「就、便、才、從而、於是、然後」等。例如：

(1)夫種麥而得麥，種稷而得稷，人不怪也。（《呂氏春秋・用民》）

(2)入境而問禁，入國而問俗，入門而問諱。（《禮記・曲禮上》）

(3)見兔而顧犬，未為晚也；亡羊而補牢，未為遲也。（《戰國策・楚策四》）

(4)人主之子也，骨肉之親也，猶不能恃無功之尊，無勞之奉，而守金玉之重也。（《戰國策・趙策四》）

(5)如有地動，尊則振龍，機發吐丸，而蟾蜍銜之。（《後漢書・張衡列傳》）

(6)項王與諸侯屠燒咸陽而去。（《史記・蕭相國世家》）

㈣連接因果關係複句中的分句，相當「就、因而」。例如：

(1)是故質的張而弓矢至焉，林木茂而斧斤至焉，樹成蔭而眾鳥息焉，醯酸而蚋聚焉。（《荀子・勸學》）

(2)楚不用吳起而削亂，秦行商君而富強。（《韓非子・問田》）

(3)有怠而欲出者曰：「不出，火且滅。」。（王安石〈遊褒禪山記〉）

㈤連接轉折關係複句中的分句，前後兩分句的意思表現不一致有轉折，相當於「卻、但是、可是、不過」等。例如：

(1)能見百步之外，而不能自見其睫。（《韓非子・喻老》）

(2)欲信大義於天下，而智術淺短。（《三國志・蜀書・諸葛亮傳》）

(3)趙予璧而秦不予趙城。（《史記・廉頗藺相如列傳》）

(4)後狼止，而前狼又至。（《聊齋志異・狼》）

㈥連接遞進關係複句中的分句，表示後一分句的意思比前句更進一層，相當於「而且、並且」等。例如：

(1)其師老矣，而不設備，子擊之，鄭師為承，楚師必敗。（《左傳・宣公十二年》）

(2)故善戰者，立於不敗之地，而不失敵之敗也。（《孫子・形篇》）

(3)然則將軍之仇報，而燕見陵之愧除矣。（《史記・刺客列傳》）

㈦連接主語和謂語，多用在表示假設的分句中。例如：

(1)相鼠有皮，人而無儀；人而無儀，不死何為？（《詩經・庸風・相鼠》）

(2)管氏而知禮，孰不知禮？（《論語・八佾》）

(3)人而無信，不知其可也。（《論語・為政》）

(4)子產而死，誰其嗣之？。（《左傳・襄公三十年》）

　　以上四例嵌入「而」字的主謂短語，都作為假設關係複句中表示假設的分句。不過要注意的是，這種假設的關係是由前後分句的意思來決定的，不是由「而」字來的，「而」字的作用僅僅只是連接，有人以為這裡的「而」字意思等於「如果」這是不對的。例如例(1)中有兩句「人而無儀」，前一個「而」字表示轉折，後一個「而」字表示假設，它們的不同由文意來區別，作為連詞的作用是一樣的。

二　以

　　連詞「以」的用法大致和「而」相同，兩字在許多文句中可以互換；它和「而」的最大的不同，是它不用在主語和謂語之間，作為表示假設關係的分句；另外它較少用來表示遞進和轉折關係。

　　㈠連接詞、短語或分句，表示並列關係，和「而」的這種用法大致相同，相當於「和」、「又」或「而且」。用在詞與詞的連接，尤其是單音詞比較多。例如：

　　　(1)古之民樸以厚，今之民巧以偽。（《商君書·開塞》）
　　　(2)治世之音安以樂，亂世之音怨以怒。（《禮記·樂記》）
　　　(3)主明以嚴，將智以武。（《史記·張儀列傳》）
　　　(4)古之君子，其責己也重以周，其待人也輕以約。（韓愈〈原毀〉）
　　　(5)夫夷以近，則遊者眾；險以遠，則至者少。（王安石〈遊褒禪山記〉）
　　　(6)秋，大熟，未獲，天大雷電以風，禾盡偃。（《尚書·金縢》）
　　　(7)冬，季武子如宋……賦（常棣）之七章以卒。宋人重賄之。（《左傳·襄公二十年》）
　　　(8)狐偃，其舅也，而惠以有謀。（《國語·晉語四》）
　　　(9)忽魂悸以魄動，怳驚起而長嗟。（李白〈夢遊天姥吟留別〉）
　　　⑽三老、官屬、豪長者、里父老皆會，以人民往觀之者三二千人。（《史記·滑稽列傳》）

　　以上各例中連詞「以」皆可以換成「而」字。(1)至(5)五例是連接單音

詞，(6)(7)(8)三例是連接詞和短語，(9)是連接短語，後一句就用「而」字連接，可見二者的作用是一樣的，(10)是連接兩個並列的分句，「以」字可以不必譯出。

　　㈡連接詞、短語或分句，表示順承關係，「以」字可以根據文意的不同作相應不同的解釋。例如：

　　⑴自始合，而矢貫余手及肘，余折以御，左輪朱殷。（《左傳·成公二年》）

　　⑵晉侯復假道於虞以伐虢。（《左傳·僖公五年》）

　　⑶夫能入粟以受爵，皆有餘者也。（晁錯〈論貴粟疏〉）

　　⑷封閉宮室，還軍霸上，以待大王來。（《史記·項羽本紀》）

　　⑸故為之說，以俟夫觀人風者得焉。（柳宗元〈捕蛇者說〉）

　　⑹留義成軍五百人鎮之，以斷洄曲及諸道橋梁。（《資治通鑑·唐紀五十六》）

　　以上例⑴為連接詞，例⑵⑶為連接短語，例⑷⑸⑹為連接分句。所連接的兩部分，後者是前者的目的。諸「以」字可隨文意解釋為「去、來、以便」等。

　　⑺發憤忘食，樂以忘憂。（《論語·述而》）

　　⑻齊國乘勝盡破其軍，虜太子申生以歸。（《史記·孫子吳起列傳》）

　　⑼焉用亡鄭以陪鄰？（《左傳·僖公三十三年》）

　　⑽今逐客以資敵國，損民以益仇，內自虛而樹怨於諸侯，求國無危，不可得也。（李斯〈諫逐客書〉）

　　⑾不宜妄自菲薄，引喻失義，以塞忠諫之路也。（諸葛亮〈前出師表〉）

　　以上例⑺⑻為連接詞和短語，例⑼⑽為連接短語，例⑾為連接分句。所連接的兩部分，後者是前者的結果。諸「以」字可隨文意解釋為「才、以致、以至於」等。

　　㈢連接狀語和謂語中心語，和「而」字的這種用法相當，以下第⑷例就「以」「而」兩字互用，可譯為「地、來、著」等，也可以不譯。例如：

(1)若潛師以來，國可得也。（《左傳・僖公三十二年》）

(2)願夫子輔吾志，明以教我。（《孟子・梁惠王上》）

(3)樊噲側其盾以撞，衛士仆地。（《史記・項羽本紀》）

(4)雲無心以出岫，鳥倦飛而知還。景翳翳以將入，撫孤松而盤桓。（陶潛〈歸去來辭〉）

(5)黔無驢，有好事者船載以入。（柳宗元〈黔之驢〉）

(四)連接因果關係複句中的分句，可譯為「因為」。例如：

(1)晉侯、秦伯圍鄭，以其無禮於晉，且貳於楚也。（《左傳・僖公三十年》）

(2)妾以無燭，故常先至。（《戰國策・秦策二》）

(3)以不能取容當世，故終身不仕。（《史記・張釋之傳》）

(4)楚王怒，讓周，以其重秦客。（《史記・樗里子甘茂列傳》）

(五)連接遞進關係複句中的分句，相當「又、並且、而且」等。例如：

(1)舊不必良，以犯天忌，我必克之。（《左傳・成公十六年》）

(2)戎眾以無義。（《公羊傳・莊公二十四年》）

(3)乃遣子貢之齊，因南郭惠子以見田常，勸之伐吳，以教高、國、鮑、晏，使毋得害田常之亂。（《墨子・非儒下》）

(六)連接轉折關係複句中的分句。例如：

(1)然自約其心者，達君之冤，餘無及也。以言慎勿相避者，偶然耳，豈有意哉！（李朝威〈柳毅傳〉）

(2)少以犯眾，弱以侮強，忿怒不量力者，兵共殺之。（《說苑・雜言》）

例(1)前後文意有轉變，「以」可解為「至於」；例(2)前後文意相反，「以」可解為「卻」。

三　則

　　「則」作為連詞，雖然也可以連接詞與詞，短語與短語，但用例很少；它主要用在複句中連接各種不同關係的分句，它的意思也隨著所連接的分句

表示的不同關係而相應作不同的解釋。

　　㈠連接詞語或分句，表示順承關係：

　　1 連接詞語。所連接的後一部分是對前一部分的說明或補充，可譯為「就是、有」等。例如：

　　　　⑴其南則大夏，西則安息，北則廉居。（《史記‧大宛列傳》）

　　　　⑵其畜之所多則馬、牛、羊，其奇畜則橐駝、驢、驘、駃騠、騊駼、驒騱。（《史記‧匈奴列傳》）

　　2 連接順承關係複句中的分句，表示事理上前後相承，可譯為「那麼、就、便」等。例如：

　　　　⑴苟能令商賈技巧之人無繁，則欲國之無富，不可得也。（《商君書‧外內》）

　　　　⑵強本而節用，則天不能貧。（《荀子‧天論》）

　　　　⑶天下事有難易乎？為之，則難者亦易矣；不為，則易者亦難矣。（彭端叔〈為學一首示子姪〉）

　　　　⑷學而不思則罔，思而不學則殆。（《論語‧為政》）

　　　　⑸凡事豫則立，不豫則廢。（《禮記‧中庸》）

　　　　⑹居廟堂之高，則憂其民；處江湖之遠，則憂其君。（范仲淹〈岳陽樓記〉）

　　3 連接順承關係複句中的分句，表示時間上前後相承，可譯為「就、便、才」等。例如：

　　　　⑴臏至，龐涓恐其賢於己，疾之，則以法刑斷其兩足而黥之。（《史記‧孫子吳起列傳》）

　　　　⑵既其出，則或咎其欲出者，而余亦悔其隨之而不得極遊之樂也。（王安石〈遊褒禪山記〉）

　　　　⑶吾恂恂而起，視其缶，而吾蛇尚存，則弛然而臥。（柳宗元〈捕蛇者說〉）

　　4 連接順承關係複句中的分句，表示某種情況在發現時已經產生、出現，可譯為「原來已經、原來、已經」等。例如：

(1)公使陽處父追之，及諸河，則在舟中矣。（《左傳·僖公三十三年》）

(2)徐而察之，則山下皆石穴罅。（蘇軾〈石鍾山記〉）

(3)使使往之主人，荊軻則已駕而去榆次矣。（《史記·刺客列傳》）

㈡連接詞語或分句，表示並列關係：

1 在讓步複句的偏句中連接詞和詞，與正句（句首常有「然」、「抑」等連詞）組成讓步複句。可譯為「是、倒是」等。例如：

(1)多則多矣，抑君似鼠。夫鼠晝伏夜動。（《左傳·襄公二十三年》）

(2)惡則惡矣，然非其急者也。（《管子·小匡》）

(3)美則美矣，抑臣亦有懼矣。（《國語·晉語九》）

(4)治則治矣，非書意也。（《韓非子·外儲說左上》）

2 每個分句中都用「則」字為連詞，使幾個分句組成平行的並列關係的複句；大多用在兩個對待關係的分句中，有強調的作用，在白話裏沒有相應的詞對譯。例如：

(1)父母之年不可不知也。一則以喜，一則以懼。（《論語·里仁》）

(2)入則無法家拂士，出則無敵國外患者，國恒亡。（《孟子·告子下》）

(3)內則百姓疾之，外則諸侯叛之。（《荀子·正論》）

(4)是故無事則國富，有事則兵強，此之謂王資。（《韓非子·五蠹》）

㈢連接轉折關係複句中的分句，可譯為「反而、卻、但」等。例如：

(1)滕，小國也；竭力以事大國，則不得免焉。（《孟子·梁惠王下》）

(2)求牛則名馬，求馬則名牛，所求必不得矣。（《呂氏春秋·審分》）

(3)愛其子，擇師而教之；於其身也，則恥師焉，惑矣。（韓愈〈師說〉）

(4)黔無驢，有好事者，船載以入。至則無可用。（柳宗元〈黔之驢〉）

㈣連接條件關係複句中的分句。「則」字用在表示假設條件的分句中或句首，可譯為「如果、假如」等。例如：

(1)彼則肆然而為帝，過而遂正於天下，則連有赴東海而死耳。（《戰

國策・趙策三》）

(2)大寇則至，使之持危城，則必畔，遇敵處戰，則必北。（《荀子・
　　議兵》）

(3)今聞章邯降項羽，項羽乃號為雍王，王關中。今則來，沛公恐不得
　　有此。（《史記・高祖本紀》）

(4)誠得劫秦王使悉反諸侯之侵地，則大善矣；則不可，因而刺殺之。
　　（《戰國策・燕策》）

(5)項王乃謂海春侯大司馬曹咎等曰：「謹守成皋，則漢欲挑戰，慎勿
　　與戰。」（《史記・項羽本紀》）

第十二章

語氣詞　助詞

第十二章

$$\boxed{\text{語　氣　詞}}$$

　　語氣詞是表示言語情態的詞。可分為句首語氣詞、句中語氣詞和句末語氣詞三種，分述於下：

第一節　句首語氣詞

　　常用的有「夫、蓋、惟（維唯）」等。

一　夫

　　提示下文將要發表議論，或概述事物的特徵，語譯時不必譯出。例如：

　　　(1)夫戰，勇氣也。一鼓作氣，再而衰，三而竭，彼竭我盈，故克之。
　　　　（《左傳・莊公十年》）

　　　(2)夫差將欲聽與之成。子胥諫曰：「不可！夫吳之與越也，仇讎敵戰之國也。三江環之，民無所移，有吳則無越，有越則無吳，將不可改於是矣。員聞之，陸人居陸，水人居水。夫上黨之國，我攻而勝之，吾不能居其地，不能乘其車。夫越國，吾攻而勝之，吾能居其地，吾能乘其舟。此其利也，不可失也已，君必滅之。失此利也，雖悔之，必無及矣。」。（《國語・越語上》）

　　　(3)夫環而攻之，必有得天時者矣，然而不勝者，是天時不如地利也。
　　　　（《孟子・公孫丑下》）

二　蓋

　　用以引起下文，表示要發表議論，或推斷，或申述，但含有不十分肯定的語氣。例如：

　　　(1)蓋聞天與弗取，反受其咎；時至不行，反受其殃；願足下孰慮之。
　　　　（《史記・淮陰侯列傳》）

(2)蓋聞王者莫高於周文，霸者莫高於齊桓。（《漢書·高帝紀》）

(3)蓋聞為善者天報以福，為非者天報以殃。（《漢書·荆燕吳傳》）

三　惟

引起下文，或用以提示時間或表示希望的語氣。例如：

(1)惟辟作福，惟辟作威。（《尚書·洪範》）

(2)惟彼陶唐，有此義方。（《左傳·哀公六年》引《夏書》）

(3)闕秦以利晉，唯君圖之。（《左傳·僖公三十年》）

(4)唯大王與群臣孰計議之。（《史記·廉頗藺相如列傳》）

(5)惟十有三祀，王訪于箕子。（《尚書·洪範》）

(6)惟二月既望，越六月乙未，王朝步自周，則至于豐。（《尚書·召誥》）

第二節　句中語氣詞

常用的有「者、也、乎、焉」等。

一　者

㈠用於名詞性主語後，表示語音上的停頓，兼有提示、引出下文的作用。可譯為「呢」、「啊」。例如：

(1)廉頗者，趙之良將也。（《史記·廉頗藺相如列傳》）

(2)南冥者，天池也。（《莊子·逍遙遊》）

(3)北山愚公者，年且九十。（《列子·湯問》）

(4)夫仁義者，上所以勸下也。（《韓非子·外儲說左下》）

㈡用於前動詞為「有」字之兼語後，表示提頓。例如：

(1)有顏回者好學。（《論語·雍也》）

(2)有陳豹者長而上僂。（《左傳·哀公十四年》）

(3)有蔣氏者專其利三世矣。（柳宗元〈捕蛇者說〉）

㈢用於時間詞語後，表示語氣舒緩提頓。例如：

(1)古者丈夫不耕，草木之實足食也。（《韓非子‧五蠹》）

(2)昔者吾舅死於虎，吾夫又死焉，今吾子又死焉。（《禮記‧檀弓》）

(3)老臣今者殊不欲食。（《戰國策‧趙策》）

(4)曩者辱賜書，教以慎於接物，惟賢進士為務。（司馬遷〈報任安書〉）

二　也

㈠用於名詞性主語後，和「者」字第㈠項的作用相似，但有時有表示鄭重、強調的作用，

(1)女也不爽，士貳其行；士也罔極，二三其德。（《詩經‧衛風‧氓》）

(2)丘也聞有國有家者，不患寡而患不均，不患貧而患不安。（《論語‧季氏》）

(3)一簞食，一瓢飲，在陋巷，人不堪其憂，回也不改其樂。（《論語‧雍也》）

(4)大隧之中，其樂也融融。（《左傳‧隱公元年》）

㈡主語和謂語之間插進「之」字用做主語時，經常在這種主語後面加「也」字用以舒緩語氣。例如：

(1)宮之奇之為人也，懦而不能強諫。（《左傳‧僖公二年》）

(2)秦穆之不為盟主也宜哉！（《左傳‧文公六年》）

(3)然則子之失伍也亦多矣。（《孟子‧公孫丑下》）

(4)且夫水之積也不厚，則其負大舟也無力。（《莊子‧逍遙遊》）

㈢用在時間詞後，表示語氣停頓，兼有強調作用。例如：

(1)今也，則無，未聞好學者也。（《論語‧雍也》）

(2)今也，父兄百官不我足也。（《孟子‧滕文公上》）

(3)古也有志，克己復禮，仁也。（《左傳‧昭公十二年》）

(4)是日也，天朗氣清，惠風和暢。（王羲之〈蘭亭集序〉）

三　乎

用於句中，有語氣舒緩提頓作用，可譯為「啊」、「呢」。例如：

(1)丘非為貧也，而有時乎為貧。（《孟子·萬章下》）

(2)夫功者難成而易敗，時者難得而易失也，時乎時，不再來。（《史記·淮陰侯列傳》）

(3)此秋聲也，胡為乎來哉？（歐陽修〈秋聲賦〉）

四　焉

用於句中，表示語氣舒緩、提頓，可不譯出。例如：

(1)欲擇才焉而立之。（《左傳·襄公二十三年》）

(2)其所是焉誠美，其所得焉誠大，其所利焉誠多。（《荀子·富國》）

第三節　句末語氣詞

作為句末語氣詞，雖然在基本職務上也有所分工，有些常表示陳述語氣，有些常表示疑問語氣；不過一個句子究竟是什麼語氣，跟它所表示的內容有密切的關係，不是單純由句末的語氣詞就能決定的；所以某一個句末語氣詞雖然主要是表現什麼語氣，但是也常常能表示一些其他的語氣。常用的句末語氣詞有「也、矣、焉、耳、乎、哉、邪（耶），與（歟）」等，「也、矣、焉、耳」等基本上表示陳述語氣，「乎、哉、邪、與」等基本上表示疑問語氣，但也都能同時表示一些其他不同的語氣。

一　也

「也」字作為句末語氣詞，基本上是表示陳述語氣，對所敘述的事物表示確認，但是也可以用來表示其他的語氣：

㈠表示陳述語氣。表示判斷、確認、肯定，或說明原因等。

1　用於判斷句句尾，表示判斷語氣。通常和主語後面的「者」字構成「…者，…也」的形式，有時也可省去「者」字，單由句尾「也」字表示判斷。「也」字不能譯出。例如：

(1)彼秦者，棄禮義而上首功之國也。（《戰國策·趙策二》）

(2)陳勝者，陽城人也。（《史記·陳涉世家》）

(3)師者，所以傳道授業解惑也。（韓愈〈師說〉）

(4)董狐，古之良史也。（《左傳·宣公二年》）

(5)魚，我所欲也；熊掌亦我所欲也。（《孟子·告子上》）

(6)今天下三分，益州疲弊，此誠危急存亡之秋也。（諸葛亮〈前出師表〉）

2　用於敘述句句尾，表示肯定語氣。可譯為「啊」。例如：

(1)朽木不可雕也，糞土之墻不可圬也。（《論語·公冶長》）

(2)越國以鄙遠，君知其難也。（《左傳·僖公三十年》）

(3)今君有一窟，未得高枕而臥也。（《戰國策·齊策四》）

(4)小子識之，苛政猛於虎也。（《禮記·檀弓下》）

3　用於因果複句的末尾，表示解釋的語氣。可譯為「是因為（由於）……啊」、「是……啊」。例如：

(1)孟嘗君為相數十年，無纖介之禍者，馮諼之計也。（《戰國策·齊策四》）

(2)覆杯水於坳堂之上，則芥為舟。置杯焉則膠，水淺而舟大也。（《莊子·逍遙遊》）

(3)吾所以為此者，以先國家之急而後私仇也。（《史記·廉頗藺相如列傳》）

㈡表示疑問語氣。「也」字的傳疑性並不強，它通常出現在本身疑問性很強的句子裡，或者和別的疑問詞搭配使用。可譯為「嗎」、「呀」、「呢」等。例如：

(1)子張問：「十世可知也？」。（《論語·為政》）

(2)宰我問曰：「仁者，雖告之曰，『井有仁焉』。其從之也？」。（《論語‧雍也》）

(3)是其故何也？（《墨子‧尚賢上》）

(4)孟嘗君怪之，曰：「此誰也？」。（《戰國策‧齊策四》）

(5)齊人無以仁義與王言者，豈以仁義為不美也？（《孟子‧公孫丑下》）

(6)且欲與常馬等不可得，安求其能千里也？（韓愈〈雜說四〉）

(7)足下欲助秦攻諸侯乎？且欲率諸侯破秦也？（《史記‧酈生陸賈列傳》）

(8)嗚呼，其真無馬邪？其不知馬也？（韓愈〈雜說四〉）

以上第(1)(2)兩例是是非問句，「也」字在這裡的用法和表示肯定沒有兩樣，它之所以有表示疑問的作用，是因為前面有人提問的關係；有人以為這裡的「也」等於「邪」，是不對的。第(3)(4)兩例是特指問句，句子的疑問語氣實際上是由疑問代詞「何」、「誰」帶出來的。第(5)(6)兩例是反詰問句，反詰語氣主要是由反詰副詞「豈」、「安」表示。第(7)(8)兩例是選擇問句，「也」字與「乎」、「邪」配合使用表示疑問。

　　㈢表示祈使語氣。可譯為「啊」、「呀」、「吧」等。例如：

(1)願王勿易之也。（《韓非子‧難三》）

(2)寡人非此二姬，食不甘味，願勿斬也。（《史記‧孫子吳起列傳》）

(3)子犯曰：「戰也！」戰而捷，必得諸侯。（《左傳‧僖公二十八年》）

(4)攻之不克，圍之不繼，吾其還也。（《左傳‧僖公三十三年》）

(5)欲呼張良與俱去，曰：「毋從俱死也」。（《史記‧項羽本紀》）

(6)此中人語云：「不足為外人道也」。（陶潛〈桃花源記〉）

以上第(1)(2)兩例是表示請求的語氣，(3)(4)兩例是表示商量的語氣，(5)(6)兩例為禁止語氣。

　　㈣表示感歎語氣。分別表示悲痛、贊頌、慨歎、驚訝等語氣。可譯為「啊」、「呀」、等。例如：

(1)母也！天只！不諒人只！（《詩經‧鄘風‧柏舟》）

(2)勇士曰：「子誠仁人也！」。（《公羊傳‧宣公六年》）

(3)蓋失強援，不能獨完。故曰：「弊在賂秦也！」（蘇洵〈六國論〉）

(4)漢皆已得楚乎？是何楚人之多也！（《史記‧項羽本紀》）

二　矣

　　「矣」字基本上也是表示陳述的句末語氣詞；但是它和「也」字在基本用法上卻有所不同。「也」字大多用於敘述靜態事物的句子，表述對事物的是非判斷、解釋說明，一般用於判斷句（名詞謂語句）。「矣」字則大多用於敘述動態事物的句子，表述事物的發展變化，敘述已經怎麼樣，或者推論將要怎麼樣、必定怎麼樣，一般用於敘述句（動詞謂語句）或描寫句（形容詞謂語句）。「也」字基本上可譯為「啊」；「矣」字基本上可譯為「了」。「矣」字也可以用在其他各種語氣的句子裡：

　　㈠表示陳述語氣。

　1 表示「已然」，報道既成之事。例如：

　　(1)吾知所過矣。（《左傳‧宣公二年》）

　　(2)吾知所以拒子矣。（《墨子‧公輸》）

　　(3)今日病矣，余助苗長矣。（《孟子‧公孫丑上》）

　　(4)有蔣氏者，專其利三世矣。（柳宗元〈捕蛇者說〉）

　　(5)雞既鳴矣。（《詩經‧齊風‧雞鳴》）

　　(6)昔齊威王嘗為仁義矣。（《戰國策‧趙策三》）

　　(7)舟已行矣。（《呂氏春秋‧察今》）

　　以上七例說明已經發生的事，「矣」字在句末陳述已然語氣，例(5)(6)(7)更有「既」、「嘗」、「已」三個表示行為已經完成的時間副詞與之配合。

　2 表示「將然」，推論將成之事。例如：

　　(1)孔子曰：「諾，吾將仕矣。」。（《論語‧陽貨》）

　　(2)有吳則無越，有越則無吳，將不可改於是矣。（《國語‧越語上》）

　　(3)梁掩其口，曰：「毋妄言，族矣！」。（《史記‧項羽本紀》）

(4)鞅曰：「吾說公以霸道，其意欲用之矣。」。（《史記·商君列
　傳》）

　　以上四例，前兩例有時間副詞「將」字，屬於將要發生之事顯然；後兩
例雖無時間副詞，但都是推測的話，「矣」自然是陳述將然的語氣詞。

　3 表示「必然」，斷定必成之事。例如：

(1)使梁睹秦稱帝之害，則必助趙矣。（《戰國策·趙策三》）

(2)今有構木鑽燧於夏后之世者，必為鯀、禹笑矣；有決瀆於殷、周之
　世者，必為湯、武笑矣。（《韓非子·五蠹》）

(3)誠如是，則霸業可成，漢室可興矣。（《三國志·蜀書·諸葛亮
　傳》）

(4)向吾不為斯役，則久已病矣。（柳宗元〈捕蛇者說〉）

㈡表示疑問語氣。大多用在特指問句和反詰問句裡。例如：

(1)何如斯可以從政矣？（《論語·堯曰》）

(2)文王謂武王曰：「女何夢矣？」（《禮記·文王世子》）

(3)以堯繼堯，夫又何變之有矣？（《荀子·正論》）

(4)古人之言，豈一端而已矣？（李覯〈原文〉）

　　以上第(1)(2)兩例為特指問句，「矣」表示疑問語氣，有「何如」、「何」
和它相配；(3)(4)兩例為反詰問句，「矣」表示疑問語氣，有「何」、「豈」
和它相配。

　　㈢表示祈使語氣。表示請求、命令，勸勉等語氣，可譯為「吧」、
「啊」、「啦」等。例如：

(1)先生休矣。（《戰國策·齊策四》）

(2)君姑高枕為樂矣。（《戰國策·齊策四》）

(3)豹曰：「廷掾起矣！」（《史記·滑稽列傳》）

(4)公往矣，毋辱我！。（《漢書·孫叔通傳》）

(5)公子勉之矣，老臣不能從。（《史記·魏公子列傳》）

(6)先生可留意矣。（馬中錫〈中山狼傳〉）

　　㈣表示感歎語氣。

(1)國危矣！（《左傳・僖公三十年》）

(2)嗟乎！師道之不傳也久矣！欲人之無惑也難矣！（韓愈〈師說〉）

(3)此則岳陽樓之大觀也。前人述之備矣！（范仲淹〈岳陽樓記〉）

在文言中，有時為強調感歎，常將謂語前置，例如：

(4)噫！亦太甚矣，先生之言也！（《戰國策・趙策三》）

(5)甚矣，汝之不惠！（《列子・湯問》）

三　焉

㈠表示陳述語氣，「焉」字可以不譯，例如：

(1)南方有鳥焉，名曰蒙鳩。（《荀子・勸學》）

(2)寒暑易節，始一反焉。（《列子・湯問》）

(3)至丹以荊卿為計，始速禍焉。（蘇洵〈六國論〉）

有時「焉」字在句末，還有提示、強調的作用，可譯為「啊」、「了」等，例如：

(4)君命大事，將有西師過軼我，擊之，必大捷焉。（《左傳・僖公三十二年》）

(5)夫子言之，於我心有戚戚焉。（《孟子・梁惠王上》）

(6)我二十五年矣，又如是而嫁，則就木焉。（《左傳・僖公二十三年》）

(7)曩與吾祖居者，今其室十無一焉。（柳宗元〈捕蛇者說〉）

㈡表示疑問語氣，與句中疑問詞相呼應，可譯為「呢」。例如：

(1)冉有曰：「既庶矣，又何加焉？」曰：「富之。」曰：「既富矣，又何加焉？」曰：「教之。」。（《論語・子路》）

(2)肉食者謀之，又何間焉？。（《左傳・莊公十年》）

(3)王若隱其無罪，則牛羊何擇焉？（《孟子・梁惠王上》）

四　耳

「耳」字用以表示陳述語氣，有兩種作用：

　　㈠放在句末，表示不會超越某一範圍，常與「直、唯、特、止、不過」等相呼應，可譯為「而已」、「罷了」、「只不過……罷了」等。例如：

　　⑴直不百步耳，是亦走也。（《孟子・梁惠王上》）

　　⑵天子、諸侯所親者，唯長子、母弟耳。（《穀梁傳・襄公三十年》）

　　⑶特與嬰兒戲耳。（《韓非子・外儲說左上》）

　　⑷從此道至吾軍，不過二十里耳。（《史記・項羽本紀》）

　　⑸虎因喜，計之曰：「技止此耳。」（柳宗元〈黔之驢〉）

　　㈡表示肯定，或作為句子的停頓或結束，可以譯為「了」、「的」、「啊」等，也可以不譯出。例如：

　　⑴韓、秦強弱，在今年耳。（《韓非子・存韓》）

　　⑵諸將易得耳，至如信者，國士無雙。（《史記・淮陰侯列傳》）

　　⑶且壯士不死則已，死即舉大名耳。（《史記・陳涉世家》）

　　⑷今肅可迎曹耳，如將軍不可也。（《三國志・吳書・魯肅傳》）

五　乎

　　㈠表示疑問語氣　這是「乎」字的主要功能，有以下幾種用法：

1　表示疑問，可譯為「嗎」、「呢」等，例如：

　　⑴子見夫子乎？（《論語・微子》）

　　⑵許子必種粟而後食乎？（《孟子・滕文公上》）

　　⑶丈夫亦愛憐其少子乎？（《戰國策・趙策四》）

　　⑷汝亦知射乎？（歐陽修〈歸田錄〉）

　　⑸何以王齊國、子萬民乎？（《戰國策・齊策四》）

　　⑹誰習計會，能為文收責於薛乎？（《戰國策・齊策四》）

以上第⑸⑹兩例為特指問句，前有「何」、「誰」疑問詞與之呼應。

2　表示選擇，常用「……乎……乎」的形式，可譯為「呢」。例如：

　　⑴子將大滅衛乎？抑納君而已乎？。（《左傳・哀公二十六年》）

　　⑵滕，小國也，間於齊楚，事齊乎？事楚乎？（《孟子・梁惠王上》）

　　⑶寧與黃鵠比翼乎？將與雞鶩爭食乎？（《楚辭・卜居》）

3 表示反問，前面常有「獨、不、寧、何、況」等詞和它配合，可譯為「嗎」或「呢」。例如：

(1)先生獨未見夫僕乎？（《戰國策·趙策三》）

(2)計中國之在海內，不似稊米之在太倉乎？（《莊子·秋水》）

(3)王侯將相寧有種乎？（《史記·陳涉世家》）

(4)楚王遺弓，楚人得之，又何求乎？（《公孫龍子·跡府》）

(5)死馬且買之五金，況生馬乎？（《戰國策·燕策一》）

4　表示測度，前面常有「殆、其、或、得無」等詞和它配合，可譯為「吧」。例如：

(1)日食飲得無衰乎？（《戰國策·趙策四》）

(2)吾聞聖人不相，殆先生乎？（《史記·范雎蔡澤列傳》）

(3)聖人之所以為聖，愚人之所以為愚，其皆出於此乎？（韓愈〈師說〉）

(二)表示祈使語氣。

1 表示命令，可譯為「吧」。例如：

(1)夫祛猶在，女其行乎！（《左傳·僖公二十四年》）

(2)默默乎，河伯！（《莊子·秋水》）

2 表示請求，可譯為「吧」。例如：

(1)左右曰：「夫人少辟火乎！」（《穀梁傳·襄公三十年》）

(2)願君顧先王之宗廟，姑反國統萬人乎！（《戰國策·齊策四》）

(三)表示感歎語氣，可譯為「啊」、「呀」。例如：

(1)善哉！技蓋至此乎！（《莊子·養生主》）

(2)嗚呼！孰知賦斂之毒有甚是蛇者乎！（柳宗元〈捕蛇者說〉）

六　哉

(一)表示疑問語氣

1 用於特指問句，要與疑問代詞配合，可譯為「呢」、「啊」。例如：

(1)人焉廋哉？人焉廋哉？（《論語·為政》）

(2)此何鳥哉？（《莊子・山木》）

(3)上曰：「汲黯何如人哉？」（《史記・汲鄭列傳》）

(4)此秋聲也，胡為乎來哉？（歐陽修〈秋聲賦〉）

2 表示反問，常與「豈、安、獨」等配合，可譯為「嗎」、「呢」。例如：

(1)晉，吾宗也，豈害我哉？（《左傳・僖公五年》）

(2)夫破人之與破於人也，臣人之與臣於人也，豈可同日而言之哉？（《戰國策・趙策二》）

(3)嗟乎，燕雀安知鴻鵠之志哉？（《史記・陳涉世家》）

(4)相如雖駑，獨畏廉將軍哉？（《史記・廉頗藺相如列傳》）

㈡表示感歎語氣，這是「哉」字的主要用途，可表示贊頌、悲痛、憤怒、驚訝、感歎等語氣，可譯為「啊」、「呀」。例如：

(1)秦王掃六合，虎視何雄哉！（李白〈古風其三〉）

(2)痛定思痛，痛何如哉！（文天祥〈指南錄後序〉）

(3)其枉民也，亦甚矣哉！（方苞〈獄中雜記〉）

(4)文人畫士之禍之烈至此哉！（龔自珍〈病梅館記〉）

(5)小人之好議論，不樂成人之美如是哉！（韓愈〈張中丞傳後敘〉）

感歎句常常倒裝，將謂語前置，以加強感歎的情緒。例如：

(6)有是哉，子之迂也！（《論語・子路》）

(7)大哉，堯之為君！（《孟子・滕文公上》）

(8)快哉，此風！（宋玉〈風賦〉）

㈢表示祈使語氣，可譯為「吧」。例如：

(1)往哉！先生。（《尚書・盤庚》）

(2)無若殷王受之迷亂，酗于酒德哉！（《尚書・無逸》）

(3)為國者勿使為積威之所劫哉！（蘇洵〈六國論〉）

七　邪（耶）

㈠表示疑問語氣

1　表示疑問，可譯為「嗎」或「呢」，例如：

(1)賞罰者，兵之急者耶？（《孫臏兵法·威王問》）

(2)今子欲以子之梁國而嚇我邪？（《莊子·秋水》）

(3)上召布罵曰：「若與彭越反邪？」（《史記·欒布列傳》）

(4)六國互喪，率賂秦耶？（蘇洵〈六國論〉）

(5)先生惡能使梁助之耶？（《戰國策·趙策三》）

(6)君何不從容為上言邪？（《史記·季布列傳》）

(7)子云神滅，何以知其滅邪？（蕭琛〈難神滅論〉）

以上(5)(6)(7)三例為特指問句，有「惡、何」等疑問詞與之配合，「邪」均可譯作「呢」。

2　表示選擇，可譯為「呢」。例如：

(1)天之蒼蒼，其正色邪？其遠而無所至極邪？（《莊子·逍遙遊》）

(2)倘所謂天道，是邪？非邪？（《史記·伯夷列傳》）

(3)嗚呼！其信然邪？其夢邪？其傳之非其真邪？（韓愈〈祭十二郎文〉）

(4)不知天之棄魯邪？抑魯君有罪於鬼神，故及此也？（《左傳·昭公二十六年》）

(5)豈吾相不當侯邪？且固命也？（《史記·李將軍列傳》）

以上第(4)(5)兩例是用「也」字和「邪」字相配構成選擇問句。

3　表示反問，常同「寧、豈、安」等呼應，可譯為「嗎」或「呢」。例如：

(1)十人而從一人者，寧力不勝、智不若耶？（《戰國策·趙策三》）

(2)趙王豈以一璧之故欺秦邪？（《史記·廉頗藺相如列傳》）

(3)今雖死乎此，比吾鄉鄰之死則已後矣，又安敢毒邪？（柳宗元〈捕蛇者說〉）

(二)表示推測語氣，常和「其、得無」等相呼應，可譯為「吧」或「嗎」。例如：

(1)孔丘之於至人，其未邪？（《莊子·德充符》）

　　(2)今民生長於齊不盜，入楚則盜，得無楚之水土使民善盜邪？（《晏
　　　子春秋・內篇・雜下》）
　　(3)吾兒其不死耶？（歸有光〈思子亭記〉）

八　與（歟）
　　㈠表示疑問語氣
　1　表示疑問，可譯為「嗎」或「呢」，例如：
　　(1)是魯孔丘與？（《論語・微子》）
　　(2)子非三閭大夫與？（《楚辭・漁父》）
　　(3)王聞燕太子丹入質秦歟？（《史記・樗里子甘茂列傳》）
　　(4)三王聖者歟？（《列子・仲尼》）
　　(5)是誰之過與？（《論語・季氏》）
　　(6)何施而臻此與？（《漢書・武帝紀》）
　　(7)然則孰為其人而能盡公與是歟？（曾鞏〈寄歐陽舍人書〉）
　以上(5)(6)(7)三例為特指問句，有「誰、何、孰」等疑問代詞與之配合，
「邪」均可譯作「呢」。
　2　表示選擇，可譯為「呢」。例如：
　　(1)夫子至於是邦也，必聞其政，求之與？抑與之與？（《論語・學
　　　而》）
　　(2)不知論之不及與？知之弗若與？（《莊子・秋水》）
　　(3)弗知真為聖歟？真不聖歟？（《列子・仲尼》）
　　(4)無懷氏之民歟？葛天氏之民歟？（陶潛〈五柳先生傳〉）
　3　表示反問，常同「豈、非、得非」等呼應，可譯為「嗎」。例如：
　　(1)今言王若易然，則天下不足法與？（《孟子・公孫丑上》）
　　(2)夫人生百體堅強，手足便利，耳目聰明，而心聖智，豈非士之願
　　　與？（《史記・蔡澤列傳》）
　　(3)且春也有善，寡人有春之善，非寡人之善與？（《新序・刺奢》）
　　(4)余以為周之喪久矣，徒建空名於公侯之上耳！得非諸侯之盛強，末

大不掉之之咎歟？（柳宗元〈封建論〉）

㈡表示推測語氣，常和「其、無乃（毋迺）」等相呼應，可譯為「吧」。
例如：

⑴孝悌也者，其為仁之本與！（《論語·學而》）

⑵襄公曰：「先君薨尸在堂，見秦利因而擊之，無乃非為人子之道
　歟！（《呂氏春秋·悔過》）

⑶今廢先王德教之官，而獨任執法之吏治民，毋迺任刑之意與！（《漢
　書·董仲舒傳》）

⑷而孟子云「孔子成《春秋》，亂臣賊子懼」，無乃烏有之談歟！
　（《史通·惑經》）

㈢表示感歎語氣，可譯為「吧」、「啊」。例如：

⑴猗與！那與！（《詩經·商頌·那》）

⑵子在陳曰：「歸與！歸與！吾黨之小子狂簡，斐然成章，不知所以
　裁之。」（《論語·公冶長》）

⑶論者之言，一似管窺虎歟！（《三國志·魏書·武帝紀注》）

$$\boxed{\text{助　詞}}$$

第一節　襯音助詞

襯音助詞又叫做音節助詞。它不表意義，只在句子中起調節字數長短奇
偶的作用，目的在使句子的語調舒緩，或與別的句子比配達到字數對稱、音
節均勻的效果。襯音助詞可以分為句首襯音助詞、句中襯音助詞、句末襯音
助詞和句首句中襯音助詞四種。襯音助詞多見於上古典籍如《尚書》、《詩
經》等書中，後來比較少用。

一　句首襯音助詞

較常用的有「曰、聿、伊、越、言、薄、薄言、思、亦、云、允」等，例如：

(1)曰為改歲，入此室處。（《詩經・豳風・七月》）

(2)我送舅氏，曰至渭陽。（《詩經・秦風・渭陽》）

(3)無念爾祖，聿修厥德。（《詩經・大雅・文王》）

(4)昭事上帝，聿懷多福。（《詩經・大雅・大明》）

(5)不可畏也，伊可懷也。（《詩經・豳風・東山》）

(6)伊其相謔，贈之以芍藥。（《詩經・鄭風・溱洧》）

(7)高宗肜日，越有雊雉。（《尚書・高宗肜日》）

(8)殷遂喪，越至于今。（《尚書・微子》）

(9)翹翹錯薪，言刈其楚。（《詩經・周南・漢廣》）

(10)言念君子，載寢載興。（《詩經・秦風・小戎》）

(11)凡我同盟之人，既盟之後，言歸於好。（《左傳・僖公九年》）

(12)薄污我私，薄澣我衣。（《詩經・周南・葛覃》）

(13)薄伐玁狁，以奏膚功。（《詩經・小雅・六月》）

(14)采采芣苢，薄言采之。（《詩經・周南・芣苢》）

(15)薄言震之，莫不震疊。（《詩經・周頌・時邁》）

(16)思輯用光，弓矢斯張。（《詩經・大雅・公劉》）

(17)亦既見止，亦既覯止，我心則降。（《詩經・召南・草蟲》）

(18)若從踐土，若從宋，亦唯命。（《左傳・定公元年》）

(19)我僕痡矣，云何吁矣。（《詩經・周南・卷耳》）

(20)赫赫炎炎，云我無所。（《詩經・大雅・雲漢》）

(21)我求懿德，肆于時夏，允王保之。（《詩經・周頌・時邁》）

(22)允出茲在茲，惟帝念功。（《左傳・襄公二十一年引夏書》）

(23)允余之思，豈可止哉！（韓愈〈劉統軍碑〉）

二　句中襯音助詞

較常用的有「曰、聿、云、言、于、思」等，例如：

(1)我東曰歸，我心西歸。（《詩經‧豳風‧東山》）

(2)昊天曰旦，及爾游衍。（《詩經‧大雅‧板》）

(3)蟋蟀在堂，歲聿其莫。（《詩經‧唐風‧蟋蟀》）

(4)灑掃穹室，我征聿至。（《詩經‧豳風‧東山》）

(5)道之云遠，曷云能來？（《詩經‧邶風‧雄雉》）

(6)日月逾邁，若弗云來。（《尚書‧秦誓》）

(7)內外無親，其誰云救之？（《國語‧晉語二》）

(8)靜言思之，不能奮飛。（《詩經‧邶風‧柏舟》）

(9)百姓昭明，協和萬邦，黎民于變時雍。（《尚書‧堯典》）

(10)黃鳥于飛，集于灌木。（《詩經‧周南‧葛覃》）

(11)王于興師，修我戈矛，與子同仇。（《詩經‧秦風‧無衣》）

(12)兕觥其觫，旨酒思柔。（《詩經‧小雅‧桑柔》）

三　句末襯音助詞

較常用的有「思、只、斯」等，例如：

(1)漢有游女，不可求思。（《詩經‧周南‧漢廣》）

(2)今我來思，雨雪霏霏。（《詩經‧小雅‧采薇》）

(3)仲氏任只，其心塞淵。（《詩經‧邶風‧燕燕》）

(4)名聲若日，照四海只！（《楚辭‧大招》）

(5)彼何人斯，其心孔艱。（《詩經‧小雅‧何人斯》）

(6)湛湛露斯，匪陽不晞。（《詩經‧小雅‧湛露》）

四　句首句中襯音助詞

較常用的有「式、言、侯、以、爰」等，例如：

(1)式微式微，胡不歸？（《詩經‧邶風‧式微》）

(2)式號式呼，俾晝作夜。（《詩經‧大雅‧蕩》）

(3)言旋言歸，復我邦族。（《詩經・小雅・黃鳥》）

(4)瞻彼中林，侯薪侯蒸。（《詩經・小雅・正月》）

(5)微我無酒，以敖以游。（《詩經・邶風・柏舟》）

(6)止基迺理，爰眾爰有。（《詩經・大雅・公劉》）

第二節　結構助詞

結構助詞的功用在於幫助構成某種結構，具有可以作為表示某種結構的標誌的作用。有以下幾種：

一　偏正短語的標誌

在文言中具有這種作用的主要是「之」字，有下列兩種情況：

㈠用在定語和中心語之間，例如：

(1)伯文若肆大惠，復二文之業，弭周室之憂，徽文武之福，以固盟主宣昭令名，則余一人有大願矣。（《左傳・昭公三十二年》）

(2)仁，人之安宅也；義；人之正路也。（《孟子・離婁上》）

(3)無冥冥之志者，無昭昭之明；無惛惛之事者，無赫赫之功。（《荀子・勸學》）

(4)毛先生以三寸之舌，強於百萬之師。（《史記・平原君虞卿列傳》）

(5)可以言論者，物之粗也。（《莊子・秋水》）

(6)項王為人，恭敬愛人，士之廉節好禮者多歸之。（《史記・陳丞相世家》）

(7)以君之力，曾不能損魁父之丘。（《列子・湯問》）

(8)齊明、周最、陳軫、召滑、樓緩、翟景、蘇厲、樂毅之徒通其意。（賈誼〈過秦論〉）

以上第(1)(2)兩例標誌領屬關係，(3)(4)兩例標誌修飾關係，「之」字均可譯為「的」；第(5)(6)兩例標誌大範圍與小範圍關係，「之」字可譯為「……

（中）的」；第(7)(8)兩例標誌同一關係，「魁父」和「丘」指的是同一事物，「徒」指的就是齊明、周最等人，這樣用法的「之」字，可根據上下文意譯為「這樣」、「那樣」，或者「這類」、「那類」等。

　　值得注意的是，這種用「之」字構成的偏正短語，有時為了強調中心語，可以把中心語調到前面，和定語的位置互換，也就是中心語在「之」字前，定語在「之」字後。例如：

　　(9)螾無爪牙之利，筋骨之強。（《荀子・勸學》）

　　⑩帶長鋏之陸離兮，冠切雲之崔嵬。（《楚辭・涉江》）

　　㈡用在中心語和補語之間，可譯為「得」，例如：

　　(1)相守數年以爭一日之勝，而愛爵祿、百金不知敵之情者，不仁之至也。（《孫子・用間》）

　　(2)何興之暴也？（《史記・項羽本紀》）

　　(3)天下之刖者多矣，子奚哭之悲也？。（《韓非子・和氏》）

　　(4)哭顏淵慟者，殊之眾徒，哀痛之甚也。（《論衡・問孔》）

　　(5)則吾斯役之不幸，未若復吾賦不幸之甚也。（柳宗元〈捕蛇者說〉）

二　取消主謂短語獨立性的標誌

　　用在主語和謂語之間，取消原來主謂結構作為句子的獨立性，使其成為句子成分；這樣的做法也可以用在複句的第一分句，這時「之」字有使語氣延宕的作用，表示語意未完，還有下文。這樣用法的「之」字有時可譯為「的」，有時不必譯出。例如：

　　(1)貢之不入，寡君之罪也。（《左傳・僖公四年》）

　　(2)將軍之舉武昌，若摧枯拉朽。（《晉書・甘卓傳》）

　　(3)人之為學也，有難易乎？（彭端叔〈為學一首示子姪〉）

　　以上作主語。

　　(4)是非容貌之患也，聞見之不眾也，議論之卑爾。（《荀子・非相》）

　　(5)是父之行乎子也。（《公羊傳・哀公三年》）

　　以上作謂語。

(6)汝忘君之為孺子牛而折其齒乎。（《左傳‧哀公六年》）

(7)吾聞北方之畏昭奚恤也，果誠何如？（《戰國策‧楚策一》）

(8)不知東方之既白。（蘇軾〈前赤壁賦〉）

以上作賓語。

(9)始臣之解牛之時，所見無非牛者。（《莊子‧養生主》）

以上作定語。

(10)宋殤公之即位也，公子馮出奔鄭。（《左傳‧隱公四年》）

(11)陳共公之卒，楚人不禮焉。（《左傳‧宣公十一年》）

(12)媼之送燕后也，持其踵為之泣。（《戰國策‧趙策四》）

以上作狀語。

(13)苟子之不欲，雖賞之不竊。（《論語‧顏淵》）

(14)皮之不存，毛將安傅？（《左傳‧僖公十四年》）

(15)父母之愛子，則為之計深遠。（《戰國策‧趙策四》）

以上作複句第一分句。

三　賓語前置的標誌

　　動詞在前，賓語在後，這在古今漢語的句法裡都是如此，不過在古代漢語裏也可以把賓語放在動詞的前面，而在前置的賓語和動詞之問增加一個結構助詞，這在較古的文獻中並非罕見，所以不能說它是臨時或特殊的用法，它也是古代漢語所呈現出來的一種現象。作為賓語前置的結構助詞有「是、之、實、焉、來、云、斯、為、于（於）」等，例如：

(1)戎狄是膺，荊楚是懲，則莫我敢承。（《詩經‧魯頌‧閟宮》）

(2)豈不穀是為，先君之好是繼。（《左傳‧僖公四年》）

(3)先君之思，以助寡人。（《詩經‧邶風‧燕燕》）

(4)吾以子為異之問，曾由與求之問。（《論語‧先進》）

(5)女罪之不恤，而又何請焉？。（《左傳‧昭公二年》）

(6)非知之實難，將在行之。（《左傳‧昭公十年》）

(7)先神命之，國民信之，芈姓有亂，必季實立。（《左傳‧昭公十三

　　　年》）

⑻我周之東遷，晉、鄭焉依。（《左傳・隱公六年》）

⑼今王播棄黎老，而孩童焉比謀。（《國語・吳語》）

⑽不念昔者，伊予來墍。（《詩經・邶風・谷風》）

⑾是用作歌，將母來諗。（《詩經・小雅・四牡》）

⑿有皇上帝，伊誰云憎。（《詩經・小雅・正月》）

⒀伊誰云從？維暴之云。（《詩經・小雅・何人斯》）

⒁朋酒斯饗，曰殺羔羊。（《詩經・豳風・七月》）

⒂汝為人臣子，……為降虜於蠻夷，何以汝為見？（《漢書・蘇武
　　傳》）

⒃赫赫南仲，玁狁于襄。（《詩經・小雅・出車》）

⒄王貪而無信，唯蔡於感。（《左傳・昭公十一年》）

　　以上各例皆是賓語前置，如例⑴的「戎狄是膺，荊楚是懲」就是「膺戎
狄，懲荊楚」，例⑶的「先王之思」就是「思先王」，其他各例都是如此。

第十三章

歎詞　應答詞

歎詞

應答詞

嘆　詞

嘆詞是表示各種情感的詞，有以下幾種：

一　表示感嘆

常見的有「嗟呼（嗟乎、嗟夫）、嗚呼（於乎、於戲）、嘻、唉」等。例如：

(1)襄子乃喟然歎泣曰：「嗟乎，豫子！豫子之為知伯，名既成矣。」（《戰國策・趙策一》）

(2)嗟呼！燕雀安知鴻鵠之志哉！（《史記・陳涉世家》）

(3)嗚呼，孰知賦斂之毒有甚是蛇者乎！（柳宗元〈捕蛇者說〉）

(4)其妻曰：「嘻！子毋讀書游說，安得此辱乎！」（《史記・張儀列傳》）

二　表示驚訝

常見的有「惡、烏、吁」等。例如：

(1)惡！賜，是何言也！夫君子豈多而賤之少而貴之哉！（《荀子・法行》）

(2)使者曰：「烏！謂此邪！必若所云，則是蜀不變服而巴不化俗也。」（《史記・司馬相如列傳》）

(3)蔡澤曰：「吁！何君見之晚也！」（《戰國策・秦策三》）

三　表示讚美

常見的有「嘻、嗚呼、噫嘻」等。例如：

(1)文惠君曰：「嘻，善哉！技蓋至此乎？」《莊子・養生主》）

(2)嗚呼！亦盛矣哉！（張溥〈五人墓碑記〉）

(3)噫嘻成王，既昭假爾。（《詩經・周頌・噫嘻》）

四　表示傷痛

常見的有「嗚呼（於乎、於戲）、嗟乎、噫嘻、噫」等。例如：

(1)嗚呼！汝病吾不知時，汝歿吾不知日。（韓愈〈祭十二郎文〉）

(2)嗟乎嗟乎！如僕，尚何言哉！尚何言哉！（司馬遷〈報任安書〉）

(3)噫嘻，悲哉！此秋聲也。（歐陽修〈秋聲賦〉）

(4)顏淵死，子曰：「噫！天喪予，天喪予！」（《論語・先進》）

五　表示斥責

常見的有「呼、咄、叱嗟」等

(1)呼！役夫！宜君王之欲殺女而立職也。（《左傳・文公元年》）

(2)咄！老女子！何不疾行！（《史記・滑稽列傳》）

(3)威王勃然怒曰：「叱嗟！而母、婢也。」（《戰國策・趙策三》）

應　答　詞

應答詞是表示回應、承諾的聲音，常用的有「唯、諾」兩個詞。「唯」略等於「嗯」，是比較單純的應聲，對於對方的呼告是一種不置可否的態度；「諾」則除了答應之外還表示肯定、認可的意思，相當於「好、好的」。例如：

(1)子曰：「參乎！吾道一以貫之。」曾子曰：「唯。」（《論語・里仁》）

(2)秦王跽而請曰：「先生何以幸教寡人？」范雎曰：「唯，唯。」若是者三。（《戰國策・秦策三》）

(3)太后曰：「諾。恣君之所使之。」（《戰國策・趙策四》）

(4)太子送至門，戒曰：「丹所報，先生所言，國之大事也，願先生勿泄也。」田光俛首而笑，曰：「諾。」（《史記・刺客列傳》）

短 語　第十四章

第一節　短語的意義和類別

　　短語是由兩個或兩個以上的詞按照一定的語法關係構成的造句單位。它可以由實詞加實詞組合而成，也可以由實詞加虛詞組合而成。短語是造句的單位，固然可以充當各種句子成分，但並不是只有充當句子成分的才是短語。它和句子的主要區別並不在這裏，也不在於長短與結構和句子有什麼一定的區別。它們的主要區別在：句子要有一定的語調，能表達相對完整的意義，可以由一個詞構成，如果一個詞具有某種語調，能相對表達一個完整的意義，它就是一個句子。短語則是詞和詞的組合，不能由獨詞構成；不過如果短語加上一定的語調，能相對表達一個完整的意義，也就可以成為一個句子了。

　　短語的分類有兩個標準：一是按短語的內部結構分類，一是按短語的造句功能分類。前者分為聯合短語、偏正短語、述賓短語、連動短語、兼語短語、能願短語、主謂短語、介賓短語、複指短語、所字短語、者字短語等十一類；後者主要分為名詞短語、動詞短語、形容詞短語等三類。

一　聯合短語

　　這類短語是由同性質的詞構成的。作為構成短語成分的各項實詞之間是並列的關係，排列順序基本上可以互相移位而不影響結構關係和意義。各項成分之間可以不用虛詞，也可以使用表示並列關係、選擇關係或遞進關係的關聯詞語。按照組合詞的性質，聯合短語分為以下三類。

　　㈠名詞與名詞、代詞與代詞或名詞與代詞的聯合，按功能分類屬於名詞短語，如：

　　　　晨昏　山河　伯夷叔齊　風雨雷電　草木鳥獸蟲魚
　　　　師與商　雲與海　戲劇與人生　莊公及共叔段　戰爭或和平
　　　　爾汝　你我他　我與汝　彼或此　吾與清風明月

㈡動詞與動詞的聯合，按功能分類屬於動詞短語，如：

　　笑罵　吃喝　齊戰疾（齋戒戰爭疾病）　奔走號泣

　　讀與寫　買或賣　知且行　研究並討論

㈢形容詞與形容詞的聯合，按功能分類屬於形容詞短語，如：

　　寒暖　智愚　酸甜苦辣　陰晴圓缺

　　上與下　長或短　恭而安　貧且賤　重以周

二　偏正短語

　　這類短語通常由一個修飾限制的成分和一個被修飾限制的成分構成。作為構成這種短語的各項成分之間的關係不是平等並列的，是有正有偏的。修飾限制的成分是「偏」，叫做定語、狀語或補語；被修飾限制的成分是「正」，叫做中心語。偏正短語的語序通常是定語、狀語在前，中心語在後；但如果是補語，則放在中心語後面。按照中心語的性質，偏正短語可以分為以下三類：

　　㈠中心語為名詞者，按功能分類屬於名詞短語，如：

　　⑴晉荀林父　狐裘　熊虎之狀而豺狼之聲

　　⑵飛石　迴水　歸路　倒影　餓豺狼

　　⑶綠衣黃裳　青箬笠綠簑衣　黑質而白章　僻陋之國

　　⑷百年　十日　一杯水　一封書　三里之城　七里之郭

　　以上例⑴定語為名詞，例⑵定語為動詞，例⑶定語為形容詞，例⑷定語為數（量）詞。

　　㈡中心語為動詞者，按功能分類屬於動詞短語，如：

　　⑴大怒　輕怨　薄嗔　難圖　高翔　固辭　疾走

　　⑵皆動　不憂　急攻　驟諫　少解　既來　咸服

　　⑶朝渡　暮宿　人立　字斟　句酌　蠶食　鯨吞

　　⑷射殺　焚滅　割斷　擊破　餓死　打碎　飲醉

　　⑸辨明　燒夷　減輕　說盡　鑿空　削平

　　⑹繞樹三匝　舉築三下　書讀百遍　猿鳴三聲

以上例(1)～(3)是前偏後正的結溝，例(1)狀語為形容詞，例(2)狀語為副詞，例(3)狀語為名詞；(4)～(6)是前正後偏的結構，例(4)補語為動詞，例(5)補語為形容詞，例(6)補語為數量詞。

㈢中心語為形容詞者，按功能分類屬於形容詞短語，如：

(1)不彰　方壯　特秀　絕妙　極高　至大　彌堅

(2)久安　大公　長戚戚

(3)一片白　數點青

(4)美甚　淺甚　醜極　富貴極矣

以上例(1)～(3)是前偏後正的結溝，例(1)狀語為副詞，例(2)狀語為形容詞，例(3)狀語為數量詞；例(4)是前正後偏的結構，補語為副詞。

三　述賓短語

述賓短語，有人稱做動賓短語，由兩個成分構成。前一個成分由動詞充任，叫做述語，後一部分是賓語。按功能分類，述賓短語屬於動詞短語。依照賓語內部的結構，可以分為兩類：

㈠單賓語結構　主要由一個述語和一個賓語構成，如：

(1)看山　觀海　伐紂　救燕　執干戈　衛社稷

(2)客我　食我　云何　用此　惡之　學之

(3)乘奔　彰往　察來　有憂　無慮

(4)溫故　知新　敵大　平險　執銳

以上例(1)賓語為名詞，例(2)賓語為代詞，例(3)賓語為動詞，例(4)賓語為形容詞。

有時述語雖然帶兩個或更多的賓語，但這些賓語是並列的關係，可以組合成一個聯合短語，整個兒作述語的賓語，所以它仍然屬於單賓語結構。如：

(1)繕甲兵，具卒乘。（《左傳·隱公元年》）

(2)殺左公子洩右公子職。（《左傳·莊公六年》）

「甲兵」、「卒乘」、「左公子洩右公子職」都是名詞聯合短語，分別作「繕」「具」和「殺」的賓語，「繕甲兵」、「具卒乘」和「殺左公子洩

右公子職」雖然都各有兩個賓語，仍然是單賓語結構。

㈡雙賓語結構

一個述語帶兩個賓語，而這兩個賓語彼此之間沒有結構上的關係（即不能是聯合關係或偏正關係），而又都可以和述語構成述賓關係，這樣的語段叫做雙賓語結構。這兩個賓語，一個表示人的，叫間接賓語；一個表示事物的，叫直接賓語。

不是所有的動詞都可以帶雙賓語。一個動詞能否帶雙賓語要看它的語義是否允許。在文言文中，根據動詞語義的不同，雙賓語結構可分為以下幾類：

㈠給與類。如：

(1)靜女其孌，貽我彤管。（《詩經・邶風・靜女》）

(2)衛人使屠伯饋叔向羹與一篋錦。（《左傳・昭公十三年》）

(3)田榮與彭越將軍印。（《史記・項羽本紀》）

(4)美人贈我金錯刀。（張衡〈四愁詩〉）

㈡告教類。如：

(1)公語之故，且告之悔。（《左傳・隱公元年》）

(2)后稷教民稼穡。（《孟子・滕文公上》）

(3)於是項梁乃教籍兵法。（《史記・項羽本紀》）

(4)淮陰侯破齊，自立為齊王，使使言之漢王。（《史記・陳丞相世家》）

㈢詢問類。如：

(1)問之仲尼。（《韓非子・內儲說上》）

(2)問之民所疾苦。（《史記・滑稽列傳》）

(3)（帝）嘗問衡天下所疾惡者。（《後漢書・張衡傳》）

㈣作為類。如：

(1)天佑下民，作之君，作之師。（《尚書・泰誓》）

(2)姜氏何厭之有？不如早為之所，無使滋蔓。（《左傳・隱公元年》）

(3)天生民而立之君。（《左傳・襄公十四年》）

文言文中「為」字這動詞的涵義是多方面的，在不同的語句裏，可以理

解為「做」、「造」、「處理」、「安排」等意義。因此文言文中很多語句是用「為」作為述語而帶雙賓語的。除例(2)外，又例如：

(4)（楚王）重為之禮而歸之。（《左傳‧成公三年》）

(5)孟嘗君曰：「為之駕，比門下之車客。」（《戰國策‧齊策四》）

(6)王雖為之賜而令吏弗誅，腹䵍不可不行墨者之法。（《呂氏春秋‧去私》）

㈤使動類。如：

(1)無生民心。（《左傳‧隱公元年》）

(2)晉侯飲趙盾酒。（《左傳‧宣公二年》）

(3)均之二策，寧許以負秦曲。（《史記‧廉頗藺相如列傳》）

在文言文中，雙賓語的次序一般是表人的間接賓語在前，表事的直接賓語在後，但也有相反的情形，如：

(1)范座獻書魏王。（《戰國策‧趙策四》）

(2)又獻玉斗范增。（《史記‧項羽本紀》）

(3)請奉盆缶秦王，以相娛樂。（《史記‧廉頗藺相如列傳》）

四　連動短語

連動短語由兩個或兩個以上動詞或動詞短語組成，組成的成分之間有先後、目的、結果等關係，次序不能顛倒。

㈠表示連動的幾個動詞可以不帶賓語，也可以帶賓語，動詞（或動詞短語）與動詞（或動詞短語）之間不用連詞連接，如：

(1)公子降、拜、稽首。（《左傳‧僖公二十三年》）

(2)張良入謝。（《史記‧項羽本紀》）

(3)吳王聞之大怒。（《史記‧伍之胥列傳》）

(4)嘗殺人，亡之吳。（《史記‧季布欒布列傳》）

(5)引河水灌民田。（《史記‧滑稽列傳》）

(6)弛擔持刀，狼不敢前。（《聊齋志異‧狼》）

㈡動詞（或動詞短語）之間用連詞「而」、「以」連接，或表時間先

後，或表目的，或表結果等，如：

(1)入而徐趨，至而自謝。（《戰國策・趙策四》）

(2)見兔而顧犬，未為晚也；亡羊而補牢，未為遲也。（《戰國策・楚策四》）

(3)潁考叔取鄭伯之旗蝥弧以先登。（《左傳・隱公十一年》）

(4)公載寶以出。（《左傳・昭公二十年》）

(5)（楚人）為小門於大門之側而延晏子。（《晏子春秋・內篇・雜下》）

(6)緣木而求魚。（《孟子・梁惠王上》）

(7)楚人伐宋以救鄭。（《左傳・僖公二十二年》）

(8)坐以待旦。（《孟子・離婁下》）

(9)故不能推車而及。（《左傳・成公二年》）

(10)禹母吞薏苡而生禹，故夏姓曰姒。（《論衡・奇怪》）

(11)焉用亡鄭以陪鄰。（《左傳・僖公三十年》）

(12)今乃棄黔首以資敵國，卻賓客以業諸侯。（李斯〈諫逐客書〉）

以上例(1)～(4)表時間先後，例(5)～(8)表目的，例(9)～(12)表結果。

㈢在文言中還有一種「謂……曰」的連動形式，與「謂」作用相同的動詞還有「言、告、問、愬、說、譖、讒、諫、誡、罵」等，和後面的動詞「曰」組成連動短語，「曰」雖然是一個動詞，但在這裏動作的意味輕，而引起下文的作用大。例如：

(1)驪姬謂太子曰：……（《左傳・僖公四年》）

(2)佚之狐言於鄭伯曰：……（《左傳・僖公三十年》）

(3)召公告王曰：……（《國語・周語上》）

(4)惠王問諸內史過曰：……（《左傳・莊公三十二年》）

(5)邾人、莒人愬於晉曰：……（《左傳・昭公十三年》）

(6)石碏諫曰：……（《左傳・隱公三年》）

(7)馮諼先驅，誡孟嘗君曰：……（《戰國策・齊策四》）

㈣連動短語和動詞聯合短語都是由兩個或兩個以上的動詞（或動詞短

語）構成的，結構形式相同。兩者主要的區別在於連動短語的幾個動詞所表示的動作行為有先後的次序，前後的位置不可調動；而動詞聯合短語的幾個動詞所表示的動作行為沒有先後的分別，基本上前後的位置可以調換而意義不變。例如：

(1)勾踐食不重味，吊死問疾，且欲有所用也。（《史記・伍之胥列傳》）

(2)乃欲仰首伸眉，論列是非，不亦輕朝廷、羞當世之士耶？（司馬遷〈報任安書〉）

(3)君子尊賢而容眾。（《論語・子張》）

以上各例中的動詞短語都是聯合關係。例(1)的「吊死」和「問疾」沒有先後的分別，位置可以互換。例(2)的「仰首」和「伸眉」、「輕朝廷」和「羞當世之士」，例(3)的「尊賢」和「容眾」，也都是聯合關係。

㈤連動短語和以動詞（或動詞短語）作狀語的狀中動詞短語在形式上是一樣的，區別在於連動短語的幾個動詞（或動詞短語）之間沒有輕重主次之分，只有先後和目的、結果等的關係；而後者的幾個動詞（或動詞短語）之間，雖然所表示的動作行為有時也可分先後，但主要在於有輕重主次的分別，它們之間是修飾和被修飾的關係。例如：

(1)子路拱而立。（《論語・微子》）

(2)老婦恃輦而行。（《戰國策・趙策四》）

(3)於是令齊軍善射者萬弩，夾道而伏。（《史記・孫子吳起列傳》）

以上各例中動詞所表示的動作雖然也有前後的關係，但主要的是前面的動詞（或動詞短語）對後面的動詞進行修飾，說明怎樣「立」，怎樣「行」和如何「伏」。它們是狀中關係的偏正短語，不是連動短語。

五　兼語短語

一個短語中有兩個動詞，前一個動詞所帶的賓語，又是後一個動詞的主語，這個一身兼有兩種身分的詞語，既是前一個動作的受事者，又是後一個動作的施事者，叫做兼語。帶有兼語的短語，叫做兼語短語。

　　不是任何動詞都可以帶兼語的。兼語作為主語所施行的動作是受命於它前面的動詞才產生的，所以兼語短語第一個動詞必須具有這樣的功能。能帶兼語的動詞大多是具有使令、任命等意義的動詞。較常見的兼語短語可分為以下幾類：

　　㈠使令類　前動詞為含有命令、派遣等意義的動詞，常見的有「使、令、呼、遣、召、請、教」等，如：

　　　(1)孔子過之，使子路問津焉。（《論語・微子》）

　　　(2)堯令舜攝行天子之政。（《史記・五帝本紀》）

　　　(3)呼河伯婦來，視其好醜。（《史記・滑稽列傳》）

　　　(4)乃遣子貢之齊。（《墨子・非儒下》）

　　　(5)項梁盡召別將居薛。（《史記・高祖本紀》）

　　　(6)張良強請漢王起行勞軍。（《史記・高祖本紀》）

　　　(7)不教胡馬度陰山。（王昌齡〈出塞〉）

　　㈡任命類　前動詞為含有封拜、任免等意義的動詞，常見的有「封、拜、命、徵、立、任、除、徙、廢」等，如：

　　　(1)封鞅為列侯，號商君。（《史記・秦本紀》）

　　　(2)秦王拜李斯為客卿。（《史記・李斯傳》）

　　　(3)命公子申為王。（《左傳・哀公六年》）

　　　(4)武安侯為丞相，徵湯為吏。（《史記・酷吏列傳》）

　　　(5)項羽乃立章邯為雍王。（《史記・項羽本紀》）

　　　(6)時年十餘歲，任光為郎。（《漢書・霍光傳》）

　　　(7)尋蒙國恩，除臣洗馬。（李密〈陳情表〉）

　　　(8)徙魏王豹為西魏王。（《史記・項羽本紀》）

　　　(9)廢趙王張敖為宣平侯。（《史記・高祖本紀》）

　　㈢勸誡類　這一類兼語短語前動詞常見的有「勸、誡、告、教、請」等，如：

　　　(1)亞父勸項羽擊沛公。（《史記・高祖本紀》）

　　　(2)梁乃出，誡籍持劍居外待。（《史記・項羽本紀》）

(3)高帝以為然，乃發使告諸侯會陳。（《史記・陳丞相世家》）

(4)教吳乘車。（《左傳・成公七年》）

(5)請造父助我推車。（《韓非子・外儲說右下》）

㈣命名類　這一類兼語短語前動詞常用「謂、名、號、尊」等，後動詞一般用「曰」或「為」，如：

(1)婦人謂嫁曰歸。（《公羊傳・隱公二年》）

(2)謂其臺曰靈臺，謂其沼曰靈沼。（《孟子・梁惠王上》）

(3)北土多有名兒為驢駒豚子者。（《顏氏家訓・風操》）

(4)故關西號光武為銅馬帝。（《後漢書・光武紀》）

(5)尊皇后曰皇太后。（《三國志・魏書・三少帝紀》）

以上例(1)(2)中的「謂……曰」是「把什麼叫做什麼」的意思，要和連動短語的「謂……曰」加以區別。連動短語中的「謂」和「曰」是同一個主語的動作，而「曰」後則是說話的內容；兼語短語中的「謂」和「曰」則分屬不同的主語；這是二者的顯然不同之處。

㈤有無類　這一類的兼語短語，前一個動詞是表示客觀存在的「有」和「無」。

(1)有美人曰虞，常幸從。（《史記・項羽本紀》）

(2)明有奇巧人曰王叔遠，能以徑寸之木為宮室、器皿、人物……。
　　（魏學洢〈核舟記〉）

(3)有子存焉。（《列子・湯問》）

(4)出其東門，有女如雲。（《詩經・邶風・出其東門》）

(5)無草不死，無木不萎。（《詩經・小雅・谷風》）

(6)有鳥高飛。（《詩經・小雅・菀柳》）

(7)暮投石壕村，有吏夜捉人。（杜甫〈石壕吏〉）

(8)有顏回者好學。（《論語・雍也》）

(9)有蔣氏者專其利三世矣。（柳宗元〈捕蛇者說〉）

以上九例可以分為四類：(1)(2)兩例後一個動詞用「曰」字，所帶的賓語以專有名詞為多。(3)(4)(5)三例後一個動詞表示兼語的狀態。(6)(7)兩例後一個

動詞表示兼語發出某種動作。(8)(9)兩例兼語後所帶的「者」字都是語氣詞，沒有意義，和「有」字後帶「者字短語」不同，如「有牽牛而過堂下者」，是「者字短語」作「有」的賓語，「者」字是個代詞，它的意義是「……的人」，這是不可不分辨清楚的。

　　(六)「以……為……」式兼語短語　這是兼語的一種固定形式，表示「使……作為……」或「任命……做……」的意思，例如：

　　(1)初，晉獻公欲以驪姬為夫人。（《左傳·僖公四年》）

　　(2)秦惠王以其女為燕太子婦。（《史記·蘇秦列傳》）

　　(3)於是梁王虛上位，以故相為上將軍。（《戰國策·齊策四》）

　　(4)以衛鞅為左庶長，卒定變法之令。（《史記·商君列傳》）

　　要注意的是「以……為……」式所表示的不僅是兼語式，另有兩種，形式完全相同，但其內部的結構和表達的意義不同。一種是「述賓結構」，「以」是動詞，作述語，它的賓語是一個以「為」做述語的主謂短語。這樣用法的「以……為……」相當於「認為……是……」。例如：

　　(1)先君以寡人為賢，使主社稷。（《左傳·隱公三年》）

　　(2)我以不貪為寶，爾以玉為寶。（《左傳·襄公十五年》）

　　(3)子以我為不信，我為子先行，子隨我後，觀百獸之見我而敢不走乎？（《戰國策·楚策一》）

　　另外一種是「狀中結構」，「以」是介詞，和它後面的賓語組合成介賓短語，用做狀語修飾後面的中心語，中心語則是一個以「為」為述語的述賓短語。這樣用法的「以……為……」相當於「用……做……」、「把……作（為）……」。例如：

　　(4)南方有鳥焉，名曰蒙鳩，以羽為巢，而編之以髮，繫之葦苕。（《荀子·勸學》）

　　(5)以天地為棺槨，以日月為連璧。（《莊子·列禦寇》）

　　(6)天水隴西，山多林木，民以板為室屋。（《漢書·地理志》）

　　總上而言，「以……為……」所構成的短語有三類：一是兼語短語，其次是述賓短語，三是狀中結構的偏正短語。這三種形式完全相同而結構和意

義完全不同的用法，我們在閱讀文言文時，不可不加以分辨。

六　能願短語

　　能願短語由能願動詞和它的賓語兩部分構成。能願動詞也叫做助動詞，專門置於動詞的前面來修飾動詞或動詞短語。按功能分類，屬於動詞短語。如（字下有‧的是能願動詞，字下有△的是能願動詞的賓語）：

　　　　⑴若其克濟，則臣主同休。（《資治通鑑‧晉紀三十七》）

　　　　⑵寡人不佞，能合其眾而不能離也。（《左傳‧僖公十五年》）

　　　　⑶欲加之罪，其無辭乎！（《左傳‧僖公十年》）

　　　　⑷願聞子之志。（《論語‧公冶長》）

七　主謂短語

　　主謂短語由主語和謂語兩個部分構成。主語和謂語是被陳述與陳述的關係。除了在句子裏作句子成分外，一個主謂短語如果加上一定的語調（書面語標上標點）就是一個結構完整的句子。

　　㈠在大多數情況下，主語由名詞、名詞短語或代詞充任，如：（字下有‧的是主語，字下有△的是謂語）

　　　　⑴平王崩。（《左傳‧隱公三年》）

　　　　⑵國危矣。（《左傳‧僖公二十四年》）

　　　　⑶臣之客欲有求於臣。（《戰國策‧齊策一》）

　　　　⑷苔痕上階綠，草色入帘青。（劉禹錫〈陋室銘〉）

　　　　⑸余病矣。（《左傳‧成公二年》）

　　　　⑹吾與汝畢力平險。（《列子‧湯問》）

　　動詞或動詞短語有時也可以作主語，例如：（字下有‧的是主語，字下有△的是謂語）

　　　　⑴生，好物也；死，惡物也。（《左傳‧昭公二十五年》）

　　　　⑵道聽而塗說，德之棄也。（《論語‧陽貨》）

　　　　⑶責善，朋友之道也。（《孟子‧離婁下》）

　　形容詞或形容詞短語有時也可以作主語，例如：（字下有‧的是主語，字下有△的是謂語）

　　⑴禮之用，和為貴。（《論語‧學而》）

　　⑵富貴不能淫，貧賤不能移，威武不能屈。（《孟子‧滕文公下》）

　　⑶大難攻，小易服。（《韓非子‧說林上》）

　　㈡在大多數情況下，謂語由動詞或動詞短語、形容詞或形容詞短語充任，如：（字下有‧的是主語，字下有△的是謂語）

　　⑴邢人潰。（《左傳‧僖公元年》）

　　⑵齊侯喜。（《左傳‧昭公二十九年》）

　　⑶宰予晝寢。（《論語‧公冶長》）

　　⑷項羽大怒。（《史記‧項羽本紀》）

　　⑸其文約，其辭微，其志潔，其行廉。（《史記‧屈原賈生列傳》）

　　⑹冬日短，夏日長。（《論衡‧說日》）

　　⑺小惠未遍。（《左傳‧莊公十年》）

　　⑻子溫而厲，威而不猛，恭而安。（《論語‧述而》）

以上⑴～⑷是動詞或動詞短語作謂語，⑸～⑻是形容詞或形容詞短語作謂語。

　　名詞或名詞短語也可以作謂語，如：

　　⑴君子之德，風；小人之德，草。（《論語‧顏淵》）

　　⑵而母，婢也。（《戰國策‧趙策》）

　　⑶余狐裘而羔袖。（《左傳‧襄公十四年》）

　　⑷張騫，漢中人也。（《漢書‧張騫傳》）

八　介賓短語

　　介賓短語由兩個成分構成，前一個成分由介詞充任，後一個成分由介詞賓語充任。介詞賓語通常是一個名詞，或者名詞短語，有時也可能是動詞短語。舉例如下：（字下有‧的是介詞，字下有△的是介詞賓語）

　　⑴東至于海，西至于河，南至于穆陵，北至于無棣。（《左傳‧僖公

四年》）

(2)臣請為王言樂。（《孟子‧梁惠王下》）

(3)齊侯以諸侯之師侵蔡。（《左傳‧僖公四年》）

(4)不足為外人道也。（陶潛〈桃花源記〉）

(5)願及未填溝壑而托之。（《戰國策‧趙策四》）

(6)山陰李姓，以殺人繫獄，每歲致數百金。（方苞〈獄中雜記〉）

介賓短語通常是介詞在前，賓語在介詞的後邊，但介詞賓語有時也放在介詞的前邊，有下列五種情形：

㈠在疑問句裏，疑問代詞作介詞賓語時，要放在介詞前面。例如：

(1)百姓足，君孰與不足？百姓不足，君孰與足？（《論語‧顏淵》）

(2)子歸，何以報我？（《左傳‧成公三年》）

(3)何由知吾可也？（《孟子‧梁惠王上》）

(4)王誰與為善？（《孟子‧滕文公下》）

(5)曷為久居此圍城之中而不去也？（《戰國策‧趙策三》）

(6)苟無歲，何以有民？苟無民，何以有君？（《戰國策‧齊策四》）

(7)噫！微斯人吾誰與歸？（范仲淹〈岳陽樓記〉）

㈡為了強調賓語而把它提到介詞前，例如：

(1)吾道一以貫之。（《論語‧里仁》）

(2)詩三百，一言以蔽之，曰：思無邪。（《論語‧為政》）

(3)楚國方城以為城，漢水以為池。（《左傳‧僖公四年》）

(4)室於怒市於色。（《左傳‧昭公二十年》）

㈢為了強調賓語而把它提到介詞前，而在提前的賓語與介詞之間加結構助詞「是」、「之」等作為標誌，例如：

(1)豈不穀是為？先君之好是繼。（《左傳‧僖公四年》）

(2)我楚國之為，豈為一人？（《左傳‧襄公二十八年》）

(3)晉居深山，戎狄之與鄰，而遠於王室。（《左傳‧昭公十五年》）

(4)康公我之自出。（《左傳‧成公十三年》）

㈣方位、時間名詞作介詞賓語常置於介詞前，例如：

(1)將子無怒，秋以為期。（《詩經・衛風・氓》）

(2)日居月諸，東方自出。（《詩經・邶風・日月》）

(3)若晉君朝以入，則婢子夕以死；夕以入，則朝以死，唯君裁之。
（《左傳・僖公十五年》）

(4)項王、項伯東向坐，亞父南向坐。（《史記・項羽本紀》）

㈤指示代詞「是」用作介詞「以」的賓語時，通常也放在「以」的前面。例如：

(1)敏而好學，不恥下問，是以謂之文也。（《論語・公冶長》）

(2)三施而無報，是以來也。（《左傳・僖公十五年》）

(3)仲尼之徒無道桓文之事者，是以後世無傳焉。（《孟子・梁惠王上》）

九　複指短語

複指短語，由兩個或多個指同一人或事物的詞或短語構成，在入句時共同做一個句子成分。可分為兩類，舉例如下：

㈠重疊式複指短語，如：

(1)秦王子嬰降沛公。（《史記・留侯世家》）

(2)楚王陳涉為其御莊賈所殺。（《漢書・高帝紀》）

(3)當是時，太后弟武安侯（田）蚡為丞相。（《史記・汲鄭列傳》）

㈡總分式複指短語，或者先總說後分說，或者先分說後總說。如：

(1)狄人伐廧咎如，獲其二女叔隗、季隗，納諸公子。（《左傳・僖公二十三年》）

(2)昭公率師擊平子，平子與孟氏、叔孫氏三家共攻昭公。（《史記・孔子世家》）

十　所字短語

「所」字是一個特殊代詞，在先秦時代還有單獨作代詞用的例子，如《禮記・哀公問》：「今之君子，好實無厭，淫德不倦，荒怠敖慢，固民是

盡，午其眾以伐其道，求其當欲，不以其所。」又如《韓非子·內儲說上》：
「吏以昭侯為明察，皆悚懼其所而不敢為非。」不過這樣的用法並不多，據
王仲則統計，先秦 21 部書中，「所」字共出現 6484 次，其中作結構助詞形
成「所」字結構的共 6252 例，作代詞單獨使用的只有 72 例 *1*。後來「所」
字這種用法基本上消失，它主要的用法是跟別的詞結合，構成所字短語，所
以它是一個比較特殊的代詞。

　　所字短語由「所」字加別的成分結合而成。它有三個特點：一是結合的
成分一般是動詞或動詞短語，如果附加在「所」字後面的成分是別的詞類，
也都臨時取得了動詞的性質；二是結合成的所字短語是名詞性的短語，具有
名詞所有的各項功能；三是在所字短語中，「所」字兼有指示和稱代的作
用，但有時結合的動詞後面帶有「所」字所稱代的表示具體的事物的詞語，
這時「所」字就不具稱代的作用，而只起指示作用。

　　根據結合成分的詞性，所字短語主要有以下幾類：

　　㈠所＋動詞或動詞短語，如：

　　　⑴庖丁為文惠君解牛。手之所觸，肩之所倚，足之所履，膝之所踦。
　　　　砉然嚮然，奏刀騞然。莫不中音，合於桑林之舞，乃中經首之會。
　　　　（《莊子·養生主》）

　　　⑵吾嘗終日而思矣，不如須臾之所學也。（《荀子·勸學》）

　　　⑶東西至日所出入。（《墨子·節用中》）

　　　⑷欲以所事孔子事之。（《孟子·滕文公上》）

　　㈡所＋形容詞或形容詞短語，如：

　　　⑴明主之官物也，任其所長，不任其所短。（《管子·形勢解》）

　　　⑵古之善守者，以其所重，禁其所輕，以其所難，止其所易。（《韓
　　　　非子·守道》）

➲ 註　解

①見王仲則〈關於先秦「所」字詞性的調查報告〉，載《古漢語研究論文集》（北京
　出版社，1982 年）頁 70。

(3)殺所不足，爭所有餘，不可謂智。（《墨子・公輸》）

(4)故無所甚親，無所甚疏。（《莊子・徐无鬼》）

㈢所＋名詞或名詞短語，如：

(1)此非明主之所臣也。（《韓非子・外儲說右上》）

(2)不知其子，視其所友。（《史記・田叔列傳》）

(3)子所雅言，詩書執禮，皆雅言也。（《論語・述而》）

(4)妾請子母俱遷江南，毋為秦所魚肉也。（《史記・張儀列傳》）

㈣「所」字先和介詞結合，然後再與動詞或動詞短語（包括用如動詞的形容詞、名詞以及少數其他詞類），組成所字短語，「所＋介」在句中表示與動作行為有關的工具、手段、方法、原因、時間、處所、人物等。

與「所」字結合的介詞以「以」字最為多見，其他還有「與、為、由、從、自」等。這些介詞先和「所」字結合，再和後面的動詞性詞語構成所字短語，整個短語是名詞性的。

「所以……」有兩種意義，一是表示原因，相當於「……的原因」、「……的緣故」，或者講解為「之所以……」，例如：

(1)王素慢，無禮，今拜大將，如呼小兒耳。此乃信所以去也。（《史記・淮陰侯列傳》）

(2)此商人所以兼并農人，農人所以流亡者也。（晁錯〈論貴粟疏〉）

這種表原因的「所以」，在先秦就開始虛化為表示因果的連詞了，一直沿用至今。如：

(3)去順效逆，所以速禍也。（《左傳・隱公元年》）

(4)君不此問而問舜冠，所以不對也。（《荀子・哀公》）

「所以……」的另一種意義是表示憑藉的方法、工具或有關的人物、處所等，可譯為「……的方法」、「用來……的工具」、「……的人」等，例如：

(5)吾知所以距子矣，吾不言。（《墨子・公輸》）

(6)彼兵者，所以禁暴除害也，非爭奪也。（《荀子・議兵》）

(7)師者，所以傳道授業解惑也。（韓愈〈師說〉）

(8)大官大邑，所以庇身也。（《左傳‧襄公三十一年》）

「所」和「與、為、由、從、自」等介詞結合，舉例如下：

(9)聖人非所與熙也，寡人反取病焉。（《晏子春秋‧內篇‧雜下》）

　　「所與……」表示與行為有關的人事，可譯為「跟……的人
　　（事）」，例句中的「聖人非所與熙」是說「聖人不是可以跟他開
　　玩笑的人」。

(10)此嬰之所為不敢受也。（《晏子春秋‧內篇‧雜下》）

　　「所為……」表示原因，可譯為「……的原因」，全句是說「這就
　　是我晏嬰不敢接受的原因」。

(11)是亂之所由作也。（《荀子‧正論》）

(12)子路為亨豚，孔某不問肉之所由來而食。（《墨子‧非儒》）

「所由……」或表原因，可譯為「……的原因」，如例(3)是說「這就是
紛亂產生的原因」；或表處所，可譯為「……的地方」，如例(4)是說「孔子
不問肉來的地方就吃了」。

(13)驕奢淫泆，所自邪也。（《左傳‧隱公三年》）

(14)是吾劍之所從墜。（《呂氏春秋‧察今》）

(15)今鹽、鐵、均輸，所從來久矣。（《鹽鐵論‧憂邊》）

「所自……」、「所從……」或表處所，例(5)「所自邪」可譯為「邪惡
產生的根源」，例(6)「所從墜」可譯為「掉落的地方」；或表時間，例(7)
「所從來久矣」是說「從開始實行到現在的時間已經很久了」。

　　㈤「所」字又常與「者」字組成「所……者」形式的短語。它的內部結
構是「所字短語＋者」，所字短語是名詞短語，「所」字又有稱代作用，所
以這裏的「者」字不是代詞而是個語氣詞，有提頓兼舒緩語氣的作用。

(1)吾所欲者土地也，非斯言所謂也。（《韓非子‧五蠹》）

(2)吾所賢者，無過堯舜，堯舜名；吾所大者，無大天地，天地名。
　　（《戰國策‧魏策三》）

(3)臣所言者，能也；陛下所問者，行也。（《史記‧陳丞相世家》）

「所以」、「所與」等也有「所以……者」、「所與……者」等形式，

「者」字也是個語氣詞。例如：

(4)古之所以貴此道者何？（《老子六十二》）

(5)昔者君王辱於會稽，臣所以不死者，為此事也。（《國語‧越語下》）

(6)其妻問所與飲食者，則盡富貴也。（《孟子‧離婁下》）

(7)音樂之所由來者遠矣。（《呂氏春秋‧大樂》）

十一　者字短語

　　者字短語由「者」字與動詞、形容詞、數詞或短語結合而成。「者」字和「所」字一樣，都是特殊代詞。它們的共同處是都不能單用，必須和別的詞語結合組成「者字短語」和「所字短語」，才能充當句子中的各種成分，組成的短語都是名詞性的。它們的不同處是「所」字要放在所字短語的前邊，而「者」字則要放在者字短語的後邊。

　　「者」在者字短語中起代詞作用，可以代人、代事、代物，相當於「……的人」、「……的事」、「……的東西」等。

　　根據結合成分的不同，者字短語主要有以下幾類：

(一)動詞 + 者，如：

(1)往者不可諫，來者猶可追。（《論語‧微子》）

(2)縛者曷為者也？（《晏子春秋‧內篇‧雜下》）

(3)負者歌於塗，行者休於樹。（歐陽修〈醉翁亭記〉）

(二)形容詞 + 者，如：

(1)近者悅，遠者來。（《論語‧子張》）

(2)多者百餘城，少者三四十縣。（賈誼〈治安策〉）

(3)大者王，小者侯。（《漢書‧高帝紀》）

(三)數詞 + 者，如：

(1)農、商、管三者，國之常官也。（《商君書‧去強》）

(2)此四者，天下之窮民而無告者。（《孟子‧梁惠王下》）

(3)此五者，邦之蠹也。（《韓非子‧五蠹》）

㈣短語＋者，如：

(1)仲尼之徒無道桓文之事者。（《孟子・梁惠王上》）

(2)不為者與不能者何以異？（《孟子・梁惠王上》）

(3)子苟赦越國之罪，又有美於此者將進之。（《國語・越語上》）

(4)暴虎馮河，死而無憾者，吾不與也。（《論語・述而》）

(5)惰而侈者貧，而力而儉者富。（《韓非子・顯學》）

(6)力不足者中道而廢。（《論語・雍也》）

以上例(1)「道桓文之事」是述賓短語，例(2)「不為」與「不能」是狀中結構的偏正短語，例(3)「美於此」是中補結構的偏正短語，例(4)「死而無憾」是連動短語，例(5)「惰而侈」與「力而儉」是聯合短語，例(6)「力不足」是主謂短語。

第二節　各類短語的語法功能

短語是比詞大的構造句子的語言單位。說短語是構造句子的單位，並不是說句子一定比短語大，一定要短語加上詞，或者短語加上短語才能成句。事實上一個短語如果加上一定的語調，能相對的表達一個完整的意思，它就是句子。本節所要討論的是一個短語作為句子成分時，所具有的各種語法功能。

一　聯合短語的語法功能

聯合短語分名詞聯合短語、動詞聯合短語和形容詞聯合短語，它們的語法功能分別和名詞、動詞和形容詞相當。

㈠名詞聯合短語和名詞一樣，可以作主語、謂語、賓語、定語等，例如：

(1)子路、曾皙、冉有、公西華侍坐。（《論語・先進》）

(2)重耳、夷吾主蒲與屈。（《左傳・莊公二十八年》）

(3)晉侯、秦伯圍鄭。（《左傳・僖公三十年》）

(4)玉帛、酒食猶糞土也。（《國語・晉語四》）

(5)吾與汝畢力平險。（《列子・湯問》）

(6)德行：顏淵、閔子騫、冉伯牛、仲弓。（《論語・先進》）

(7)晉車七百乘，韅、靷、鞅、靽。（《左傳・僖公二十八年》）

(8)（為湯武）驅民者，桀與紂也。（《孟子・離婁上》）

(9)（武姜）生莊公及共叔段。（《左傳・僖公元年》）

(10)人之有學也，猶木之有枝葉也。（《國語・晉語九》）

(11)五家之兵，疾如錐矢，戰如雷電，解如風雨。（《戰國策・齊策一》）

(12)晉人歸楚公子穀臣與連尹襄老之尸于楚。（《左傳・成公三年》）

(13)雞豚狗彘之畜，無失其時，七十者可以食肉矣。（《孟子・梁惠王上》）

(14)毛遂謂楚王之左右曰：「取雞狗馬之血來。」（《史記・平原君虞卿列傳》）

以上例(1)～(5)作主語，例(6)～(8)作謂語，例(9)～(11)作賓語，例(12)～(14)作定語。

(二)動詞聯合短語和動詞一樣，可以作主語、謂語、述語、狀語、定語和賓語，例如：

(1)克、伐、怨、欲不行焉，可以為仁矣。（《論語・憲問》）

(2)死生，晝夜事也。（文天祥〈指南錄後序〉）

(3)子之所慎：齊、戰、疾。（《論語・述而》）

(4)襄王流揜於城陽。（《戰國策・楚策》）

(5)李牧數破走秦軍。（《戰國策・趙策四》）

(6)其老弱不能鬥，故以其肥美飲食壯健者。（《史記・匈奴列傳》）

(7)（韓厥）奉觴加璧以進。（《左傳・成公二年》）

(8)是故天下之游談士，莫不日夜扼腕、瞋目、切齒以言從之便，以說人主。（《史記・張儀列傳》）

(9)掊克，聚斂之臣也。（朱熹《詩集傳・大雅序》）

⑽坐大廈之下而誦《詩》《書》，無奔走之勞矣。（宋濂〈送東陽馬
生序〉）

⑾王不如遠交而近攻。（《史記·范雎蔡澤列傳》）

以上例(1)(2)作主語，例(3)(4)作謂語，例(5)(6)作述語，例(7)(8)作狀語，例
(9)⑽作定語，例⑾作賓語。例(7)的「奉觴、加璧」是兩個述賓短語構成的動
詞聯合短語，例(8)的「扼腕、瞋目、切齒」是三個述賓短語構成的動詞聯合
短語，例⑾的「遠交而近攻」是兩個狀中短語構成的動詞聯合短語。

㈢形容詞聯合短語和形容詞一樣，可以作主語、謂語、述語、賓語、定
語等，例如：

(1)驕、奢、淫、佚，所自邪也。（《左傳·莊公二十四年》）

(2)淫而蕩，天之道也。（《左傳·莊公四年》）

(3)（君王）專淫、逸、侈、靡，不顧國政，郢都必危矣。（《戰國
策·楚策四》）

(4)周貧且微。（《戰國策·趙策三》）

(5)古之君子也，其責己也重以周，其待人也輕以約。（韓愈〈原毀〉）

(6)天下之卿相人臣，乃至布衣之士，莫不高賢大王之行義。（《戰國
策·趙策二》）

(7)壯者食肥美。（《史記·匈奴列傳》）

(8)貴壯健，賤老弱。（《史記·匈奴列傳》）

(9)小大之獄，雖不能察，必以情。（《左傳·莊公十年》）

⑽鄙賤之人，不知將軍寬之至此也。（《史記·廉頗藺相如列傳》）

⑾貧賤之交不可忘。（《南史·劉悛傳》）

以上例(1)(2)作主語，例(3)(4)(5)作謂語，例(6)作述語，例(7)(8)作賓語，例
(9)⑽⑾作定語。

二　偏正短語的語法功能

㈠中心語為名詞的偏正短語，在功能上屬於名詞短語，功用和名詞相
同，可以作主語、謂語、賓語、定語、謂語。例如：

　　⑴桓莊之族何罪？（《左傳・僖公五年》）

　　⑵師之耳目，在吾旗鼓，進退從之。（《左傳・成公二年》）

　　⑶貢之不入，寡君之罪也。（《左傳・僖公四年》）

　　⑷千金，重幣也；百乘，顯使也。（《戰國策・齊策四》）

　　⑸必死是間，余收爾骨焉。（《左傳・僖公三十二年》）

　　⑹寡人不能用先生之言，今事至於此，為之奈何？。（《戰國策・楚
　　　策四》）

　　⑺君惠徼福敝邑之社稷。（《左傳・僖公四年》）

　　⑻子，南方之博士也，何以教之？（《戰國策・趙策三》）

　　⑼若中道而歸，何異斷其織乎？（范曄〈樂羊子妻〉）

　　⑽每韻為一貼，木格貯之。（《夢溪筆談・活板》）

　以上例⑴⑵作主語，例⑶⑷作謂語，例⑸⑹作賓語，例⑺⑻作定語，例
⑼⑽作狀語。

　　㈡中心語為動詞的偏正短語，在功能上屬於動詞短語，主要用作謂語，
也可以作狀語、述語、主語、賓語、定語。例如：

　　⑴君將不堪。（《左傳・隱公元年》）

　　⑵多行不義，必自斃。（《左傳・隱公元年》）

　　⑶太后之色少解。（《戰國策・趙策四》）

　　⑷天油然作雲。（《孟子・梁惠王上》）

　　⑸遂置姜氏于城潁。（《左傳・隱公元年》）

　　⑹荊軻坐定。（《戰國策・燕策三》）

　　⑺則群聚而笑之。（韓愈〈師說〉）

　　⑻驂絓於木而止。（《左傳・成公二年》）

　　⑼王甚憎張儀。（《戰國策・齊策二》）

　　⑽三過其門而不入。（《孟子・滕文公上》）

　　⑾然墨者之道，兼愛為本。（馬中錫〈中山狼傳〉）

　　⑿念橋邊紅藥，年年知為誰生？（姜夔〈揚州慢〉）

　　⒀至於不孚之病，則尤不才為甚。（宗臣〈報劉一丈書〉）

　　以上例(1)(2)作謂語的中心語，例(3)(4)是狀中結構的動詞偏正短語作謂語，例(5)(6)是中補結構的動詞偏正短語作謂語，例(7)是狀中結構的動詞短語作狀語，例(8)是中補結構的動詞短語作狀語，例(9)(10)作述語，例(11)作主語，例(12)作賓語，例(13)作定語。

　　㈢中心語為形容詞的偏正短語，在功能上屬於形容詞短語，主要用作謂語，也可以作主語、賓語等。例如：

　　　(1)宰夫胹熊蹯不熟。（《左傳・宣公二年》）

　　　(2)郢都必危矣。（《戰國策・楚策四》）

　　　(3)不疑狀貌甚美。（《漢書・直不疑傳》）

　　　(4)青，取之於藍，而青於藍。（《荀子・勸學》）

　　　(5)秦王之國危於累卵，得臣則安。（《史記・范雎列傳》）

　　　(6)則尤不才為甚。（宗臣〈報劉一丈書〉）

　　　(7)當此，天下之君子皆知而非之，謂之不義。（《墨子・非攻》）

　　　(8)體有不快，起作一禽之戲。（《後漢書・華佗傳》）

　　　(9)且虞能親於桓莊乎？。（《左傳・僖公五年》）

　　以上例(1)(2)(3)是定中結構的形容詞偏正短語作謂語，例(4)(5)是中補結構的形容詞偏正短語作謂語，例(6)是定中結構的形容詞短語作主語，例(7)(8)是定中結構的形容詞偏正短語作述語的賓語，例(9)是中補結構的形容詞短語作能願動詞的賓語。

三　述賓短語的語法功能

　　述賓短語主要作謂語，但是也可以充任其他的句子成分。例如：

　　　(1)君子之任也，行其義也。（《論語・微子》）

　　　(2)都城過百雉，國之害也。（《左傳・隱公元年》）

　　　(3)子隨我後，觀百獸之見我而敢不走乎？（《戰國策・楚策一》）

　　　(4)吾義固不殺人。（《墨子・公輸》）

　　　(5)田單將攻宋。（《戰國策・齊策六》）

　　　(6)勞師以襲遠，非所聞也。（《左傳・僖公三十二年》）

(7)太子聞之，馳往，伏屍而哭，極哀。（《戰國策・燕策三》）

(8)南宮敬叔反，必載寶而朝。（《禮記・檀弓上》）

(9)賊民之主，不忠；棄君之命，不信。（《左傳・宣公二年》）

(10)施薪若一，火就燥也。（《荀子・勸學》）

(11)連衽成帷，舉袂成幕，揮汗成雨。（《史記・蘇秦列傳》）

(12)好從事而亟失其時，可謂知乎？（《論語・陽貨》）

(13)南江則極清澈，合處如引繩，不相亂。（陸游〈過小孤山大孤山〉）

(14)知之為知之，不知為不知，是知也。（《論語・為政》）

(15)且而與其從辟人之士，豈若從辟世之士哉？（《論語・微子》）

(16)火烈風猛，船往如箭。（《資治通鑑・漢紀五十七》）

以上例(1)～(3)作謂語，例(4)(5)作謂語中心語，例(6)～(8)作狀語，例(9)～(11)作主語，例(12)(13)作賓語，例(14)中的「知之」既作主語又作賓語，例(15)作定語，例(16)作補語。

四　主謂短語的語法功能

主謂短語以作賓語為多，但也作主語、謂語、定語和狀語。例如：

(1)（宣子）見靈輒餓。（《左傳・宣公二年》）

(2)人謂子產不仁，吾不信也。（《左傳・襄公三十一年》）

(3)吾知公長者。（《史記・項羽本紀》）

(4)自我為汝家婦，未嘗聞汝先古之有貴者。（《史記・項羽本紀》）

(5)都城過百雉，國之害也。（《左傳・隱公元年》）

(6)六國破滅，非兵不利、戰不善，弊在賂秦。（蘇洵〈六國論〉）

(7)吾享祀豐潔，神必據我。（《左傳・僖公五年》）

(8)楚兵呼聲動天。（《史記・項羽本紀》）

(9)始臣之解牛之時，所見無非牛者。（《莊子・養生主》）

(10)此乃臣效命之秋也。（《史記・魏公子列傳》）

(11)宋殤公之即位也，公子馮出奔鄭。（《左傳・隱公四年》）

(12)漢王之入蜀，韓信亡楚歸漢。（《史記・淮陰侯列傳》）

以上例(1)～(3)作賓語，例(4)作介詞賓語，例(5)(6)作主語，例(7)(8)作謂語，例(9)(10)作定語，例(11)(12)作狀語。

五　介賓短語的語法功能

介賓短語主要作狀語和補語。例如：

(1)君子以文會友，以友輔仁。（《論語‧顏淵》）

(2)人不難以死免其君。（《左傳‧成公二年》）

(3)請為君復鑿二窟。（《戰國策‧齊策四》）

(4)以其兄之子妻之。（《史記‧仲尼弟子列傳》）

(5)君子喻於義，小人喻於利。（《論語‧里仁》）

(6)申之以盟誓，重之以昏姻。（《左傳‧成公十三年》）

(7)暮春之初，會於會稽山陰之蘭亭。（王羲之〈蘭亭集序〉）

(8)況陽春召我以煙景，大塊假我以文章。（李白〈春夜宴桃李園序〉）

以上例(1)～(4)作狀語，例(5)～(8)作補語。

六　所字短語的語法功能

(一)作主語或主語中心語

(1)所見異辭，所聞異辭，所傳聞異辭。（《公羊傳‧哀公十四年》）

(2)所欲有甚於生者。（《孟子‧告子上》）

(3)吾王所見，唯劍土地。（《莊子‧說劍》）

(4)故明君之所賞，暗君之所罰也。（《荀子‧臣道》）

(二)作謂語或謂語中心語

(1)衣食所安，弗敢專也，必以分人。（《左傳‧莊公十年》）

(2)季子者，所賢也。（《公羊傳‧襄公二十九年》）

(3)所食之粟，伯夷之所樹與？抑盜跖之所樹與？（《孟子‧滕文公下》）

(4)夫處窮閭陋巷，困窘織屨，槁項黃馘者，商之所短也；一悟萬乘之主而從車百乘者，商之所長也。（《莊子‧列禦寇》）

㈢作動詞賓語或介詞賓語

(1)無怨無德，不知所報。（《左傳・成公三年》）

(2)民無所依。（《左傳・昭公二年》）

(3)殺所不足，爭所有餘，不可謂智。（《墨子・公輸》）

(4)子夏子張子游以有若似聖人，欲以所事孔子事之。（《孟子・滕文公上》）

㈣作定語

(1)所在之國，則必得志於天下。（《國語・齊語》）

(2)光不敢以圖國事，所善荊卿可使也。（《史記・刺客列傳》）

(3)駝所種樹，或遷徙，無不活。（柳宗元〈郭橐駝傳〉）

(4)所操之術多異故也。（王安石〈答司馬諫議書〉）

七 者字短語的語法功能

㈠作主語或主語中心語

(1)知我者謂我心憂，不知我者謂我何求。（《詩經・王風・黍離》）

(2)智者樂水，仁者樂山。（《論語・雍也》）

(3)當此時，諸郡縣苦秦吏者，皆刑其長吏，殺之以應陳涉。（《史記・陳涉世家》）

(4)古之學者必有師。（韓愈〈師說〉）

㈡作謂語或謂語中心語

(1)禮，經國家，定社稷，序民人，利後嗣者也。（《左傳・隱公十一年》）

(2)客何為者？（《史記・項羽本紀》）

(3)城北徐公，齊國之美麗者也。（《戰國策・齊策一》）

(4)予，天民之先覺者也。（《孟子・萬章下》）

㈢作動詞賓語或介詞賓語

(1)吾未見好仁者，惡不仁者。（《論語・里仁》）

(2)於是葬死者，問傷者，養生者。（《國語・越語上》）

(3)子貢問政。子曰：「足食，足兵，民信之矣。」子貢曰：「必不得已而去，於斯三者何先？」曰：「去兵。」。（《論語‧顏淵》）

㈣作定語

(1)是故智者之慮，必雜於利害。（《孫子‧九變》）

(2)又頒賜有功者父母妻子於廟門外，亦以功為差。（《吳子‧勵士》）

(3)不為者與不能者之形何以異？（《孟子‧梁惠王上》）

(4)項王怒，將誅定殷者將吏。（《史記‧陳丞相世家》）

句子的定義、分類和句子成分

第十五章

第一節　什麼是句子

是不是一個句子，和它的長短及結構繁簡沒有關係。我們同意莊文中在《教學語法系列講座·單句》（北京市語言學會編，中國和平出版社，1987年，頁179）中指出，句子有以下四個特點：

⑴是由詞或短語構成的。

⑵前後都有語音停頓並且帶有一定語調。

⑶表達一個相對完整的意義。

⑷是獨立的最小的語言使用單位。

這四個句子特點雖然是根據現代漢語歸納出來的，但對於文言同樣適用。就第⑴點而言，在前文我們曾經說明獨詞可以成句（參第二章「語素和詞」第三節「詞」），也說過，如果短語加上一定的語調並且能表達一個相對完整的意義，就是一個句子（參第十四章「短語」第一節「短語的意義和類別」），以下舉《論語》一段文字為例：

　　師冕見。及階，子曰：「階也。」及席，子曰：「席也。」皆坐，
　　子告之曰：「某在斯，某在斯。」師冕出，子張問曰：「與師言之道
　　與？」子曰：「然。固相師之道也。」（《論語·衛靈公》）

上文中的「然」是獨詞作句子，「師冕見」、「師冕出」是主謂短語作句子，「階也」是由名詞「階」加表示陳述語氣的句末語氣詞「也」組成的語氣短語作句子，「與師言之道與」是由偏正短語「與師言之道」加表示疑問語氣的句末語氣詞「與」組成的語氣短語作句子；詞和短語在一定的語言環境裏，帶上一定的語調，就構成了句子。

就第⑵點而言，如下引孟子一段文字：

　　王曰：「王之所大欲，可得聞與？」王笑而不言。曰：「為肥甘不
　　足於口與？輕煖不足於體與？抑為采色不足視於目與？聲音不足聽於
　　耳與？便嬖不足使令於前與？王之諸臣皆足以供之；而王豈為是哉？」

曰：「否。吾不為是也！」（《孟子·梁惠王上》）

上文中「為肥甘」以下五句都是疑問句，用「？」作為標點符號，表示句子到這裏結束，並且誦讀要使用詢問的語調。古人文章不用標點符號，有時句末語氣詞就提供了與標點符號同樣的功能，用來表示句子與句子的間隔，不同的語氣詞表示不同的語調，如「也」表示陳述的語調，「與」表示詢問的語調，「乎」表示感歎的語調。古人讀書，首重分辨句讀，目的就在於區隔句子與句子，知道句子在何處結束，誦讀時應該停頓，是什麼語調，這樣才有助於了解文意；如果不知道一段文章有幾個句子，誦讀時到那裏應該停頓，那也就表示還沒有弄懂那段文章。句子是語言使用的單位，人們說話都是一句一句說的，如果有人說話一串到底，應該停頓的地方都不停頓，那聽的人是很難明白的。文章是書面的語言，也要一句一句地表述，讀者才能正確了解作者所要表達的意思。一個句子到哪兒結束，下一個句子從哪兒開始，是什麼語調，在哪兒停頓，都要分得清清楚楚。寫文章要使用正確的標點符號，作用就在於此，它是用來表示語音停頓和語調的。

就第(3)點而言。在語言的實際使用時，並不需要每一句話每一個句子都說得非常完整，只要在一定的語言環境裏，能讓聽的人或讀的人明白就可以了。每一句話都說得十分完整明白，不但囉嗦，而且也是實際語言裏所沒有的。如上引《論語》中的「階也」、「席也」，如果單獨說，都不能表示什麼確切的意義，就不能說是句子；但是因為有上文「師冕見」、「及階」、「及席」的敘述，就相對表達了完整的意義，它們也就都成為句子了。

就第(4)點而言。詞和短語雖然也是語言單位，但是因為沒有語調，也不能表示相對完整的意義，所以不具備語言使用的功能，就不是語言的使用單位。一個句子，即使由獨詞構成，但因為有語調，能表示相對完整的意義，就具有了語言使用的功能，所以說句子是最小的語言使用單位。

綜合上說，可以給句子下這樣的定義：

句子是由詞或短語構成的、前後有語音停頓並帶著一定語調的、表達一個相對完整意義的、最小的獨立使用的語言單位。

第二節　句子的分類

　　句子的分類可以根據不同的分類標準來進行分類。一般來說，可以按照兩個標準：一是從句子的結構著眼，其次是從句子的表達作用著眼。

一　根據結構分類

㈠單句和複句

　　單句是由一個詞或一個短語構成的。如：

　　　⑴信！。（《左傳・襄公三十一年》）

　　　⑵師必退。（《左傳・僖公三十年》）

　　複句是由兩個或兩個以上在意義上有聯繫而互不充當句子成分的單句構成的。單句成為複句的組成成分就失去獨立性，稱為分句。複句有一定的語調並在句末有比分句較長的停頓。如：

　　　⑶朝聞道，夕死可矣！（《論語・里仁》）

　　　⑷未能事人，焉能事鬼？（《論語・先進》）

㈡主謂句和非主謂句

　　主謂句由主謂短語構成，可以分析出主語和謂語。根據謂語的類型，可以分為四種：

　　1　名詞謂語句，謂語由名詞或名詞短語充當，如：

　　　⑴且是人也，蜂目而豺聲。（《左傳・文公元年》）

　　　⑵管夷吾者，潁上人也。（《史記・管晏列傳》）

　　2　動詞謂語句，謂語由動詞或動詞短語充當，如：

　　　⑴鄭伯拜。（《左傳・文公十三年》）

　　　⑵項羽大怒。（《史記・項羽本紀》）

　　3　形容詞謂語句，謂語由形容詞或形容詞短語充當，如：

　　　⑴冬日短，夏日長。（《論衡・說日》）

(2)吳王勇而輕。（《左傳‧襄公二十五年》）

4　主謂謂語句，謂語由主謂短語充當，如：

(1)吾享祀豐潔，神必據我。（《左傳‧僖公五年》）

(2)夫滕壤地褊小。（《孟子‧滕文公下》）

非主謂句由單詞或非主謂短語構成，一般分不出或者不必分出主語、謂語。非主謂句可以根據構成它的語言單位分為四種。

1　名詞非主謂句，由名詞或名詞短語構成。如：

(1)瑚璉也。（《論語‧公冶長》）

(2)六足四翼。（《戰國策‧楚策四》）

2　動詞非主謂句，由動詞或動詞短語構成。如：

(1)止。（《禮記‧檀弓》）

(2)無違。（《論語‧為政》）

3　形容詞非主謂句，由形容詞或形容詞短語構成。如：

(1)少。（《左傳‧襄公三十一年》）

(2)博碩肥腯。（《左傳‧桓公六年》）

4　歎詞非主謂句，由歎詞或歎詞短語構成。如：

(1)嘻！（《公羊傳‧宣公十五年》）

(2)嗚呼噫嘻！（李華〈弔古戰場文〉）

其他如能願動詞也常構成非主謂句，如「能」、「不可」、「未可」等，疑問代詞和副詞也可以構成非主謂句，如「何也」、「甚矣」等，為避免繁瑣，就不列舉了。

　　㈢複句

　　根據複句中分句與分句之間不同的關係，複句首先可以分為兩大類：聯合複句和偏正複句。聯合複句又可以分為並列複句、順承複句、遞進複句和選擇複句；偏正複句又可以分為因果複句、條件複句、讓步複句和轉折複句。

二　根據用途或者語氣分類

　　㈠陳述句

　　用直陳的語氣敘述一件事的句子，叫做陳述句，在書面上用句號來結尾。通常不用句末語氣詞，有時也用表示陳述語氣的語氣詞如「也」、「矣」等。如：

　　　　⑴子畏於匡。（《論語‧先進》）

　　　　⑵秦圍趙之邯鄲。（《戰國策‧趙策三》）

　　　　⑶王坐於堂上。（《孟子‧梁惠王上》）

　　　　⑷貢之不入，寡君之罪也。（《左傳‧僖公四年》）

　　　　⑸天下之無道也久矣。（《論語‧八佾》）

　　　　⑹韓、秦強弱，在今年耳。（《韓非子‧存韓》）

　　　　⑺軍有七日之糧爾。（《公羊傳‧宣公十五年》）

　㈡疑問句

　　提出問題的句子，叫做疑問句，在書面上用問號來結尾。疑問句多帶相關疑問詞或句末帶表示詢問的語氣詞。疑問句主要可以分為三大類，一是表示詢問的疑問句，一是表示反問的疑問句，一是表示測度的疑問句。

　1　詢問疑問句

　　說話者提出有疑問的問題，希望對方給予解答，按照提問的方法或者重點不同，又可以分為以下幾類。

　　第一，是非問句　是非問句就是對提出的問題可以用「是」或「不是」來回答的一種疑問句，文言文則常用「然」或「否」來回答。句末常用「乎」、「邪」、「耶」、「與」等疑問語氣詞。如：

　　　　⑴管仲儉乎？（《論語‧八佾》）

　　　　⑵責畢收乎？（《戰國策‧齊策四》）

　　　　⑶許子必織布然後衣乎？（《孟子‧滕文公上》）

　　　　⑷治亂，天邪？（《荀子‧天論》）

　　　　⑸賞罰者，兵之急者耶？（《孫臏兵法‧威王問》）

　　　　⑹可得聞與？（《孟子‧梁惠王上》）

　　第二，特指問句　特指問句是指提問者對於某一特定對象不明白，有疑問，因而提出詢問的疑問句。對於這種詢問的回答，要把所問的重點說清

楚，所以不能用簡單的「然」、「否」來回答。這種問句的特點是使用疑問代詞表示詢問的對象，句末可不用疑問語氣詞，也可以用「也」、「邪」、「哉」等。例如：

(1)弟子孰為好學？（《論語・雍也》）

(2)責畢收，以何市而反？（《戰國策・齊策四》）

(3)梁客辛垣衍安在？（《戰國策・趙策三》）

(4)追我者誰也？（《孟子・離婁下》）

(5)子之師誰邪？（《莊子・田子方》）

(6)襄王安在哉？（李白〈古風第五十八〉）

第三，選擇問句　選擇問句是提問者提出兩個或兩個以上的問題，希望對方從其中選擇一個作為回答的一種疑問句。有時不用疑問詞，有時用疑問代詞或疑問語氣詞。例如：

(1)此為茶？為茗？（《世說新語・紕漏》）

(2)今年男婚多？女嫁多？（《宋書・王王殷沈傳》）

(3)父與夫孰親？（《左傳・桓公十五年》）

(4)無懷氏之民歟？葛天氏之民歟？（陶潛〈五柳先生傳〉）

(5)汝其知也邪？其不知也邪？（韓愈〈祭十二郎文〉）

(6)為肥甘不足於口與？輕煖不足於體與？抑為采色不足視於目與？聲音不足聽於耳與？便嬖不足使令於前與？（《孟子・梁惠王上》）

2 反問疑問句

說話者對於所提出來的問題並無疑問，而故意使用反詰語氣的疑問句形式，目的在於強調自己對於此一問題認識的正確。這種句子常作為複句的最後分句或者一個語段的結束，產生加強表示推論正確的效果。反問句的字面是否定的，強調的就是肯定的一面；如果字面是肯定的，那麼強調的就是否定的一面。反問疑問句常在句中使用相關疑問副詞或者在句末使用疑問語氣詞。

(1)學而時習之，不亦說乎？（《論語・學而》）

(2)吾豈瓠瓜也哉？（《論語・陽貨》）

　　⑶夫晉何厭之有？（《左傳・僖公三十年》）

　　⑷巨屨小屨同賈，人豈為之哉？（《孟子・滕文公上》）

　　⑸行賢而去自賢之心，安往而不愛哉？（《莊子・山木》）

　　⑹君子居之，何陋之有？（劉禹錫〈陋室銘〉）

3　測度疑問句

　　測度疑問句是說話者表示對於問題雖然並沒有十足充分把握，但是自信雖不中也不遠矣，所以使用一種猜測估量的的語氣，有向對方商詢的味道，也表示說話者態度的謙虛和口氣委婉，一般並不要求回答。這種句子中多使用表示測度的語氣副詞，句末有疑問語氣詞。

　　⑴子曰：「知變化之道者，其知神之所為乎？（《易經・繫辭上》）

　　⑵《易》之興也，其於中古乎？作《易》者其有憂患乎？（《易經・繫辭下》）

　　⑶師勞力竭，遠主備之，無乃不可乎？（《左傳・僖公三十二年》）

　　⑷二十年之外，吳其為沼乎？（《左傳・哀公元年》）

　　⑸能者用而智者謀，彼其智者歟？（柳宗元〈梓人傳〉）

　　⑹或者亦出於無聊故邪？（陸游〈跋花間集〉）

㈢祈使句

　　表示祈求或者禁止的句子，叫做祈使句。句末常帶表示祈使的語氣詞。如：

　　⑴子往矣！（《莊子・天地》）

　　⑵君子慎其所立乎！（《荀子・勸學》）

　　⑶不足為外人道也！（陶潛〈桃花源記〉）

㈣感歎句

　　表示強烈感情的句子，叫做感歎句。如：

　　⑴得其所哉！。（《孟子・萬章上》）

　　⑵惜乎，子不遇時！。（《史記・李廣蘇建傳》）

　　⑶鳳鳥不至，河不出圖，吾已矣夫！（《論語・子罕》）

三 句子分類列表如下：

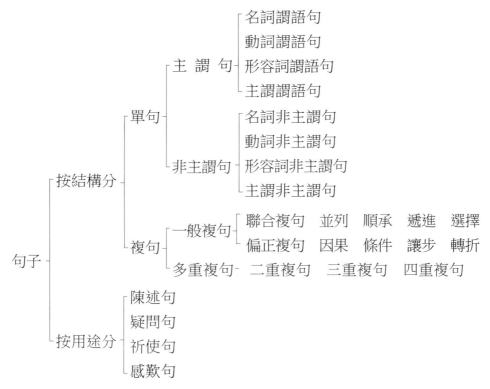

（錄自莊文中〈單句〉，見《教學語法系列講座》頁185。原表尚有「按功能分」一項，分始發句、後續句、終止句、中心句、獨立句，本書無相關內容，故不錄。）

第三節　句子成分

句子成分是指根據一個單句內部的結構關係劃分出來的語言片段。一個單句是由詞或短語組合起來的，它們按照句子的結構關係分別充當不同的句子成分，然後組合成句。單句的句子成分共有十個，按彼此的對待關係可分為五對，它們是：

- 主語──謂語
- 述語──賓語
- 定語──定語中心語
- 狀語──狀語中心語
- 補語──補語中心語

　　句子成分是在不同的層次，依據不同的結構關係劃分出來的，而一個單句除了一些特殊的語段（如連動短語、兼語短語和由兩個以上部分組成的聯合短語），可以用二分法一直切分到詞為止，於是在不同層次就劃分出了一個或多個成對的句子成分。譬如一個句子首先可以一分為二，分出主語和謂語；主語如果是定中結構，又可以一分為二，分出定語和定語中心語，謂語如果是狀中結構，也可以一分為二，分出狀語和狀語中心語；狀語中心語如果是述賓結構，又可以一分為二，分出述語和賓語；述語如果是中補結構，又可以再切分為二，分出補語中心語和補語。它們的關係和層次如下圖：

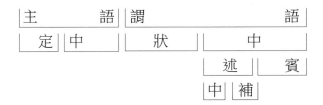

　　這樣層層切分，到不可再分為止。分出來的就是一對對結構關係相對待的語言片段，也就是句子成分。

　　還有一種成分，獨立在句子之外，與全句的結構不發生關係，叫做獨立成分。

一　**主語與謂語**

　　主語是陳述的對象，謂語是陳述的內容，二者是陳述和被陳述的關係。主語表明陳述的對象是「誰」或是「什麼」；謂語是陳述主語的，包括敘述

主語所進行的行為動作，描寫主語所具有的性質或狀態，確定主語所屬的類別或特徵，或者說明主語的存在或有無。

$$\boxed{\text{主　語}}$$

主語是謂語敘述、描繪、評論、說明的對象，主語的內容表明這個對象是「誰」或是「什麼」。以下分三點說明主語：

㈠從詞性上看，在大多數情況下，主語是一個名詞、代詞或者是一個名詞短語。例如：

⑴君子不重則不威。（《論語・學而》）

⑵衛莊公娶于齊東宮得臣之妹，曰莊姜。（《左傳・隱公三年》）

⑶吳廣素愛人。（《史記・陳涉世家》）

⑷爾愛其羊，我愛其禮。（《論語・八佾》）

⑸余收爾骨焉。（《左傳・僖公三十二年》）

⑹何謂忠貞？（《左傳・僖公九年》）

⑺孰可以代之？（《左傳・襄公三年》）

⑻或謂惠子曰：「莊子來，欲代子相。」（《莊子・秋水》）

⑼燕、趙、韓、魏聞之，皆朝於齊。（《戰國策・齊策一》）

⑽子謂顏淵曰：「用之則行，舍之則藏，唯我與爾有是夫！」。（《論語・述而》）

⑾齊桓、晉文之事可得聞乎？（《孟子・梁惠王上》）

以上例⑴～⑶是名詞作主語，例⑷～⑻是代詞作主語，例⑼是名詞聯合短語作主語，例⑽是代詞聯合短語作主語，例⑾是名詞偏正短語作主語。

所字短語和者字短語都是名詞性的，也都可以作主語，不過所字短語作主語的比者字短語作主語的要少。例如：

⑿所王北近鞏洛，南迫宛葉。（《史記・韓信列傳》）

⒀蜀中有杜處士，好書畫，所寶以百數。（蘇軾〈書戴嵩畫牛〉）

⒁南冠而縶者，誰也？（《左傳・成公九年》）

⒂毛羽不豐滿者，不可以高飛。（《戰國策·秦策一》）

⒃有德者必有言，有言者不必有德。（《論語·憲問》）

⒄不能教者，志氣不和，取舍數變，固無恒心。（《呂氏春秋·誣徒》）

⒅凡有爵者與七十者與未齔者皆不為奴。（《漢書·刑法志》）

例⒅是三個者字短語組成的聯合短語作主語。

雖然主語以名詞充當者為多，但許多別的詞也能充當主語。如動詞和動詞短語，形容詞和形容詞短語也可作主語。例如：

⒆生，好物也；死，惡物也。（《左傳·昭公二十五年》）

⒇城盡則聚散，聚散則無軍矣。（《韓非子·存韓》）

(21)不忘恭敬，民之主也。（《左傳·宣公二年》）

(22)勞師以襲遠，非所聞也。（《左傳·僖公三十二年》）

(23)儉，德之共也；侈，惡之大也。（《左傳·莊公二十四年》）

(24)富，人之所欲也；……貴，人之所欲也。（《孟子·萬章上》）

(25)剛毅木訥近仁。（《論語·子路》）

(26)富貴不能淫，貧賤不能移，威武不能屈。（《孟子·滕文公下》）

以上例⒆⒇是動詞作主語，例(21)是動賓短語作主語，例(22)是連動短語作主語，例(23)(24)是形容詞作主語，例(25)(26)是形容詞聯合短語作主語。

數（量）詞也可以作主語。例如：

(27)一厝朔東，一厝雍南。（《列子·湯問》）

(28)黃四娘家花滿蹊，千朵萬朵壓枝低。（杜甫〈江畔獨步尋花〉）

主謂短語也可以作主語。例如：

(29)亂政亟行，所以敗也。（《左傳·隱公五年》）

(30)堯相舜二十有八載，非人之所能為也。（《孟子·萬章上》）

在文言文裏，主謂短語用作主語或用作其他句子成分時，常在主語和謂語之間加「之」字，取消它的獨立性。這種「主語＋之＋謂語」結構的主謂短語用作主語比不加「之」字的主謂短語用作主語的更多。如：

(31)宮之奇之為人也，懦而不能強諫。（《左傳·僖公二年》）

(32)貢之不入，寡君之罪也。（《左傳・僖公四年》）

(33)天之棄商也久矣。（《左傳・僖公二十二年》）

（二）從語義上看，主語和謂語的關係是很複雜的，有施受關係、存在關係和評說關係等。根據這些不同的關係，主語可分為四類：即施事主語、受事主語、存在主語和主題主語。

1　施事主語

主語所表示的人事物是動作行為的發出者，這個主語就是施事主語。由於主語要能發出動作，所以多由有生名詞充當；如果不是有生名詞，則多是擬人的寫法。除了名詞短語，其他短語一般不作這種主語，因為它不具有動作性。例如：

(1)晉侯圍上陽。（《左傳・僖公五年》）

(2)吳王夫差起師伐越。（《國語・吳語》）

(3)項莊拔劍起舞。（《史記・項羽本紀》）

(4)吾日三省吾身。（《論語・學而》）

(5)困獸猶鬥，況國相乎？（《左傳・宣公十二年》）

(6)驚濤拍岸，捲起千堆雪。（蘇軾〈赤壁懷古〉）

(7)哭聲震動天地。（張溥〈五人墓碑記〉）

2　受事主語

主語所表示的人事物是動作行為支配或涉及的對象，這個主語就是受事主語。例如：

(1)朽木不可雕也，糞土之墻不可杇也。（《論語・公冶長》）

(2)君能補過，袞不廢矣。（《左傳・宣公二年》）

(3)秦十攻魏，五入國中，邊城盡拔，文台墮，垂都焚，林木伐，麋鹿盡，而國繼以圍。（《戰國策・魏策三》）

(4)兵挫地削。（《史記・屈原列傳》）

(5)廣武君策不用。（《史記・淮陰侯列傳》）

受事主語是被動用法中的一種（主被式），詳參下文「被動用法」。

3　存在主語

　　主語和謂語動詞之間不是施或受的關係，謂語動詞只表示在主語所表示的背景下，某種對象的有無，或者表示主語存某種情況，這樣的主語就是存在主語。謂語動詞常用「有、無、容、在」等。例如：

　　　　(1)北冥有魚，其名為鯤。（《莊子‧逍遙遊》）

　　　　(2)寡人無疾。（《韓非子‧喻老》）

　　　　(3)門不容車。（《左傳‧襄公三十一年》）

　　　　(4)晉師在敖、鄗之間。（《左傳‧宣公十二年》）

　　　　(5)老驥伏櫪，志在千里。（曹操〈步出夏門行〉）

　　4 主題主語

　　主謂之間不是施受關係，也不是存在關係，主語只是供謂語判定、描述或說明的一個主題，這樣的主語就是主題主語。

　　以上施事、受事、存在三種主語的句子，它的謂語中心語都是動詞，主題主語句的謂語中心語則除了也用動詞外，還用其他的詞來充當。例如：

　　　　(1)鯤之大，不知其幾千里也。化而為鳥，其名為鵬。鵬之背，不知其幾千里也。（《莊子‧逍遙遊》）

　　　　(2)刑過，不避大臣。（《韓非子‧有度》）

　　　　(3)其文約，其辭微，其志潔，其行廉。（《史記‧屈原賈生列傳》）

　　　　(4)劉璋暗弱。。（《三國志‧蜀書‧諸葛亮傳》）

　　　　(5)君者，舟也；庶人者，水也。（《荀子‧王霸》）

　　　　(6)南冥者，天池也。（《莊子‧逍遙遊》）

　　　　(7)地震者何？（《公羊傳‧文公九年》）

　　　　(8)王之蔽甚矣。（《戰國策‧齊策一》）

　　　　(9)舉所佩玉玦示之者三

　　以上例(1)(2)謂語中心語為動詞，例(3)(4)謂語為形容詞，例(5)(6)謂語為名詞，例(7)謂語為疑問代詞，例(8)謂語為副詞，例(9)謂語為數詞。

　　㊂從結構上看，在正常情況下主語在謂語的前邊；但有時為了強調謂語，把謂語移到主語前面。這種情況大多發生在感歎句和疑問句中。

　　1 感歎句

(1)甚矣，吾衰也！（《論語・述而》）

(2)大哉，堯之為君也！（《孟子・公孫丑》）

(3)痛哉，斯言！（黃宗羲〈原君〉）

(4)君哉，舜也！（《論語・顏淵》）

以上例(1)-(4)提前的謂語分別由副詞、形容詞、動詞、名詞充當。

2　疑問句

(1)何哉，爾所謂達者？（《論語・顏淵》）

(2)誰與，哭者？（《禮記・檀弓》）

(3)子邪，言伐莒者？（《呂氏春秋・重言》）

(4)若是其甚與？（《孟子・梁惠王上》）

以上例(1)(2)提前的謂語由疑問代詞充當，例(3)是名詞，例(4)是述賓短語。

```
┌───────────┐
│　謂　　語　│
└───────────┘
```

　　謂語是主語後邊對主語進行敘述、描繪、評論、說明的部分。一個主語謂語兼備的單句，一分為二，前邊被敘述、評說的部分是主語，後邊進行敘述、評說的部分是謂語。

　　㈠在大多數情況下，謂語是由動詞與動詞短語、形容詞與形容詞短語充當的。例如：

(1)邢人潰。（《左傳・僖公元年》）

(2)宰予晝寢。（《論語・公冶長》）

(3)千里之行，始於足下。（《老子・六十四章》）

(4)湯放桀，武王伐紂。（《孟子・梁惠王下》）

(5)今吾才小，不足以化君子。（《莊子・庚桑楚》）

(6)石奢者，楚昭王相也，堅直廉正，無所阿避。（《史記・循吏列傳》）

(7)楚師方壯。（《左傳・宣公十二年》）

(8)河水清且直猗。（《詩經・魏風・伐檀》）

　　以上例(1)～(4)為動詞和動詞短語作謂語，例(5)～(8)為形容詞和形容詞短語作謂語。

　　㈡文言文裏的判斷句基本上不用判斷動詞，名詞或名詞短語就直接作謂語。例如：

　　　　(1)周公，弟也；管叔，兄也。（《孟子・公孫丑下》）

　　　　(2)陳軫者，游說之士。（《史記・張儀列傳》）

　　　　(3)城北徐公，齊國之美麗者也。（《戰國策・齊策一》）

　　　　(4)召而見之，則所夢也

　　㈢其他如代詞，數（量）詞、副詞也可以作謂語。例如：

　　　　(1)承先人後者，在孫惟汝，在子惟吾。（韓愈〈祭十二郎文〉）

　　　　(2)春者何？歲之始也。（《公羊傳・隱公元年》）

　　　　(3)王平子年十四五。（《世說新語・規箴》）

　　　　(4)負服矢五十箇。（《荀子・議兵》）

　　　　(5)王之蔽甚矣！（《戰國策・齊策一》）

　　　　(6)破操軍必矣！（《資治通鑑・漢紀五十七》）

　　㈣主謂短語也可以作謂語。例如：

　　　　(1)今天下地醜德齊。（《孟子・公孫丑下》）

　　　　(2)公子顏色愈和。（《史記・魏公子列傳》）

　　㈤名詞用作判斷句的謂語在文言文裏是一種普通的用法，但名詞有時在其他句子裏也能作謂語或謂語中心語，這種情況比較少見，屬於臨時的活用，有以下幾種：

　　1　兩個名詞組成主謂關係，後一個名詞活用為動詞作謂語，如：

　　　　(1)右尹子革夕，王見之，去冠被，舍鞭，與之語。（《左傳・昭公十二年》）

　　　　(2)許子冠乎？（《孟子・滕文公上》）

　　2　名詞前有能願動詞或副詞，名詞活用為動詞作謂語或謂語中心語，如：

　　　　(3)假舟楫者，非能水也，而絕江河。（《荀子・勸學》）

　　　　(4)左右欲刃相如。（《史記・廉頗藺相如列傳》）

(5)范增數目項王。（《史記・項羽本紀》）

(6)君子不齒。（韓愈〈師說〉）

3　名詞後邊帶有介賓短語，名詞活用為動詞作謂語中心語，如：

(7)晉師軍於廬柳。（《左傳・僖公二十四年》）

(8)鷦鷯巢於深林。（《莊子・逍遙遊》）

(9)請勾踐女女於王，大夫女女於大夫，士女女於士。（《國語・越語上》）

4　用「而」字連接名詞和動詞，名詞常活為動詞，與「而」字前（或後）的動詞構成連動短語用作謂語，如：

(10)昔齊人有欲金者，清旦，衣冠而之市，適鬻金者之所，因攫其金而去。（《列子・說符》）

(11)保民而王，莫之能禦也。（《孟子・梁惠王上》）

二　述語與賓語

　　後邊帶有賓語的謂語中心語就是述語，賓語則是述語述及的對象。述語相對於賓語而言，賓語相對於述語而言，二者是述說和所述及對象的關係。

$$\boxed{\text{述　語}}$$

㈠一般支配關係的述語用法

1　在正常情況下，述語都是及物動詞，對賓語產生支配作用。例如：

(1)季氏將伐顓臾。（《論語・季氏》）

(2)齊侯以諸侯之師侵蔡。（《左傳・僖公四年》）

(3)魏安釐王攻趙救燕。（《韓非子・有度》）

2　在一些特殊情形下，有些名詞也能臨時活用為動詞，作支配性的述語，對賓語產生支配作用，如：

(4)北風其涼，雨雪其雱。（《詩經・邶風・北風》）

(5)乃使其從者衣褐。（《史記・廉頗藺相如列傳》）

(6)沛公軍霸上。（《史記‧項羽本紀》）

(7)一狼洞其中。（《聊齋志異》）

(8)命一上將將荊州之軍，以向宛洛。（《三國志‧蜀書‧諸葛亮傳》）

(9)天下乖戾，無君君之心。（柳宗元〈封建論〉）

　　㈡使動和意動的述語用法

　　在文言文裏，除了及物動詞用作一般的支配性的述語外，不及物動詞和一些形容詞和名詞也可以充當使動和意動用法的述語。例如：

(1)夫仁者，己欲立而立人，己欲達而達人。（《論語‧雍也》）

(2)今游俠……而不矜，羞伐其德。（《史記‧游俠列傳》）

(3)殺忠臣而貴賤人。（《史記‧李斯列傳》）

(4)乘勢，則哀公臣仲尼。（《韓非子‧五蠹》）

　　例(1)中的「立」和「達」都是不及物動詞，帶賓語「人」，這不是一般的支配性的述賓關係，而是使動用法，「立人」是「使人立」，「達人」是「使人達」。例(2)的「羞」也是不及物動詞，帶賓語「伐其德」，「羞伐其德」是「以伐其德為羞」的意思，這是意動用法。例(3)的「貴」是形容詞，帶了賓語「賤人」，便活用成使動動詞，「貴賤人」是「使賤人貴」。例(4)的「臣」是名詞，活用成動詞，也是使動用法，「臣仲尼」是「使仲尼為臣」的意思。本節先說明使動和意動，下面一節分別對一些特別用法的述語加以說明。

　　1　使動用法

　　所謂「使動」就是「使賓語動」。在一般敘述句中，動詞所表示的動作是由主語發出的，主語是動作的施行者，賓語是動作的承受者；但是在使動句中，動作不是由主語發出，而是主語使賓語發出，賓語才是動作的施行者。例如《左傳‧宣公二年》「晉侯飲趙盾酒」，不能了解為「晉靈公飲了趙盾的酒」，正確的意思是「晉靈公使趙盾飲酒」。飲酒的不是主語所代表的人物晉靈公，而是賓語所代表的人物趙盾。

　　在文言文裏，不及物動詞常有使動用法。如：

(1)小子鳴鼓而攻之可也。（《論語‧先進》）

(2)求也退，故進之；由也兼人，故退之。（《論語・先進》）

(3)若弗與，則請除之，無生民心。（《左傳・隱公元年》）

(4)外連橫而鬥諸侯。（賈誼〈過秦論〉）

(5)魏王恐，使人止晉鄙。（《史記・魏公子列傳》）

(6)破華陽下軍，走芒卯。（《史記・魏公子列傳》）

(7)感時花濺淚，恨別鳥驚心。（杜甫〈春望〉）

(8)明月別枝驚鵲，清風夜半鳴蟬。（辛棄疾〈西江月・夜行黃沙道中〉）

(9)江晚正愁予，山深聞鷓鴣。（辛棄疾〈菩薩蠻・書江西造口壁〉）

　　不及物動詞本來是不帶賓語的，但是用作使動用法時，就可以帶賓語了。所以一個不及物動詞如果帶了賓語，可能就是使動用法，我們在釋解文意時，可以從這方面去考察。

　　及物動詞用作使動的情況比較少見。例如：

(10)李氏飲大夫酒。（《左傳・襄公二十三年》）

(11)飲余馬咸池兮，總余轡乎扶桑。（《楚辭・離騷》）

(12)嘗人，人死。（《呂氏春秋・上德》）

(13)然秦以區區之地，致萬乘之勢，序八州而朝同列，百有餘年矣。（賈誼〈過秦論〉）

(14)甜瓜能吐人，唯其肉能解之。（《夢溪筆談補談三・藥議》）

　　及物動詞的使動用法，和一般敘述句裏及物動詞帶賓語在形式上沒有兩樣，我們如何去區別呢？只能從意義上去了解。第一，一般及物動詞賓語是動詞所表示的動作的承受者，而使動賓語是動作的施行者，並且是受主語的致使而發出動作。第二，使動用法可以轉換成兼語式而意義不變。試比較以下三組例子：

　　a1 武丁朝諸侯。（《孟子・公孫丑上》）

　　a2 孟子將朝王。（《孟子・公孫丑下》）

　　b1 欲因此降武。（《漢書・李廣蘇建傳》）

b2 涉間不降楚。（《史記·項羽本紀》）

c1 寧許以負秦曲。（《史記·廉頗藺相如列傳》）

c2 命夸娥氏二子負二山。（《列子·湯問》）

　　例a1「朝諸侯」中的「諸侯」不是「朝」這個動作的對象，而是動作的施行者，武丁是天子，不會去朝見諸侯，「武丁朝諸侯」是「武丁使諸侯來朝」的意思，所以這是一個使動句，「朝」是一個使動動詞。例a2「朝王」中的「王」是「朝」的對象，是「朝」這個動作的承受者，「孟子將朝王」不能理解為「孟子將使王來朝見」，孟子是個平民，不可能叫王來朝見他，所以這是一般的敘述句，「朝」是一個純粹的及物動詞。其他兩組的例子也是如此，b1是使動句，「降武」是「使蘇武投降」，b2是一般敘述句，「降楚」是「投降楚」；c1是使動句，「負秦曲」是「使秦國承擔理虧的責任」，c2是一般敘述句，「負二山」是「背走那二座山」。

▨形容詞的使動用法

　　形容詞是表示事物性質、狀態的詞。在文言文裏，形容詞也常有使動用法，使賓語所代表的人或事物具有這個形容詞所表示的性質或狀態。例如：

(15)冉有曰：「既庶矣，又何加焉？」曰：「富之。」。（《論語·子路》）

(16)君子正其衣冠。（《論語·堯曰》）

(17)是以君子遠庖廚也。（《孟子·梁惠王上》）

(18)必先苦其心志，勞其筋骨，餓其體膚，空泛其身。（《孟子·告子下》）

(19)狡兔有三窟，僅得免其死耳；今君有一窟，未得高枕而臥也。（《戰國策·齊策四》）

(20)於是梁王虛上位，以故相為上將軍。（《戰國策·齊策四》）

(21)今媼尊長安君之位。（《戰國策·趙策四》）

▨名詞的使動用法

在文言文裏，名詞也偶然用如使動詞。名詞是表示人或事物名稱的詞，用如使動詞，就是使賓語成為這個名詞所表示的人或物。例如

⑵吾見申叔，夫子所謂生死而肉骨也。（《左傳·襄公二十二年》）

⑵爾欲吳王我乎？（《左傳·定公十年》）

⑵太后豈以為臣有愛，不相魏其？（《史記·魏其武安侯列傳》）

⑵是欲臣妾我也，是欲劉豫我也。（胡詮〈上高宗封事〉）

2　意動用法

所謂意動，就是「主語認為（以為、覺得）賓語如何如何」。與「使動」不同的是，使動動詞所代表的多是實際的行動，而意動動詞只代表主語在主觀上認知（覺得）賓語為如何。

動詞的意動用法多見於表示心理活動的動詞。下面舉一些例子：

⑴臣之妻私臣，臣之妾畏臣，臣之客有求於臣，皆以美於徐公。

（《戰國策·齊策一》）

⑵是以君王無羞亟問，不愧下學。（《戰國策·齊策四》）

⑶怪之，可也；而畏之，則非也。（《荀子·天論》）

⑷且庸人尚且羞之，況於將相乎？（《史記·廉頗藺相如列傳》）

⑸太子丹患之。（《史記·刺客列傳》）

⑹今之眾人，其下聖人亦遠矣，而恥學於師。（韓愈〈師說〉）

⑺巫師樂師百工之人，不恥相師。（韓愈〈師說〉）

▨形容詞的意動用法

形容詞用如意動詞，是表示主觀上覺得賓語具有形容詞所表示的性質或狀態。例如：

⑻孔子登東山而小魯，登太山而小天下。（《孟子·盡心上》）

⑼不遠秦楚之路。（《孟子·告子上》）

⑽賢舜，則去堯之明察；聖堯，則舜之德化。（《韓非子·難一》）

▨名詞的意動用法

名詞用如意動詞，是表示主觀上把賓語看成這個名詞所表示的人或物。例如：

⑾不如吾聞而藥之也。（《左傳‧襄公三十一年》）

⑿其稱之秦何？夷狄之也。（《公羊傳‧僖公三十三年》）

⒀夫人之，我可以不夫人之乎？（《穀梁傳‧僖公八年》）

⒁公子乃自驕而功之，竊為公子不取也。（《史記‧魏公子列傳》）

⒂諸侯用夷禮，則夷之。（韓愈〈原道〉）

⒃封建者，必私其土，子其人。（柳宗元〈封建論〉）

㈢特殊用法的述語

述語和賓語的關係，除了以上所說的支配、使動和意動關係以外，還有許多別的特殊關係。這些特殊關係的述賓短語，有的可以把它轉換成狀中關係的偏正短語來了解，就是把賓語提到述語前面，再在提前的賓語前面加上一個適當的介詞構成介賓短語，用來修飾後面的述語。如「文嬴請三帥」（《左傳‧僖公三十三年》），可以把賓語「三帥」提前，前面再加介詞「替（為、給）」，轉換成「文嬴替三帥求情」來理解。下面分類來說明。

1 為動用法

所謂「為動」，就是述語所表示的動作，是為賓語而動的。這種用法可以理解為「介詞『為』＋ 賓 ＋ 述」。為動用法可以分兩種：第一種為動用法，「為」字當「給（替）」講，表示主語給（替）賓語施行某一行為。在這種用法上，賓語大多指人。例如：

⑴夫人將啟之。（《左傳‧隱公元年》）

⑵邴夏御齊侯。（《左傳‧成公二年》）

⑶伯氏不出而圖吾君。（《禮記‧檀弓》）

⑷叔孫太傅稱說古今，以死爭太子。（《史記‧留侯世家》）

⑸憂勞百姓，列侯就都。（晁錯〈賢良對策〉）

例⑴的「夫人將啟之」，「之」指共叔段，不是指城門，「將啟之」是為動用法，應該理解為「將為之啟」，是說鄭武公夫人將替共叔段打開城

門。例(2)的「御齊侯」是說「為齊侯御」，例(3)的「圖吾君」是說「為吾君圖」，例(4)的「以死爭太子」是說「以死為太子爭」，例(5)的「憂勞百姓」是說「為百姓憂勞」，都是為動用法。

這種的為動用法還可以一個述語帶兩個賓語，一個指人，一個指事物。對指人的賓語來說，是為動用法；對指事物的賓語來說，是一般及物動詞的用法。例如：

(6)天佑下民，作之君，作之師。（《尚書・武成》）

(7)孟嘗君曰：「為之駕，比門下之車客。」（《戰國策・齊策四》）

例(6)的「作之君」、「作之師」，等於說「為之立君」、「為之立師」，就是「替百姓立國君」、「替百姓立師傅」。例(7)的「為之駕」等於說「為之備駕」，就是「替他準備車輛」。

第二種為動用法，「為」字當「為了」講，表示賓語是施行某一行動的目的或原因。賓語大都指事物。例如：

(8)伯夷死名於首陽之下。（《莊子・駢拇》）

(9)陳勝吳廣乃謀曰：「今亡亦死，舉大計亦死，等死，死國可乎？。（《史記・陳涉世家》）

(10)而田榮怒齊之立假。（《史記・田儋列傳》）

(11)（灌夫）非有大罪，爭杯酒，不足引他罪以誅也。（《史記・魏其武安侯列傳》）

(12)食人之食者，死人之事。（《史記・淮陰侯列傳》）

(13)冬暖而兒號寒，豐年而兒啼飢。（韓愈〈進學解〉）

例(8)的「死名」是說「為了名而死」，例(9)的「死國」是說「為了國而死」，例(10)的「怒齊之立假」是說「為了齊之立假而怒」，例(11)的「爭杯酒」是說「為了杯酒而爭」，例(12)的「死人之事」是說「為了人之事而死」，例(13)的「號寒」和「啼飢」是說「為了寒冷而號哭」、「為了飢餓而啼泣」。

名詞的為動用法，例如：

(14)公子皆名之。（《史記・魏公子列傳》）

(15)父曰：「履我！」良為取履，因長跪履之。（《史記・留侯世家》）

⑯孔安國序《尚書》。（王冰〈內經素問序〉）

2 對動用法

所謂對動用法，是指述語對賓語含有「對著賓語怎麼樣」或「向著賓語怎麼樣」的意思。這種用法裏的述語對賓語沒有支配作用，賓語只是述語所表示的動作行為的關聯對象，可理解為「介詞『對（向）』＋賓＋述」。例如：

(1)遂置姜氏于城潁，而誓之曰：「不及黃泉，無相見也。（《左傳‧隱公元年》）

(2)君三泣臣矣，敢問誰之罪也？（《左傳‧襄公二十二年》）

(3)使人屬孟嘗君，願寄食門下。（《戰國策‧齊策四》）

(4)旦日不可不蚤自來謝項王。（《史記‧項羽本紀》）

(5)關羽張飛等不說，先主解之曰：「孤之有孔明，猶魚之有水也。願諸君勿復言。」。（《三國志‧蜀書‧諸葛亮傳》）

例(1)的「誓之」等於「對之誓」，就是「對她發誓」；例(2)的「泣臣」等於「對臣泣」，就是「對臣哭泣」；例(3)的「屬孟嘗君」等於「向孟嘗君屬」，就是「向孟嘗君請托」；例(4)(5)也都可以如此分析。

對動用法的述語也可以帶雙賓語，一指人，一指事。對指人的賓語而言，是對動用法；對指事的賓語而言，是一般及物動詞用法。例如：

(6)公語之故，且告之悔。（《左傳‧隱公元年》）

(7)欲見賢人而不以其道，猶欲其入而閉之門也。（《孟子‧萬章下》）

(8)豹往到鄴，會長老，問之其民疾苦。（《史記‧滑稽列傳》）

例(6)「語之故」、「告之悔」等於「對之語故」、「對之告悔」，這兩句話是說「鄭莊公向潁考叔說明緣故，並且向他說已經後悔」。例(7)的「閉之門」是說「對賢人關門」。例(8)的「問之民間疾苦」是說「向長老詢問當地老百姓的疾苦」。

▨形容詞的對動用法

形容詞用如對動詞，表示主語對（向）著賓語表示這個形容詞所代表的

狀態。例如：

(9)王曰：「其君能下人，必能信用其民矣。」（《左傳·宣公十二年》）

(10)與其妾訕其良人，而相泣於中庭；而良人未之知也，施施然從外來，驕其妻妾。（《孟子·離婁下》）

(11)諸侯之驕我者，吾不為臣；大夫之驕我者，吾不復見。（《荀子·大略》）

(12)此人所以簡巫祝也。（《韓非子·顯學》）

(13)武安侯新用事，欲為相，卑下賓客，進名士家居者貴之，欲以傾魏其諸將相。（《史記·魏其武安侯列傳》）

(14)詆我夸際遇之盛而驕鄉人者，豈知余者哉！（宋濂〈送東陽馬生序〉）

▨名詞的對動用法

名詞用如對動詞，表示主語對著賓語施行與這個名詞相關的動作。例如：

(15)良殊大驚，隨目之。（《史記·留侯世家》）

(16)從酈山下，道芷陽間行。（《史記·項羽本紀》）

(17)見其發矢十中八九，微頷之。（歐陽修〈賣油翁〉）

(18)含垢忍恥，舉天下而臣之，甘心焉。（胡詮〈上高宗封事〉）

(19)當時尚不肯北面臣敵。（胡詮〈上高宗封事〉）

(20)道海安、如皋，凡三百餘里。（文天祥〈指南錄後序〉）

例(15)中的「目之」，即「對（向）……注目」。例(16)中的「道芷陽」，即「向芷陽取道」。

3　供動用法

所謂供動用法，是說述語對賓語含有「主語供給（施舍）賓語什麼」的意思，可理解為「介詞『與（給）』＋賓＋述」。例如：

(1)道之云遠，我勞如何？飲之食之，教之誨之。（《詩經·小雅·綿蠻》）

(2)（丈人）殺雞為黍而食之。（《論語‧微子》）

(3)及楚，楚王享之。（《左傳‧僖公二十四年》）

(4)勾踐載稻與脂于舟以行。國之孺子之游者，無不餔也，無不歠也，必問其名。（《國語‧越語》）

(5)君曰：「愛我哉！忘其口味，以啗寡人。」（《韓非子‧說難》）

(6)先生既墨者，……又何吝一軀啖我而全微命乎？（馬中錫〈中山狼傳〉）

　　例(1)的「飲之食之」，毛《傳》說「渴則予之飲，飢則予之食」，正是供動的解釋。例(4)的「無不餔也，無不歠也」，「餔」和「歠」下都省略了賓語「之」字，「餔之」、「歠之」也是「予之食」、「予之飲」的意思。其他各例也都可以如此了解。

▨名詞的供動用法

　　供動用法的名詞本身大都指「物」（表示「人」的極少，如「妻之」的「妻」），它就是主語供給賓語的「什麼」物，賓語則是施予的對象。例如：

(7)及齊，齊桓公妻之，有馬二十乘。（《左傳‧僖公二十三年》）

(8)宋百牢我，魯不可以後宋。（《左傳‧哀公七年》）

(9)故君子問人之寒則衣之，問人之飢則食之，稱人之美則爵之。。（《禮記‧表記》）

(10)有一母見信飢，飯信。（《史記‧淮陰侯列傳》）

(11)夫百人作之不能衣一人，欲天下無寒，胡可得也？（《漢書‧食貨志》）

(12)以其有功也，爵之，而卑其士官也；以其耕作也，賞之，而少其家業也；以其不收也，外之，而高其輕世也；以其犯禁也，罪之，而多其有勇也。（《韓非子‧五蠹》）

　　例(12)中的「爵之」、「罪之」，都是名詞活用成動詞與賓語構成的供動用法。「賞之」是動詞與賓語構成的供動關係。「外之」，把他當外人看待，是方位名詞活用成動詞與賓語構成的意動關係。「卑」、「少」、

「高」、「多」等則是形容詞用如動詞表示意動。

　4　待動用法

　　待動用法主要是名詞活用為動詞用作述語，與賓語構成待動的關係。這種關係主要是表示主語採用對待某種人事物的態度來對待賓語。例如：

　　　(1)費惠公曰：吾於子思，則師之矣；吾於顏般，則友之矣。」。（《孟子‧萬章下》）

　　　(2)孟嘗君客我。（《戰國策‧齊策四》）

　　　(3)吾請去，不敢復言帝秦。（《戰國策‧趙策三》）

　　　(4)今君有區區之薛，不拊愛子其民。（《戰國策‧齊策四》）

　　　(5)扁鵲過齊，齊桓公客之。（《史記‧扁鵲倉公列傳》）

　　　(6)縱江東父老憐而王我，我何面目見之？（《史記‧項羽本紀》）

　　　(7)邑人奇之，稍稍賓客其父，或以錢幣丐之。（王安石〈傷仲永〉）

▨形容詞的待動用法

　　形容詞的待動用法，是表示主語用什麼態度或方法對待賓語。例如：

　　　(8)秦晉匹也，何以卑我？（《左傳‧僖公二十三年》）

　　　(9)夫趙，非實忠心好吳也。（《國語‧吳語》）

　　　(10)素善留侯張良。（《史記‧項羽本紀》）

　　　(11)諸侯聞之，皆知大王賤人而貴馬也。（《史記‧滑稽列傳》）

　　形容詞的對動用法和待動用法，意義有時易於混淆，不大容易區別。主要的不同，在於前者表示主語對（向）著賓語顯示這個形容詞所表示的狀態；後者在於主語以什麼態度或方法對待賓語。前者以主語為主，後者則重在主賓之間的關係。例如「諸侯之驕我者」，是說「諸侯本人驕傲」，可以譯為「諸侯對著我驕傲」，這是對動；「大王賤人而貴馬」，不是說「大王本人驕傲」，也不能譯為「對著人卑賤，對著馬高貴」，而是說「大王用輕賤的方式待人，用高貴的禮儀待馬」，這是待動。

　5　被動用法

　　充當述語的動詞直接表示主語被動或使賓語被動的用法，就叫做被動用

法。這種用法又分為兩種：一是主語不是述語動詞所表示的動作的主動者，而是被動者，反而賓語才是這個動作的主動者，這叫做「主被用法」；另一種是主語使賓語成為述語動詞所表示的動作的被動者，這叫做「使被用法」。這兩種用法，在形式上和一般表示主動的沒有不同，也就是說，它是以主動的形式來表達被動的意義。這種主動的形式而能表達出被動的意義，是以述語動詞用作表示被動意義而形成的，這和那些要依靠諸如「被」、「為」、「所」、「見」、「於」等表示被動意義的標誌所構成的被動式不同。

甲、主被用法

主被用法，簡單的說，就是主語是述語動詞所表示的動作的被動者，賓語卻是這個動作的主動者的一種用法。例如：

(1)公朝國人。（《左傳‧定公八年》）

(2)李園女弟初幸春申君有身而入之王所生子者遂立，為楚幽王也。（《戰國策‧楚策》）

(3)上乃使黃門畫者，畫周公負成王朝諸侯以賜光。（《漢書‧霍光傳》）

(4)帝感其誠，命夸娥氏二子負二山。（《列子‧湯問》）

(5)章臺柳，章臺柳，昔日青青今在否？縱使長條似舊垂，亦應攀折他人手。（李堯佐〈章臺柳傳〉）

(6)荊州之民附操者，偪兵勢耳，非心服也。（《資治通鑑‧漢紀五十七》）

(7)陛下一屈膝，則祖宗廟社之靈，盡污夷狄。（胡詮〈上高宗封事〉）

以上各句可以理解為「主 + 被 + 賓 + 述」，如例(1)「公朝國人」是說「公被國人朝」，例(5)「攀折他人手」是說「（章臺柳）被他人手攀折」，其他的例子也都應照這樣方法來了解。

主被用法的動詞還可以不帶賓語，也就是說動作的主動者在句中並不出現。例如：

(8)蔓草猶不可除，況君之寵弟乎？。（《左傳‧隱公元年》）

(9)君能補過，袞不廢矣。（《左傳‧宣公二年》）

(10)不違農時，穀不可勝食也；數罟不入洿池，魚鱉不可勝食也；斧斤
　　以時入山林，材木不可勝用也。（《孟子・梁惠王上》）

(11)諫行言聽。（《孟子・離婁下》）

(12)彼竊鉤者誅。（《莊子・胠篋》）

還有一種情形，就是述語是被動用法，但所帶的賓語卻並不是述語所表
示的動作的主動者。例如：

(13)禹錫玄圭，告厥成功。（《尚書・禹貢》）

(14)永元中，舉孝廉，不行；連辟公府，不就。（《後漢書・張衡傳》）

例(13)「禹錫玄圭」是說「禹被（堯）賞賜玄圭」，「錫」雖然是被動用
法，但「玄圭」並不是動作的主動者，仍是一般主動句式的賓語，是動詞涉
及的對象，而主動者「堯」被隱去了；如果把例句換成主動句式，就是「堯
錫禹玄圭」，可知「禹」是間接賓語，:玄圭」是直接賓語。例(14)「舉孝廉」
即「被舉為孝廉」，「舉」是被動用法，「孝廉」則仍是一般主動句式的賓
語，是動詞涉及的對象，只是主動者被隱去了。這和賓語是動作的主動者是
不同的，必須分辨清楚。

乙、使被用法

所謂使被用法，就是使賓語被動的一種用法。被動者不是主語，而是賓
語。這是因為述語動詞既表被動，又帶致使性造成的。如果對譯成白話，賓
語就成為一個使動式的兼語，兼語對它前頭的動詞而言，是動作的承受者，
也就是被動者。使被用法是使動用法與被動用法的一種結合形式。例如：

(1)焉用亡鄭以陪鄰？（《左傳・僖公三十年》）

(2)殺御叔，弒靈侯，戮夏南，出孔儀，喪陳國（《左傳・成公二年》）

(3)惠王死，武王立，左右惡張儀曰：「儀事先王不忠。」（《戰國
　　策・齊策二》）

(4)乃我困汝。（柳宗元〈段太尉逸事狀〉）

例(2)的五句都不能作一般的主動句了解，它們都是被動，意思是「使御
叔被殺，使靈侯被弒，使夏南被戮，使孔儀被出，使陳國被滅」。例(3)「惡
張儀」是「使張儀被（秦武王）所憎惡」的意思。

▓名詞、形容詞的被動用法

　　(1)族秦者，秦也，非天下也。（杜牧〈阿房宮賦〉）

　　(2)天下共苦戰鬥不休。（《史記‧秦始皇本紀》）

　　(3)天下苦秦久矣。（《史記‧陳涉世家》）

　　(4)當此時，諸郡縣苦秦吏者，皆刑其長吏，殺之以應陳涉。（《史記‧陳涉世家》）

　　(5)懲山北之塞，出入之迂也。（《列子‧湯問》）

　　例(1)「族」是名詞，這裏作為使被用法，「族秦者」就是「使秦被滅族者」。例(2)的「苦」和例(5)的「懲」都是形容詞。

賓　語

　　賓語是述語所述及的對象，可以從三方面來討論。

　　㈠從詞性上看，在大多數情況下，賓語是一個名詞、代詞或者是一個名詞短語。例如：

　　(1)晉滅虢。（《左傳‧僖公五年》）

　　(2)楚子退師，鄭人修城。（《左傳‧宣公十一年》）

　　(3)我之不德，民將棄我。（《左傳‧襄公九年》）

　　(4)王有德義，使人活之。（《史記‧龜策列傳》）

　　(5)繕甲兵，具卒乘。（《左傳‧隱公元年》）

　　(6)吾聞庖丁之言，得養生焉。（《莊子‧養生主》）

　　(7)夫尺有所短，寸有所長，物有所不足，智有所不明。（《楚辭‧卜居》）

　　(8)且我嘗聞少仲尼之聞而輕伯夷之義者。（《莊子‧秋水》

　　以上例(1)(2)是名詞作賓語，例(3)(4)是代詞作賓語，例(5)是名詞聯合短語作賓語，例(6)是名詞偏正短語作賓語，例(7)是所字短語作賓語，例(8)是者字短語作賓語。

　　除名、代詞外，動詞和動詞短語、形容詞和形容詞短語也可以作賓語。

例如：

⑼又私自送往迎來，弔死問疾。（《漢書・食貨志上》）

⑽忽聞水上琵琶聲，主人忘歸客不發。（白居易〈琵琶行〉）

⑾且（臣）懼奔辟而忝兩君。（《左傳・成公二年》）

⑿臣不任受怨，君亦不任受德。（《左傳・成公三年》）

⒀溫故而知新，可以為師矣。（《論語・為政》）

⒁是故無貴無賤，無長無少，道之所存，師之所存也。（韓愈〈師
　說〉）

⒂若晉取虞，而明德以薦馨香，神豈吐之乎？（《左傳・僖公五年》）

⒃庶竭駑鈍，攘除姦凶。（諸葛亮〈前出師表〉）

以上例⑼⑽是動詞作賓語，例⑾是動詞聯合短語作賓語，例⑿是述賓短語作賓語，例⒀⒁是形容詞作賓語，例⒂⒃是形容詞聯合短語作賓語。

主謂短語作賓語，例如：

⒄人謂子產不仁，吾不信也。（《左傳・襄公三十一年》）

⒅民又益喜，惟恐沛公不為秦王。（《漢書・高帝紀上》）

作賓語的主謂短語，也常在主語和謂語之間加一個「之」字，取消它的獨立性。例如：

⒆宦三年矣，未知母之存否。（《左傳・宣公二年》）

⒇臣固知王之不忍也。（《孟子・梁惠王上》）

㈡從語義上看，述語和賓語的關係是很複雜的，不是單一的支配關係。有的賓語是述語所表示的動作行為直接支配的對象；有的賓語不但不是動作、行為的支配對象，反而是動作行為的施行者；有的賓語則不屬於上述兩種情況。根據述賓之間不同的關係，賓語可分為受事賓語、施事賓語、意謂賓語、關係賓語、存在賓語、判斷賓語、時地賓語等。

1　受事賓語

賓語直接承受述語所發出的動作，是述語所表示的動作行為支配的對象。這種賓語是最常見的。例如：

⑴盍各言爾志？（《論語・公冶長》）

(2)趙穿攻靈公於桃園。（《左傳‧宣公二年》）

(3)秦圍趙之邯鄲。（《戰國策‧趙策三》）

(4)今人毀君，君亦毀之，譬如賈豎女子爭言，何其無大體也！（《史記‧魏其武安侯列傳》）

2 施事賓語

賓語不是動作行為的承受者，而是動作行為的施行者。這種賓語主要出現在使動和被動兩種用法中。詳參上文「使動用法」與「被動用法」。

3 意謂賓語

賓語同述語不是支配和承受的關係，只是主語在主觀上認為（覺得）賓語具有述語所表示的某種性質或狀態。這種賓語主要出現在意動用法中。詳參上文「意動用法」。

4 關係賓語

賓語同述語不是支配和承受的關係，而是許多別的關係，如主語為了賓語做什麼、對著賓語做什麼，或供給賓語什麼。這種賓語主要出現在為動，對動、供動等用法中。詳參上文「為動用法」、「對動用法」和「供動用法」。

5 存在賓語

賓語表示客觀事物的存在、有無、多少，多為表人或事物的名詞及名詞短語；常用的述語為「有、無、非（表示沒有）、多、少、在」等，例如：

(1)野有餓莩。（《孟子‧梁惠王上》）

(2)當是時也，內無怨女，外無曠夫。（《孟子‧梁惠王下》）

(3)孤非周公瑾，不帝矣。（《三國志‧吳書‧周瑜傳注》）

(4)疾在腠理，湯熨之所及也；在肌膚，鍼石之所及也；在腸胃，火齊之所及也；在骨髓，司命之所屬，無奈何也！。（《呂氏春秋‧喻老》）

(5)王室多故，余懼及焉。（《國語‧鄭語》）

6 判斷賓語

賓語與主語有等同、一致，或相似的關係，常用的述語有「是、為、

如、若、猶、似」等。例如：

    (1)謂我諸戎是四岳之裔胄也。（《左傳‧襄公五年》）

    (2)忠為令德。（《左傳‧昭公十年》）

    (3)周公旦為天下之聖人。（《孟子‧公孟》）

    (4)吾豈敢謂子面如吾面乎？（《左傳‧襄公三十一年》）

    (5)心若死灰。（《莊子‧庚桑楚》）

    (6)其性亦猶是也。（《孟子‧告子上》）

    (7)子期似王，逃王而己為王。（《左傳‧定公四年》）

7　時地賓語

賓語表示與動作有關的時間或地點，如：

    (1)陳，亡國也，……不過十年矣。（《左傳‧襄公三十年》）

    (2)行十日十夜而至於郢。（《墨子‧公輸》）

    (3)燈火熒熒，每至夜分。（歸有光〈先妣事略〉）

    (4)師遂濟涇。（《左傳‧成公十三年》）

    (5)君處北海，寡人處南海。（《左傳‧僖公四年》）

㈢從結構上看

第一，有時候一個述語可帶兩個賓語，例如：

    (1)（晉）君許君焦瑕，朝濟而夕設版焉。（《左傳‧僖公三十年》）

    (2)彼童子之師，授之書而習其句讀者，非吾所謂傳其道解其惑者
      也。（韓愈〈師說〉）

「雙賓語結構」在「述賓短語」中有較詳細說明，請參考彼文。

    第二，在正常情況下，述語在前，賓語在後；但是下列幾種情況，賓語
的位置在述語之前。

1　在比較早的文獻裏，代詞作賓語時，放在述語的前面。例如：

    (1)惟我事，不貳適，惟爾王家我適。（《尚書‧多士》）

    (2)赫赫師尹，民具爾瞻。（《詩經‧小雅‧節南山》）

    (3)葛之覃兮，是刈是濩，為絺為綌。（《詩經‧周南‧葛覃》）

    (4)爾貢苞茅不入，王祭不共，無以縮酒，寡人是徵；昭王南征而不

復，寡人是問。（《左傳・僖公四年》）

不過這種在一般句子裏把代詞賓語前置的語法結構，在周代已經是一種殘跡了，如下面的句子裏也是代詞作賓語，但是述賓的順序並沒有變動。

(5)天惟畀矜爾。（《尚書・多士》）

(6)惠而好我，攜手同行。（《詩經・邶風・北風》）

(7)其孰能睹是而樂也哉！（《荀子・王霸》）

2 在用「不、未、毋、莫」等否定詞構成的否定句裏，如果賓語是代詞，這個代詞賓語通常不放在述語之後，而放在述語之前。例如：

(1)既見君子，不我遐棄。（《詩經・周南・汝墳》）

(2)子不我思，豈無他人？（《詩經・鄭風・褰裳》）

(3)居則曰：「不吾知也。」。（《論語・先進》）

(4)仲尼之徒無道桓文之事者，是以後世無傳焉，臣未之聞也。（《孟子・梁惠王上》）

(5)大道之行也，與三代之英，丘未之逮也。（《禮記・禮運》）

(6)我無爾詐，爾無我虞。（《左傳・宣公十年》）（無同毋）

(7)三歲貫女，莫我肯顧。（《詩經・魏風・碩鼠》）

(8)桀死於南山，紂縣於赤斾，身不知先，人又莫之諫，此蔽塞之禍也。（《荀子・解蔽》）

3 在疑問句裏，如果賓語是疑問代詞，這樣的賓語也要放在述語的前面。例如：

(1)衛君待子而為政，子將奚先？（《論語・子張》）

(2)既富矣，又何加焉？（《論語・子路》）

(3)臣實不才，又誰敢怨？（《左傳・成公三年》）

(4)（齊宣王）曰：「牛何之？」（《孟子・梁惠王上》）

(5)孟嘗君曰：「客何好？」（《戰國策・齊策四》）

(6)梁客辛垣衍安在？（《戰國策・趙策三》）

(7)項王曰：「沛公安在？」（《史記・項羽本紀》）

4 有時為了強調賓語，也把賓語提前，並且在提前了的賓語之後加結構助詞「是」、「之」、「焉」、「斯」、「為」、「于」、「於」等字作為賓提前的標誌。例如：

(1)豈不穀是為？先君之好是繼。（《左傳・僖公四年》）

(2)將虢是滅，何愛於虞？（《左傳・僖公五年》）

(3)周書曰：「無偏無黨，王道蕩蕩。」其祁奚之謂矣。（《左傳・襄公三年》）

(4)宋何罪之有？。（《墨子・公輸》）

(5)我周之東遷，晉鄭焉依。（《左傳・隱公六年》）

(6)安定國家，必大焉先。（《左傳・襄公三十年》）

(7)朋酒斯饗，曰殺羔羊。（《詩經・豳風・七月》）

(8)周公居東二年，則罪人斯得。（《尚書・金縢》）

(9)武罵律曰：「汝為人臣子，……為降虜於蠻夷，何以汝為見？」（《漢書・蘇武傳》）

(10)赫赫南仲，玁狁于襄。（《詩經・小雅・出車》）

(11)王貪而無信，唯蔡於感。（《左傳・昭公十一年》）

5 有時還在提前的賓語的前面再用一個表示範圍副詞「惟（唯）」字，構成「惟（唯）……是……」和「惟（唯）……之……」的固定格式。例如：

(1)父母唯其疾之憂。（《論語・為政》）

(2)故周書曰：「皇天無親，惟德是輔。」（《左傳・僖公五年》）

(3)鬼神非人實親，惟德是依。（《左傳・僖公五年》）

(4)除君之惡，惟力是視。（《左傳・僖公二十四年》）

(5)雞鳴而駕，塞井夷灶，唯余馬首是瞻。（《左傳・襄公十四年》）

(6)小國將君是望，敢不唯命是聽。（《左傳・襄公二十八年》）

三　定語與定語中心語

　　修飾、限制名詞（語）的語言成分叫做定語，定語中心語是被定語修飾、限制的部分，二者組成定中關係的偏正短語，作為語句中的某一種成

分。定語主要由形容詞、名詞、代詞充當。

　　㈠形容詞充當定語，是形容詞的主要功能之一。例如：

　　　⑴士志於道而恥惡衣惡食者，未足與議也。（《論語·里仁》）

　　　⑵觀於濁水而迷於清淵。（《莊子·山木》）

　　　⑶為人下者，其猶土也，深抇之而得甘泉焉。（《荀子·堯問》）

　　　⑷是與愚人論智也。（《韓非子·孤憤》）

　　在文言文中，單音節形容詞作定語，一般都直接附加在中心語之前；如果是雙音節的，既可以直接附加在中心語之前，也可以在定語與中心語之間加結構助詞「之」字。例如：

　　　⑸今視之，乃渺小丈夫也。（《史記·孟嘗君列傳》）

　　　⑹劉諧者，聰明士。（李贄〈贊劉諧〉）

　　　⑺今媼尊長安君之位，而封之以膏腴之地，多與之重器。（《戰國策·趙策四》）

　　　⑻鄙賤之人，不知將軍寬之至此也。（《史記·廉頗藺相如列傳》）

　　　⑼良將勁弩，守要害之處。（蘇洵〈過秦論〉）

　　㈡名詞、代詞也經常作定語，例如：

　　　⑴螓首蛾眉。（《詩經·衛風·碩人》）

　　　⑵此所謂率土地而食人肉。（《孟子·離婁上》）

　　　⑶操吳戈兮被犀甲。（《楚辭·國殤》）

　　　⑷丁男被甲，丁女轉輸，苦不聊生，自經於道樹，死者相望。（《史記·平津侯主父列傳》）

　　　⑸言出於余口，入於爾耳，誰告建也？（《左傳·昭公二十年》）

　　　⑹使來者讀之，悲予志焉。（文天祥〈指南錄後序〉）

　　名詞、代詞作定語，也常在定語與中心語之間加「之」字，例如：

　　　⑺君信蠻夷之訴以絕兄弟之國。（《左傳·昭公十三年》）

　　　⑻永之人爭奔走焉。（柳宗元〈捕蛇者說〉）

　　　⑼虎兕出於柙，龜玉毀於櫝中，是誰之過與？（《論語·季氏》）

　　　⑽秦王知以己之故而歸燕之十城，亦必喜。（《史記·蘇秦列傳》）

(三)數詞和數量詞也常作定語，如：

(1)五侯九伯，汝實征之。（《左傳‧僖公四年》）

(2)命夸娥氏二子負二山。（《列子‧湯問》）

(3)六國破滅，非兵不利，戰不善。（蘇洵〈六國論〉）

(4)百畝之田，勿奪其時，八口之家可以無飢矣。（《孟子‧梁惠王上》）

(5)殺一牛，取一豆肉，餘以食士。（《韓非子‧外儲說右上》）

文言文中數詞或數量詞作定語，也可以放在中心語的後面，如：

(6)公子地有白馬四。（《左傳‧定公四年》）

(7)嘗貽余核舟一，蓋大蘇泛赤壁云。（魏學洢〈核舟記〉）

(8)不稼不穡，胡取禾三百廛兮？（《詩經‧魏風‧伐檀》）

(9)於是為長安君約車百乘，質於齊，齊兵乃出。（《戰國策‧趙策四》）

(四)動詞用作定語的不多，如：

(1)不狩不獵，胡瞻爾庭有懸鶉兮。（《詩經‧魏風‧伐檀》）

(2)冥冥而行者，見寢石以為伏虎也。（《荀子‧解蔽》）

(3)荊人收亡國，聚散民，立社主，置宗廟。（《戰國策‧秦策一》）

動詞直接附加在名詞前作定語，和動賓結構的形式相似，但一個是偏正結構，一個是動賓結構，這要靠了解文意來加以區別。例如下面兩個例子：

(4)沉灶產蛙，民無叛意。（《國語‧晉語九》）

(5)貴妃常居深宮，安知國忠反謀。（《資治通鑑‧唐紀三十四》）

例(4)中的「沉灶」指「淹在水中的灶」，不可理解為「把灶沉入水中」；例(5)中的「反謀」是說「造反的計畫」，不可理解為「造反策劃」。

動詞短語作定語的則比較多，如

(6)且而與其從辟人之士也，豈若從辟世之士哉？。（《論語‧微子》）

(7)若君身，則亦出入、飲食、哀樂之事也。（《左傳‧昭公元年》）

(8)故王之不王，非挾太山以超北海之類也；王之不王；是折枝之類也。（《孟子‧梁惠王上》）

(9)臣聞郊關之內有囿方四十里，殺其麋鹿者如殺人之罪。（《孟子‧梁惠王下》）

(10)彼秦者，棄禮義而上首功之國也。（《戰國策‧趙策三》）

(五)所字短語和者字短語都是名詞性的，也皆可以作定語，例如：

(1)夫六王、二公之事，皆所以事諸侯禮也，諸侯所由用命也。（《左傳‧昭公四年》）

(2)仲子所居之室，伯夷之所築與？抑亦盜跖之所築與？所食之粟，伯夷之所樹與？抑亦盜跖之所樹與？。（《孟子‧滕文公下》）

(3)是故智者之慮必雜於利害。（《孫子‧九變》）

(4)又頒賜有功者父母妻子於廟門外。（《吳子‧勵士》）

(六)主謂短語作定語，如：

(1)秦稱帝之害將奈何？（《戰國策‧趙策三》）

(2)上病益甚，乃為璽書賜公子扶蘇曰：「與喪會咸陽而葬。」書已封，在中書令趙高行符璽事所，未授使者。（《史記‧秦始皇本紀》）

(3)楚兵罷食盡，此天亡楚之時也。（《史記‧項羽本紀》）

(4)今中國無狗吠之驚，而外累於遠方之備，靡敝國家，非所以子民也。（《史記‧平津侯主父列傳》）

(七)定語後置

定語的位置一般在中心語的前邊，但有時為了強調、特出定語，或者定語比較長，為了行文的方便，便把定語移到中心語的後邊，而在中心語與定語之間及定語的末尾分別加結構助詞「之」字和「者」字，作為定語後置的標誌。例如：

(1)今天下之君子之欲為仁義者，則不可不察義之所從出。（《墨子‧天志中》）

(2)而使樂毅復以兵平齊城之不下者（《史記‧樂毅列傳》）

(3)天道之大者在陰陽。（《漢書‧董仲舒傳》）

(4)馬之千里者，一食或盡粟一石。（韓愈〈雜說四〉）

結構助詞「之」字有時可以省略，如：
　(5)求人可使報秦者。（《史記‧廉頗藺相如列傳》）
　(6)李氏名敗，而隴西之士居門下者，皆用為恥焉。（《史記‧李將軍列傳》）
　(7)天下吏士趨勢利者，皆去魏其歸武安。（《史記‧魏其武安侯列傳》）
　(8)巫行視小家女好者。（《史記‧滑稽列傳》）
有時保留結構助詞「之」字，只將定中的次序顛倒為中定，如：
　(9)帶長鋏之陸離兮，冠切雲之崔嵬。（《楚辭‧涉江》）
　(10)螾無爪牙之利，筋骨之強。（《荀子‧勸學》）

四　狀語與狀語中心語
　　修飾、限制動詞（語）或形容詞（語）的語言成分叫做狀語，狀語中心語是被狀語修飾、限制的部分，二者組成狀中關係的偏正短語，作為語句中的某一種成分。狀語主要由副詞充當，動詞、形容詞、介賓短語和一些別的詞語也可以作狀語。
　　㈠副詞充當狀語是副詞的主要功能。例如：
　(1)饁彼南畝，田畯至喜。（《詩經‧豳風‧七月》）
　(2)行極賢而不用於君，此非明主之所臣也。（《韓非子‧外儲說右上》）
　(3)當此之時，髡心最歡，能飲一石。（《史記‧滑稽列傳》）
　(4)海內知識，零落殆盡（孔融〈與曹公論盛孝章書〉）
　(5)群賢畢至，少長咸集。（王羲之〈蘭亭集序〉）
　(6)名不虛立，士不虛附。（《史記‧游俠列傳》）
　　㈡動詞充當狀語，有三種情況：
第一，兩個動詞連用，前一個動詞用作狀語。例如：
　(1)婦人不立乘。（《禮記‧曲禮》）
　(2)沛公至咸陽，諸將皆爭走金帛財物之府分之。（《史記‧蕭相國世

家》）

(3)爭割地而賂秦。（賈誼〈過秦論〉）

第二，動詞用作狀語之後，後面加「而」字和中心語連接。如：

(4)子路拱而立。（《論語・微子》）

(5)河曲智叟笑而止之。（《列子・湯問》）

(6)噲拜謝，起，立而飲之。（《史記・項羽本紀》）

第三，述賓短語作狀語比單用動詞的要多，它們多數是表示行為方式的，有一些則表示時間，狀語與中心語之間有時加「而」字，有時不加。例如：

(7)妻側目而視，傾耳而聽。（《戰國策・秦策一》）

(8)太后盛氣而胥之。（《戰國策・趙策四》）

(9)盡心力而為之。（《孟子・梁惠王上》）

(10)明旦，側肩爭門而入。（《史記・孟嘗君列傳》）

(11)安能摧眉折腰事權貴，使我不得開心顏。（李白〈夢留天姥吟留別〉）

(12)暮見火舉而俱發。（《史記・孫子吳起列傳》）

(13)先帝知臣謹慎，故臨崩寄臣以大事也。（諸葛亮〈前出師表〉）

以上例(7)～(11)表行為方式，例(12)(13)表時間。

㈢形容詞充當狀語，例如：

(1)門人厚葬之。（《論語・先進》）

(2)夫大國，難測也。（《左傳・莊公十年》）

(3)少師謂隨侯曰：「必速戰。不然，將失楚師。」（《左傳・桓公八年》）

(4)婦人異甚。（《戰國策・趙策四》）

(5)行過凋碧柳，蕭索倚朱樓。（杜甫〈西閣〉）

㈣疑問代詞作狀語，如：

(1)姜氏欲之，焉辟害？（《左傳・隱公元年》）

(2)肉食者謀之，又何間焉？（《左傳・莊公十年》）

(3)先生又惡能使秦王烹醢梁王？（《戰國策・趙策三》）

㈤數詞作狀語。在文言文中數詞常直接放在中心語之前作狀語，如：

(1)八年之中，九合諸侯。（《左傳・襄公十一年》）

(2)梁使三反，孟嘗君固辭不往也。（《戰國策・齊策四》）

(3)願為諸君決戰，必三勝之。（《史記・項羽本紀》）

(4)軒凡四遭火，得不焚，殆有神護者。（歸有光〈項脊軒志〉）

㈥名詞作狀語

名詞中的時間名詞和方位名詞經常用作狀語以表明行為的時間和趨向，這是它們的主要職能之一。

1 時間名詞可以放在句中作狀語，但也經常放在句首做為全句的狀語。如：

(1)朝濟而夕設版焉。（《左傳・僖公三十年》）

(2)長驅到齊，晨而求見。（《戰國策・齊策四》）

(3)項伯乃夜馳之沛公軍。（《史記・項羽本紀》）

(4)朝辭爺娘去，暮宿黃河邊。（〈木蘭辭〉）

(5)五月辛丑，太叔出奔共。（《左傳・隱公元年》）

(6)四月，鄭祭足帥師取溫之麥；秋，又取成周之禾。（《左傳・隱公三年》）

(7)秦二世元七月，陳涉等起大澤中。（《史記・項羽本紀》）

2 方位名詞作狀語，如：

(1)內省不疚，何憂何懼？（《論語・顏淵》）

(2)（蔡聖侯）南游乎高陂，北陵乎巫山。（《戰國策・楚策四》）

(3)西和諸戎，南伐夷越，外結好孫權，內修政理。（《三國志・蜀書・諸葛亮傳》）

3 處所名詞作狀語比較少，如：

(1)舜勤民事而野死，……冥勤其官而水死，……稷勤百穀而山死。（《國語・魯語上》）

(2)是故敗吳於囿，又敗之於沒，又郊敗之。（《國語・越語上》）

4 普通名詞作狀語，如：

　　⑴各鳥獸散，猶有得脫歸報天子者。（《漢書・李廣蘇建傳》）

　　⑵齊將田忌善而客待之。（《史記・孫子吳起列傳》）

普通名詞作狀語，情形比較特殊，詳參名詞章。

㈦介賓短語作狀語，如：

　　⑴子於是日哭，則不歌。（《論語・述而》）

　　⑵不義而富且貴，於我如浮雲。（《論語・述而》）

　　⑶子犯以璧授公子。（《左傳・僖公二十四年》）

　　⑷齊侯欲以文姜妻太子忽。（《左傳・桓公六年・》）

五　補語與補語中心語

　　放在動詞或形容詞後面，補充說明動作行為發生的有關情況的詞或短語，叫做補語；被補充說明的動詞（語）或形容詞（語）就是補語中心語。補語和狀語都是對動詞（語）或形容詞（語）進行修飾的，功能和作用相似，不同的只是一個放在中心語之前，一個放在中心語之後。而且有時同一個詞語既可以放在前面做狀語也可以放在後面做補語。因此我們只能依據它們的位置來區分，凡在中心語之前的叫狀語，在中心語之後的叫補語。副詞、動詞、形容詞、數量詞都可以作補語，名詞則以時間名詞和處所名詞為多，短語中則介賓短語和述賓短語都可以作補語，尤以介賓短語為多。

㈠副詞作補語，如：

　　⑴君美甚，徐公何能及君？（《戰國策・齊策一》）

　　⑵四面險絕，無由升陟矣。（《水經注・清水》）

　　⑶堂邑父故胡人，善射，窮急，射禽獸給食。（《史記・大宛列傳》）

　　⑷蓋詩文至近代而卑極矣。（袁宏道〈敘小修詩〉）

㈡動詞作補語，如

　　⑴若火之燎于原，不可向邇，其猶可撲滅？（《尚書・盤庚上》）

　　⑵射傷宋襄公。（《史記・楚世家》）

　　⑶文信侯不韋死，竊葬，其舍人臨者，晉人也，逐出之。（《史記・

秦始皇本紀》）

(4)亂石穿空，驚濤拍岸，卷起千堆雪。（蘇軾〈念奴嬌〉）

㈢形容詞作補語，如：

(1)今諸侯王皆推高寡人。（《漢書·高帝紀》）

(2)漢氏減輕田租。（《漢書·王莽傳》）

(3)幽薊已削平，荒徼尚彎弓。（杜甫〈贈蘇四徯〉）

(4)途中兩狼綴行甚遠。（《聊齋志異·狼》）

㈣數量詞作補語，如：

(1)為山九仞，功虧一簣。（《尚書·旅獒》）

(2)圍漢王三匝。（《史記·項羽本紀》）

(3)孟嘗君將西入秦，賓客諫之百通，則不聽也。（《說苑·正諫》）

(4)今將軍誠能命猛將統兵數萬，與豫州協規同力，破操軍必矣。（《資
治通鑑·漢紀五十七》）

㈤時地名詞作補語，如：

(1)韓事秦三十餘年。（《韓非子·存韓》）

(2)同行十二年。（〈木蘭辭〉）

(3)將軍戰河北，臣戰河南。（《史記·項羽本紀》）

(4)海內大亂，將軍起兵山東，劉豫州收兵江南，與曹操共爭天下。
（《資治通鑑·漢紀五十七》）

㈥述賓短語作補語，如：

(1)良君將賞善而刑淫，養民如子，蓋之如天，容之如地；民奉其君，
愛之如父母，仰之如日月，敬之如神明，畏之如雷霆。（《左傳·
襄公十四年》）

(2)居左者右手執蒲葵扇，左手撫爐，爐上有壺，其人視端容寂，若聽
茶聲然。（魏學洢〈核舟記〉）

㈦介賓短語作補語，如：

(1)出自幽谷，遷于喬木。（《詩經·小雅·伐木》）

(2)作王宮于踐土。（《左傳·僖公二十八年》）

(3)賞以春夏，刑以秋冬。（《左傳・襄公二十六年》）

(4)陸渾氏甚睦於楚。（《左傳・昭公十七年》）

(5)孤窮無援，危在旦夕。（《三國志・吳書・太史慈傳》）

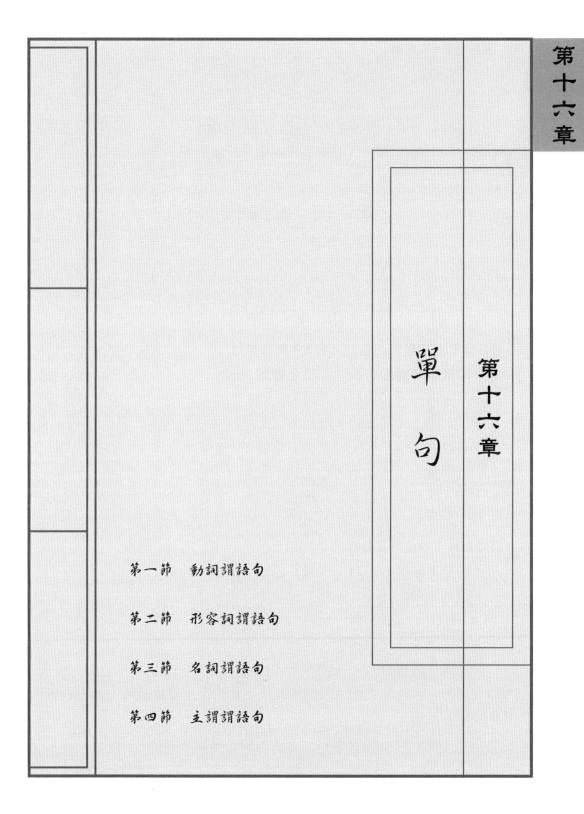

第十六章

第十六章

單句

　　單句由一個詞或者一個短語構成，分主謂句和非主謂句兩種。單句的分類一般以主謂句為主。所謂主謂句是由主謂短語構成的，可以分析出主語和謂語兩部分。下面根據主謂句謂語的類型，分類說明。

第一節　動詞謂語句

　　動詞謂語句是由動詞或者動詞短語充當謂語的主謂句。文言文裏動詞謂語句句式繁多，有多種不同的組合，下面列舉一些較常見的。

一　謂語由單個兒動詞充當，大多是不及物動詞
　　句子的基本結構形式為：主語 ‖ 動詞
　　　　(1)樊遲御。（《論語・為政》）
　　　　(2)門人惑。（《論語・述而》）
　　　　(3)秦伯說（悅）。（《左傳・僖公三十年》）
　　　　(4)孔子懼。（《孟子・滕文公下》）
　　　　(5)燕人畔。（《孟子・公孫丑下》）

二　謂語由單賓語的動賓短語充當
　　句子的基本結構形式為：主語 ‖ 述語 + 賓語
　　　　(1)祭仲殺雍糾。（《左傳・桓公十五年》）
　　　　(2)吳侵陳。（《左傳・定公八年》）
　　　　(3)秦伐魏。（《戰國策・齊策一》）
　　　　(4)扁鵲見蔡桓公。（《韓非子・喻老》）
　　以上例(1)～(4)皆為支配性的動賓關係，賓語都是受事賓語。以下各例則為其他關係的賓語。
　　　　(5)華元登子反之床，起之。（《左傳・宣公十五年》）
　　　　(6)吳王濞反，欲從閩越，閩越未肯行。（《史記・東越列傳》）

(7)冬,葬晉公,公送葬,諸侯莫在。魯人辱之,故不書,諱之也。
（《左傳‧成公十年》）

(8)且庸人尚且羞之,況于將相乎（《史記‧廉頗藺相如列傳》）

(9)主嬴請三帥。（《左傳‧僖公三十年》）

(10)邴夏御齊侯。（《左傳‧成公二年》）

(11)俄而子來有病,喘喘然將死,其妻子環而泣之。（《莊子‧大宗師》）

(12)梁王彭越聞之,乃言上。（《史記‧季布欒布列傳》）

(13)夏氏有罪。（《尚書‧湯誓》）

(14)家在京口。（《世說新語‧企羨》）

以上例(5)(6)為使動用法,(7)(8)為意動用法,(9)(10)為為動用法,(11)(12)為對動用法,(13)(14)為存在用法。

三 謂語由述賓短語充當,賓語為聯合短語

句子的基本結構形式為：主語∥述語＋賓語（由聯合短語充當）

(1)（太叔）繕甲兵,具卒乘。（《左傳‧隱公元年》）

(2)朝菌不知晦朔。（《莊子‧逍遙遊》）

(3)（武姜）生莊公及共叔段。（《左傳‧隱公元年》）

例(1)(2)作賓語的聯合短語沒有連詞,例(3)有連詞「及」。

四 謂語由述賓短語充當,賓語為偏正短語

句子的基本結構形式為：主語∥述語＋賓語（由偏正短語充當）

(1)盍各言爾志。（《論語‧公冶長》）

(2)余收爾骨焉。（《左傳‧僖公三十二年》）

(3)夫州吁弒其君,而虐用其民。（《左傳‧隱公四年》）

(4)小人計其功。（《荀子‧天論》）

(5)人無遠慮,必有近憂。（《論語‧衛靈公》）

(6)子張問善人之道。（《論語‧先進》）

(7)翟慮被堅執銳，救諸侯之患。（《墨子‧魯問》）

五　謂語由述賓短語充當，賓語為述賓短語

句子的基本結構形式為：主語 ‖ 述語＋賓語（由述賓短語充當）

(1)季路問事鬼神。（《論語‧先進》）

(2)（由與求）謀動干戈於邦內。（《論語‧季氏》）

(3)臣不任受怨，君亦不任受德。（《左傳‧成公三年》）

(4)莊周夢為蝴蝶。（《莊子‧逍遙遊》）

(5)志士仁人無求生以害仁，有殺身以成仁。（《論語‧衛靈公》）

(6)（一人）思援弓繳而射之。（《孟子‧告子上》）

例(5)(6)的賓語是由兩個述賓短語構成的連動短語。

六　謂語由述賓短語充當，賓語為主謂短語

句子的基本結構形式為：主語 ‖ 述語＋賓語（由主謂短語充當）

(1)吾聞君子不黨。（《論語‧述而》）

(2)人謂子產不仁，吾不信也。（《左傳‧襄公三十一年》）

(3)周顧視車轍中有鮒魚焉。（《莊子‧外物》）

(4)忘吾有四肢形體也。（《莊子‧達生》）

(5)孟孫見叔孫之旗入。（《韓非子‧內儲說下》）

(6)始吾不知水可以滅人之國。（《韓非子‧難三》）

(7)吾聞宋君無道。（《韓非子‧外儲說左上》）

在文言文中，主謂短語常常在主語和謂語之間加「之」字取消它的獨立性，這種形式的主謂短語常常用作賓語。例如：

(8)不患人之不己知，患不知人也。（《論語‧述而》）

(9)惡鄭聲之亂雅樂也。（《論語‧陽貨》）

(10)晉人患秦之用士會也。（《左傳‧文公十三年》）

(11)（我）宦三年矣，未知母之存否。（《左傳‧宣公二年》）

(12)夫差！而忘越王之殺而父乎。（《左傳‧定公十年》）

⒀臣固知王之不忍也。（《孟子・梁惠王上》）

⒁王如知此，則無望民之多於鄰國也。（《孟子・梁惠王上》）

七　謂語由雙賓語的述賓短語充當

句子的基本結構形式為：主語 ‖ 述語＋賓語 1＋賓語 2

⑴靜女其孌，貽我彤管。（《詩經・邶風・靜女》）

⑵（召康公）賜我先君履。（《左傳・僖公四年》）

⑶公命與之邑。（《左傳・文公十八年》）

⑷（陽貨）饋孔子烝豚。（《孟子・滕文公下》）

⑸吾語女至道。（《莊子・在宥》）

⑹（秦王）使人遺趙王書。（《史記・廉頗藺相如列傳》）

⑺取吾璧，不予我城，奈何？（《史記・廉頗藺相如列傳》）

八　謂語由動詞聯合短語充當

句子的基本結構形式為：主語 ‖ 動詞（或動詞短語）＋（連詞）＋動詞（或動詞短語）

⑴太叔完聚。（《左傳・隱公元年》）

⑵武王渡孟津時，士眾喜樂。（《論衡・感虛》）

⑶（趙）盾曰：「棄人用犬，雖猛何為？」鬥且出。（《左傳・宣公二年》）

⑷三軍既惑且疑，則諸侯之難至矣。（《孫子兵法・謀攻》）

⑸君子不憂不懼。（《論語・顏淵》）

⑹老者衣帛食肉，黎民不飢不寒。（《孟子・梁惠王上》）

⑺吾怨其君而矜其民。（《左傳・僖公十五年》）

⑻鄭穆公使視客館，則束載、厲兵、秣馬矣。（《左傳・僖公三十二年》）

九　謂語由動詞為中心語的偏正短語充當，包括狀中短語和補中短語

　　句子的基本結構形式為：A 主語‖狀語＋動詞（或動詞短語）

　　　　　　　　　　　　　B 主語‖動詞（或動詞短語）＋補語

　　　　　　　　　　　　　C 主語‖動詞＋補語＋賓語

　　⑴宰予晝寢。（《論語・公冶長》）

　　⑵君將不堪。（《左傳・隱公元年》）

　　⑶范雎再拜。（《戰國策・秦策三》）

　　⑷齊侯以諸侯之師侵蔡。（《左傳・僖公四年》）

　　⑸昭王病甚。（《史記・楚世家》）

　　⑹田光坐定。（《史記・刺客列傳》）

　　⑺虎兕出於柙，龜玉毀於櫝中，是誰之過與？。（《論語・季氏》）

　　⑻宣子田於首山，舍于翳桑。（《左傳・宣公二年》）

　　⑼謹庠序之教，申之以孝悌之義。（《孟子・梁惠王上》）

　　⑽齊侯伐衛，戰敗魏師。（《左傳・莊公二十八年》）

　　⑾與晉兵戰鄢陵，晉敗楚，射中共王目。（《史記・楚世家》）

　　⑿廣亦竟射殺之。（《史記・李將軍列傳》）

　　⒀看殺衛玠。（《世說新語・容止》）

　　以上例(1)～(4)為 A 類，例(4)中的「以諸侯之師」是狀語，用來修飾後面的述賓短語「侵蔡」。例(5)～(9)為 B 類，例(7)中的「於柙」和「於櫝中」兩個介賓短語作補語，分別用來補充說明「出」和「毀」的地方；例(8)的結構和例(7)相同；例(9)中的「以孝悌之義」也是介賓短語作補語，它用來修飾前面的述賓短語「申之」。⑽～⒀為 C 類，例⑽中的「敗」是補語，補充說明中心語動詞「戰」的結果，「魏師」則是「戰敗」的賓語；例⑾中的「中」是「射」的補語，「共王目」則是「射中」的賓語；其他兩例也可以如此分析。

十　謂語由能願短語充當。能願動詞單獨作謂語比較少，作謂語的主要的是由能
　　願動詞帶賓語構成的能願短語

　　　　句子的基本結構形式為：主語‖（不）＋能願動詞（＋賓語）

　　　　(1)什也可。（《左傳‧襄公三年》）

　　　　(2)我不能。（《孟子‧梁惠王上》）

　　　　(3)莒人不肯。（《左傳‧宣公四年》）

　　　　(4)夫子欲之。（《論語‧季氏》）

　　　　(5)公都子不能答。（《孟子‧告子上》）

　　　　(6)金石可鏤。（《荀子‧勸學》）

　　　　(7)陽虎欲去三桓。（《左傳‧定公八年》）

　　　　(8)（兩人）不肯見公子。（《史記‧魏公子列傳》）

　　　　(9)君子之於禽獸也，見其生不忍見其死，聞其聲不忍食其肉。（《孟
　　　　　子‧梁惠王上》）

　　　　(10)今大王亦宜齋戒五日。（《史記‧廉頗藺相如列傳》）

　　　例(1)是能願動詞「可」單獨作謂語；例(2)(3)中的謂語「不能」和「不
肯」，是兩個能願動詞為中心語的偏正短語，能願動詞常在它的前面帶否定
副詞「不」做狀語，這在文言文中為常見；例(4)(5)(6)的謂語都是由能願動詞
作述語的述賓短語，所帶的賓語都是單詞，例(4)的「之」是「欲」的賓語，
例(5)的「答」是「能」的賓語，例(6)的「鏤」是「可」的賓語；例(7)(8)(9)的
謂語也是能願動詞作述語的述賓短語，但這個述賓短語的賓語又是個述賓短
語，例(7)的「去三桓」是「欲」的賓語，「三桓」又是「去」的賓語，例(8)
的「見公子」是「不肯」的賓語，「公子」又是「見」的賓語，例(9)的「見
其死」、「食其肉」是「不忍」的賓語，而「其死」和「其肉」又分別是
「見」和「食」的賓語；例(10)能願動詞「宜」的賓語「齋戒五日」，是個中
補關係的偏正短語。

十一　謂語由連動短語充當

　　句子的基本結構形式為：主語 ‖ 連動短語

　　(1)吾將入相。（《史記・曹相國世家》）

　　(2)項莊拔劍起舞。（《史記・項羽本紀》）

　　(3)公閉門而泣之。（《左傳・定公十年》）

　　(4)陽貨瞰孔子之亡也而饋孔子烝豚。（《孟子・滕文公下》）

　　(5)單于嘗為書嫚呂后。（《史記・季布欒布列傳》）

　　(6)卒買魚烹食，得魚腹中書。（《史記・陳涉世家》）

　　(7)禹母吞薏苡而生禹。（《論衡・奇怪》）

十二　謂語由兼語短語充當

　　句子的基本結構形式為：主語 ‖ 兼語短語

　　(1)鄭伯使祭足勞王。（《左傳・桓公六年》）

　　(2)子玉使鬥勃請戰。（《左傳・僖公二十八年》）

　　(3)我令人求之。（《韓非子・內儲說上》）

　　(4)（孔子）乃遺子貢之齊。（《墨子・非儒下》）

　　(5)（帝）命夸娥氏二子負二山。（《列子・湯問》）

　　(6)（上）封嬰為魏其侯。（《史記・魏其武安侯列傳》）

　　(7)大將軍霍光徵王賀典喪。（《漢書・武五子傳》）

十三　複雜謂語

　　以上所列各種謂語，基本上都是單一的關係。實際上單純單一關係的謂語並不多見，較多見的是複雜謂語，就是謂語不只是一種結構關係，而是由多種不同的結構關係構成的。語言的表達是複雜豐富的，單一結構的謂語只能表示比較簡單的意思，複雜豐富的內容需要複雜謂語才能表示出來，這是語言上的客觀要求。例如：

　　(1)君子博學而日參省乎己。（《荀子・勸學》）

　　(2)老臣竊以為媼之愛燕后賢於長安君。（《戰國策・趙策四》）

(3)沛公旦日從百餘騎來見項王。（《史記・項羽本紀》）

(4)臣聞求木之長者必固其根本，欲流之遠者必浚其泉源，思國之安者
必積其德義。（魏徵〈諫太宗十思疏〉）

(5)賀蘭嫉巡遠之聲威功績出己上。（韓愈〈張中丞傳後敘〉）

以上五個例子的謂語結構都比較複雜，由多種關係和多種層次組合而
成，下面分析例(2)做為參考，其餘的例子請參看課文分析。

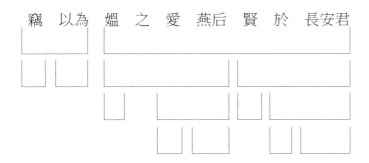

「竊以為媼之愛燕后賢於長安君」是個述賓短語，「竊以為」是述語，
「媼之愛燕后賢於長安君」是賓語。述語「竊以為」是狀中短語，「竊」是
狀語，「以為」是被修飾的中心語。賓語「媼之愛燕后賢於長安君」是主謂
短語，「媼之愛燕后」是主語，「賢於長安君」是謂語。「媼之愛燕后」又
是個主謂短語，不過在主語「媼」和謂語「愛燕后」之間加了個結構助詞
「之」字，其作用在於取消它的獨立性，以便作為句子成分；「愛燕后」又
是個述賓短語，「愛」是述語，「燕后」是賓語。「賢於長安君」是中補結
構的偏正短語，「賢」是中心語，「於長安君」是補語，它又是個介賓短
語，「於」是介詞，「長安君」是賓語。總計這個謂語分析出來的結果，是
八個結構分布在四個不同層次，可以說相當複雜的了，當然還有比這個更為
複雜的。

第二節　形容詞謂語句

　　形容詞謂語句是由形容詞或者形容詞短語充當謂語的主謂句。形容詞是描寫事物性狀的詞，形容詞作謂語，就是對於主語的性質、狀態等加以描寫。有的語法書把形容詞作謂語的句子叫做描寫句。文言文裏形容詞謂語句大致有以下幾種。

一　謂語由單個兒形容詞充當

　　句子的基本結構形式為：主語 ‖ 形容詞

　　(1)父義，母慈。（《左傳·文公十八年》）

　　(2)其飛徐而鳴悲。（《戰國策·楚策四》）

　　(3)民殷國富。（《三國志·魏書·諸葛亮傳》）

　　(4)晨露晞而草馥，微風起而樹香。（謝朓〈思舊賦〉）

　　(5)大隧之中，其樂也融融。（《左傳·隱公元年》）

　　(6)意氣陽陽。（張溥〈五人墓碑記〉）

　　(7)揮涕涕流離。（陸機〈挽歌〉）

　　例(5)(6)(7)的形容詞都是兩個漢字，但它們都是雙音節的單純詞，例(5)(6)是疊音單純詞，例(7)是雙聲單純詞。

二　謂語由形容詞聯合短語充當

　　句子的基本結構形式為：主語 ‖ 形容詞 ＋（連詞）＋ 形容詞

　　(1)形貌昳麗。（《戰國策·齊策一》）

　　(2)世俗盛美。（《史記·循吏列傳》）

　　(3)劉璋暗弱。（《三國志·魏書·諸葛亮傳》）

　　(4)性縝密，未嘗言禁中事。（《南史·孔修源傳》）

　　(5)土地平曠。（陶潛〈桃花源記〉）

(6)吳王勇而輕。（《左傳‧襄公二十五年》）

(7)河水清且直猗。（《詩經‧魏風‧伐檀》）

三 謂語由形詞為中心語的偏正短語充當，包括狀中短語和補中短語。

　　句子的基本結構形式為：A 主語‖狀語＋形容詞

　　　　　　　　　　　　　 B 主語‖形容詞＋補語

(1)楚師方壯。（《左傳‧宣公十二年》）

(2)小惠未遍。（《左傳‧莊公十年》）

(3)風姿特秀。（《世說新語‧容止》）

(4)師少於我。（《左傳‧僖公十五年》）

(5)與人善言，暖於布帛；傷人之言，深於矛戟。（《荀子‧榮辱》）

(6)夫子固拙於用大矣。（《莊子‧天下》）

以上(1)～(3)為 A 類，(4)～(6)為 B 類。

第三節　名詞謂語句

　　名詞謂語句是由名詞或者名詞短語充當謂語的主謂句。可以分為兩類：一類是判斷句，一類是非判斷句。判斷句見第十七章第一節，本節討論後者。所謂名詞謂語的非判斷句，是說充當謂語的名詞或名詞短語和主語構成的不是判斷關係，而只是依據充當謂語的名詞所具有的形象、材質、屬類對主語加以描繪、比喻和說明。這種句子語譯時，不能只是簡單地在主語和謂語之間加個判斷動詞「是」字。例如：

(1)且是人也，蜂目而豺聲，忍人也，不可立也。（《左傳‧文公元年》）

(2)高祖為人：隆準而龍顏，美須髯，左股有七十二黑子。（《史記‧高祖本紀》）

(3)衛文公大布之衣，大帛之冠。（《左傳‧閔公二年》）

(4)余狐裘而羔袖。（《左傳・襄公十四年》）

(5)晉車七百乘，韅、靷、鞅、靽。（《左傳・僖公二十八年》）

(6)德行：顏淵、閔子騫、冉伯牛、仲弓。言語：宰我、子貢。政事：
冉有、季路。文學：子游、子夏。（《論語・先進》）

第四節　主謂謂語句

主謂謂語句是由主謂短語充當謂語的主謂句。為了說明方便，可以把主
謂句的主語叫做大主語，充當謂語的主謂短語的主語稱作小主語、謂語稱作
小謂語。

一　大主語是小謂語中述語的受事者，在述語後常用「之」字來複指大主語

句子的基本結構形式為：大主語∥謂語（小主語＋述語＋「之」）

　　(1)山林之木，衡鹿守之。（《左傳・昭公二十年》）

　　(2)百畝之田，匹夫耕之。（《孟子・盡心上》）

　　(3)愛人者，人恆愛之；敬人者，人恆敬之。（《孟子・離婁下》）

如果述語前用否定詞「不」字，則述語後一般不帶「之」字，如：

　　(4)君子之所為，眾人固不識也。（《孟子・告子下》）

　　(5)夫心之精微，口不能言也。（《漢書・張敞傳》）

二　大主語同小主語有領屬的關係，就是小主語所代表的事物隸屬於大主語，是
大主語的一部分

句子的基本結構形式為：大主語∥謂語（小主語＋小謂語）

　　(1)籍長八尺有餘，力能扛鼎，才氣過人。（《史記・項羽本紀》）

　　(2)民褐衣不完，糟糠不厭。（《史記・平原君虞卿列傳》）

　　(3)公子顏色愈和。（《史記・魏公子列傳》）

　　(4)東海之鱉，左足未入，而右膝已縶矣。（《莊子・秋水》）

(5)於時冰雪積日，侃室如懸磬，而達馬僕甚多。（《世說新說‧賢
　媛》）

三　大主語是主謂短語評說的對象

句子的基本結構形式為：大主語 ‖ 謂語（小主語＋述語＋賓語）

(1)鳥，吾知其能飛；魚，吾知其能游；獸，吾知其能走。（《史記‧
　老子列傳》）

(2)匡章，通國皆稱不孝焉。（《孟子‧離婁下》）

(3)角者，吾知其為牛。（韓愈〈獲麟解〉）

四　在疑問句中，常用「孰」、「誰」充當小主語

句子的基本結構形式為：大主語 ‖ 謂語（「孰」〈或「誰」〉＋小謂語）

(1)弟子孰為好學？（《論語‧雍也》）

(2)主孰有道？將孰有能？天地孰得？法令孰行？兵眾孰強？士卒孰
　練？賞罰孰明？吾以此知勝負矣。（《孫子‧計篇》）

(3)都大夫孰為不識事？。（《孫臏兵法‧擒龐涓》）

(4)東方之士孰為愈？（《國語‧晉語九》）

(5)此孰吉孰凶？（《楚辭‧卜居》）

(6)此誰非王之親姻。（《左傳‧僖公二十五年》）

(7)人道誰為大？（《禮記‧哀公問》）

有時，大主語由聯合短語構成，小主語「孰」有選擇的作用。如：

(8)父與夫孰親？（《左傳‧桓公十五年》）

(9)禮與食孰重？（《孟子‧告子下》）

(10)吾與徐公孰美？（《戰國策‧齊策一》）

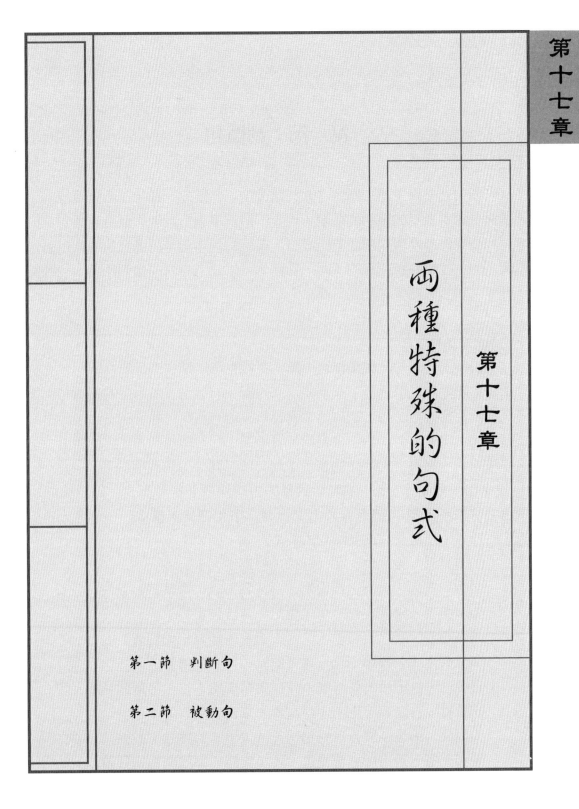

第十七章

第十七章　兩種特殊的句式

第一節　判斷句

　　判斷句就是對主語和謂語之間的關係加以判斷的一種句子。廣義地說，凡是對主語所表示的事物的體貌、性質、情況等進行判斷的都是判斷句。形容詞和動詞作為判斷句謂語的比較少，典型的判斷句是用名詞或名詞短語作為謂語的。按照判斷關係的不同，判斷句可以分為等同關係判斷句、一致關係判斷句和相似關係判斷句三類。

一　等同關係判斷句

　　一般所謂判斷句，就是指這一類。我們也可以稱它為是非判斷句，主語和謂語的關係可以用「是」或「非」來判斷，前者是表示肯定的判斷句，後者是表示否定的判斷句。在白話文裏表示肯定的判斷句通常在主語後面用判斷動詞（又叫繫詞）「是」來表示，表示否定的判斷句則在主語後面用「不是」來表示。文言文判斷句的表示法則有所不同，分別說明於下。

　　㈠主語後面用「者」字表示語音的暫時停頓並提示下文，謂語後面用「也」字表示語氣的結束並和上文「者」字相呼應，構成「……者，……也」的形式。這是文言文判斷句的典型形式。例如：

　　(1)南冥者，天池也。（《莊子・逍遙遊》）

　　(2)韓子盧者，天下之疾犬也。（《戰國策・齊策三》）

　　(3)陳勝者，陽城人也。（《史記・陳涉世家》）

　　(4)廉頗者，趙之良將也。（《史記・廉頗藺相如列傳》）

　　(5)公儀休者，魯博士也。（《史記・循吏列傳》）

　　主語後也可以不用「者」字，只在謂語後用「也」字幫助判斷。如：

　　(6)董狐，古之良史也。（《左傳・宣公二年》）

　　(7)周公，弟也；管叔，兄也。（《孟子・公孫丑下》）

　　(8)和氏璧，天下所共傳寶也。（《史記・廉頗藺相如列傳》）

(9)農，天下之大業也。（《鹽鐵論·水旱》）

(10)南陽劉子驥，高尚士也。（陶潛〈桃花源記〉）

也可以謂語後不用「也」字，而只在主語後用「者」字產生提頓的作用。如：

(11)虎者，戾蟲。（《戰國策·秦策二》）

(12)粟者，民之所種。（晁錯〈論貴粟賦〉）

(13)天下者，高祖天下。（《史記·魏其武安侯列傳》）

(14)陳軫者，游說之士。（《史記·張儀列傳》）

有時，主語後不用「者」字，謂語後也不用「也」字。如：

(15)君子之德，風；小人之德，草。（《論語·顏淵》）

(16)夫魯，齊晉之脣。（《左傳·哀公八年》）

(17)農，天下之本。（《史記·孝文本紀》）

(18)劉備，天下梟雄。（《資治通鑑·漢紀五十七》）

(二) 主謂語之間常用副詞「乃、即、皆、誠、必、素」等來加強肯定的判斷，這些副詞用作狀語，是對於整個謂語產生強調肯定的作用的。例如：

(1)吾乃梁人也。（《戰國策·趙策三》）

(2)是乃仁術也。（《孟子·梁惠王上》）

(3)梁父即楚將項燕。（《史記·項羽本紀》）

(4)天子所與共六尺輿者，皆天下豪英。（《史記·袁盎列傳》）

(5)此誠危急存亡之秋也。（諸葛亮〈前出師表〉）

(6)亡鄭國者，必此人也。（《左傳·莊公六年》）

(7)獨沛公，素寬大長者。（《史記·高祖本紀》）

(三) 否定判斷句用副詞「非（匪）」來表示否定。

(1)我心匪石，不可轉也；我心匪席，不可卷也。（《詩經·邶風·柏舟》）

(2)楚雖大，非吾族也。（《左傳·成公四年》）

(3)子非魚，安知魚之樂？（《莊子·秋水》）

(4)為長者折枝，語人曰：「我不能。」是不為也，非不能也。（《孟

子‧梁惠王上》）

(5)天下，非一人之天下也，天下之天下也。（《呂氏春秋‧貴公》）

(6)彼童子之師，授之書而習其句讀者，非吾所謂傳其道、解其惑者也。（韓愈〈師說〉）

以上例(5)是一個否定、肯定對舉的並列複句，「天下，非一人之天下也」是表示否定的判斷句，「天下之天下也」是表示肯定的判斷句，主語也是「天下」，承上文省略了。例(4)更有啟發性，「是不為也，非不能也」也是一個肯定、否定對舉的並列複句，「是不為也」是表示肯定的判斷句，「是」字是主語，（是個複指上文「為長者折枝」的指示代詞），不是判斷動詞，「非不能也」是表示否定的判斷句，主語也是指示代詞「是」，承上文省略了。在表示否定的判斷句中，「非」字雖然可以譯成白話的「不是」，但它在詞類上只是一個否定副詞，作用只在於否定謂語，它不是否定性的判斷動詞，不是「不」和「是」的結合體。

㈣文言文判斷句基本上不用判斷動詞「是」，反映了古代漢語的語言事實。不過就是在先秦時代，「是」用作判斷動詞就已經發生，只是不多而已。例如：

(1)昔有成湯，自彼氐羌。莫敢不來享，莫敢不來王，曰商是常。（《詩經‧商頌‧殷武》）

(2)四牡孔阜，六轡在手。騏騮是中，騧驪是驂。（《詩經‧秦風‧小戎》）

(3)（長沮）曰：「是魯孔丘與？」（《論語‧微子》）

(4)韓是魏之縣也。（《戰國策‧魏策三》）

(5)此是何種也？（《韓非子‧外儲說右上》）

漢魏以後，用「是」作為判斷動詞增多，逐漸形成白話中判斷句使用判斷動詞「是」的常態。例如：

(6)此是家人言耳。（《史記‧儒林列傳》）

(7)此必是豫讓也。（《史記‧刺客列傳》）

(8)余是所嫁婦人之父也。（《論衡‧死偽》）

(9)汝是大家子，仕宦於台閣。（〈古詩為焦仲卿妻作〉）

(10)問今是何世，乃不知有漢，無論魏晉。（陶潛〈桃花源記〉）

(11)我是李府君親。（《世說新語・言語》）

(12)此是君家果兒。（《世說新語・言語》）

二　一致關係判斷句

　　表示事物之間一致關係的判斷動詞有「惟（維）、為、曰、謂」等。例如：

(1)予惟小子。（《尚書・大誥》）

(2)厥土惟白壤。（《尚書・禹貢》）

(3)髧彼兩髦，實維我儀。（《詩經・鄘風・柏舟》）

(4)晉為盟主，諸侯或相侵，則討之。（《左傳・襄公二十六年》）

(5)大火為大辰。（《公羊傳・昭公十七年》）

(6)周公旦為天下之聖人。（《墨子・公孟》）

(7)楚為荊蠻。（《國語・晉語八》）

(8)六氣曰陰、陽、風、雨、晦、明也。（《左傳・昭公元年》）

(9)（晉人）築五邑于其郊，曰黍丘、揖丘、大城、鍾、邘。（《左傳・哀公七年》）

(10)堯之師曰許由。（《莊子・天地》）

(11)是謂離德。（《左傳・襄公二十九年》）

(12)間，謂夾者也。（《墨子・經說上》）

(13)此謂坐忘。（《莊子・大宗師》）

三　相似關係判斷句

　　表示事物之間相似關係的判斷動詞有「猶、如、若、似」等。例如：

(1)夫兵猶火也。（《左傳・隱公四年》）

(2)魯之有季、孟，猶晉之有欒、范也。（《左傳・成公十六年》）

(3)性猶湍水也。（《孟子・告子上》）

(4)館如公寢。（《左傳・襄公三十一年》）

(5)其狀如鳥。（《山海經・北山經》）

(6)其翼若垂天之雲。（《莊子・逍遙遊》）

(7)心若死灰。（《莊子・庚桑楚》）

(8)四海之內若一家。（《荀子・王制》）

(9)子期似王。（《左傳・定公四年》）

(10)故鼓似天，鐘似地。（《荀子・樂論》）

(11)鱣似蛇。（《韓非子・說林下》）

第二節　被動句

　　關於動詞的被動用法，我們在第十五章第三節「被動用法」中已經說過。不過在那裏所談的被動用法，都沒有使用表示被動的標誌的詞語，而是以主動的形式來表達被動的意義，在形式上和一般主動句沒有不同，它的被動意義是由動詞用作表示被動的意義而顯示出來的。本節專門討論使用諸如「於」、「為」、「見」、「被」等表示被動意義的標誌所構成的被動句。

一　動詞後用介詞「於（于）」字引進主動者以表示被動

　　(1)困于酒食。（《易經・困・九二》）

　　(2)慍于群小。（《詩經・邶風・柏舟》）

　　(3)御人以口給，屢憎於人。（《論語・公冶長》）

　　(4)郤克傷於矢，流血及屨。（《左傳・成公二年》）

　　(5)閔王毀於五國，桓公劫於魯莊。（《荀子・王制》）

　　(6)君子役物，小人役於物。（《荀子・修身》）

　　(7)故內惑於鄭袖，外欺於張儀。（《史記・屈原賈生列傳》）

　　(8)先發制人，後發者制於人。（《漢書・項籍傳》）

　　有的句子把這個引進主動者的「於」字省略，只留下於字的賓語，也就

是主動者，我們在閱讀時仍然要加上介詞「於」字去理解。如：

(9)劉歆字子駿，少以通詩書能屬文召見文帝。（《漢書‧楚元王傳》）

⑽縱有姊，以醫幸王太后。（《漢書‧酷吏傳‧》）

「召見文帝」是「召見於文帝」，就是被文帝召見。「幸王太后」是「幸於天太后」，就是被王太后寵愛。

二　動詞前加副詞「見」字表示被動

(1)隨之見伐，不量力也。（《左傳‧僖公二十年》）

(2)百姓之不見保，為不用恩焉。（《孟子‧梁惠王上》）

(3)盆成括見殺。（《莊子‧秋水》）

(4)故君子恥不修，不恥見污；恥不信，不恥不見信。（《荀子‧非十二子》）

(5)欲與秦，秦城恐不可得，徒見欺。（《史記‧廉頗藺相如列傳》）

(6)信而見疑，忠而被謗，能無怨乎？（《史記‧屈原列傳》）

(7)沮授知力俱困，宜其見禽。（《後漢書‧袁紹傳》）

這個「見」字，有人認為是助動詞，有人認為是表被動助詞，我們認為它是副詞，放在動詞前面作狀語，用來限制動詞，使其成為被動。「見」字的作用只是作狀語，它不能引進行為的主動者；如果要引進行為的主動者，在動詞後面再用介詞「於」來引進。例如：

(8)且夫有高人之行者，固見負於世；有獨知之慮者，必見訾於民。（《商君書‧更法》）

(9)吾長見笑於大方之家。（《莊子‧秋水》）

⑽先絕齊而後責地，必見欺於張儀。（《史記‧楚世家‧》）

⑾吾嘗三仕三見逐於君。（《史記‧管晏列傳》）

應該注意的是，「見」字作為副詞，還有一種用法，也是放在動詞前面，形式和例(1)~(7)一樣，可是它的作用並不是表示被動，而是表示動作行為涉及自己的一方，語譯時可在動詞後加上「我」或「自己」。如：

⑿初，蘇秦之燕，貸人百錢為資。及得富貴，以百金償之，遍報諸所

嘗見德者。（《史記·蘇秦列傳》）

(13)自陳卓幾見殺之狀。（《後漢書·呂布傳》）

(14)生孩六月，慈父見背。（李密〈陳情表〉）

(15)家叔以余貧苦，遂見用於小邑。（陶潛〈歸去來辭序〉）

例(12)「遍報諸所嘗見德者」是說蘇秦「普遍報答了所有曾經幫助過自己的人」，例(13)「自陳卓幾見殺之狀」是說呂布「自己陳述董卓幾乎殺掉自己的情形」，例(14)「慈父見背」是說「慈父離開我去世了」，例(15)「遂見用於小邑」是說「就任用我做小縣縣長」。

三　動詞前加副詞「為」字表示被動

(1)荀罃曰：「城小而固，勝之不武，弗勝為笑。（《左傳·襄公十年》）

(2)親戚為戮，不可以莫之報也。（《左傳·昭公二十年》）

(3)失禮違命，宜其為禽也。（《左傳·宣公二年》）

(4)若信者，亦已為禽矣。（《史記·淮陰侯列傳》）

以上諸例中的「為」字，其作用也是放在動詞前作狀語，限制動詞使其成為被動。《韓非子·說難》曰：「厚者為戮，薄者見疑。」「為」字和「見」字互用，「見」字我們認為是副詞，這裡的「為」也應該同樣看待。

四　「為＋賓＋動」的被動式

(1)不為酒困。（《論語·子罕》）

(2)今伐其師，楚必救之，戰而不克，為諸侯笑。（《左傳·襄公十年》）

(3)道術將為天下裂。（《莊子·天下》）

(4)兔不可復得，而身為宋國笑。（《韓非子·五蠹》）

(5)今有構木鑽火於夏后氏之世者，必為鯀禹笑矣；有決瀆於殷周之世者，必為湯武笑矣；然則今有美堯舜湯武禹於當今之世者，必為新聖笑矣。（《韓非子·五蠹》）

　　以上諸例中的「為」字是個介詞，其作用與「於」字相同，在於引進行為的主動者，以顯示動詞的被動性；不同的是，於字構成的介賓短語放在動詞後，而為字構成的介賓短語放在動詞前。

五　「為＋賓＋所＋動」的被動式

　　(1)世子申生為驪姬所譖。（《禮記・檀弓上》）

　　(2)嬴聞如姬父為人所殺。（《史記・魏公子列傳》）

　　(3)吾聞先即制人，後則為人所制。（《史記・項羽本紀》）

　　(4)僕以口語，遇遭此禍，為鄉黨所戮笑。（司馬遷〈報任安書〉）

　　(5)范雎為須賈所讒。（《論衡・變動》）

　　這種「為＋賓＋所＋動」的被動式，是在前面兩種「為」字被動式的基礎上發展起來的，成為文言文中運用較廣的一種標準的表示被動的形式。「所」字在這裏是一個結構助詞，與「為」字構成「為……所……」的固定表示被動的格式。若在一定的語言環境中，行為的主動者顯然可知（如已見於上文），則「為」字後的賓語可以省略，直接連接「所」字如：

　　(6)不者，若屬皆且為所虜。（《史記・項羽本紀》）

　　(7)岱不從，遂與戰，果為所殺。（《三國志・魏書・武帝紀》）

　　(8)官軍加討，屢為所敗。（《舊唐書・黃巢傳》）

六　動詞前加副詞「被」字表示被動

　　(1)國一日被攻，雖欲事秦，不可得也。（《戰國策・齊策一》）

　　(2)今兄弟被侵，必攻者，廉也；知友被辱，隨仇者，貞也。（《韓非子・五蠹》）

　　(3)石慶雖以謹得終，然數被遣。（《漢書・公孫賀傳》）

　　(4)兄因被召詣校書郎。（《後漢書・班超傳》）

　　(5)孔融被收，中外惶怖。（《世說新語・言語》）

　　「被」字也是個限制動詞被動的狀語，《史記・屈原列傳》曰：「信而見疑，忠而被訪，能無怨乎？」《後漢書・臧洪列傳》曰：「請師見拒，辭

行被拘。」都是「被」字和「見」字互用，可是兩者的作用一樣，「被」在這裏也是副詞。

　　「被」用作表示被動的標誌，和「為」極為相似。「為」的發展時間比較早，「被」的發展時間比較晚，「被」的幾種被動形式，除前舉「被＋動」外，其他的如「被＋賓＋動」、「被＋賓＋所＋動」、「被＋所」，和「為」的幾種被動形式完全一樣。例如：

　　⑹瑒、楨各被太祖辟為丞相掾屬。（《三國志・魏書・王粲傳》）

　　⑺彌衡被魏武謫為鼓吏。（《世說新語・言語》）

　　⑻今月十三日臣被尚書召問。（蔡邕〈被收時表〉）

　　⑼吳縣顧士瑞……有子曰庭，……父子並有琴書之藝，尤妙丹青，常被元帝所使，每懷羞恨。（《顏氏家訓・雜藝》）

　　⑽因被匈奴所破，西踰蔥嶺，遂有其國。（《隋書・西域列傳》）

　　⑾其弟今被賊所殺。（《敦煌變文・搜神記行孝》）

　　⑿孟達非司馬懿對手，必被所擒。（《三國演義・九十四回》）

　　「被」的幾種被動用法，一直沿用到現代漢語裏，除最後的「被所」一種比較少見外，其他幾種是表示被動的主要形式。

第十八章

複句

　　複句是由兩個或兩個以上互不充當句子成分的單句構成的。單句的結構簡單，能夠表達的意義內容有限。在現實的語言環境裏，有時需要表達比較豐富的內容，單句無法滿足這種溝通上的需要，這時就需要把幾個意義相關聯的單句，按照一定的方式結合起來，組成較大的語言單位，完整地來表達這個複雜的意義，這個比單句大的語言單位就是複句。構成複句的單句成為複句的組成成分，失去原有的獨立性，就叫做分句。複句表達比較複雜的意思，在句末有比較大的語音停頓，根據表達的不同語氣，書面上分別使用句號、問號或感歎號；各分句間有較小的語音停頓，書面上使用逗號或者分號。複句中各分句可以直接結合，但比較常見的是使用一定的關聯詞語來聯繫。聯繫的詞語大多是連詞或者副詞。

　　根據分句之間的關係，可以把複句分為聯合複句和偏正複句兩大類型。其中每一類型又可再分為若干小類。

　　聯合複句是由兩個或兩個以上關係平等的分句構成的，分句與分句之間地位平等，不分主次。偏正複句由兩個地位不平等的分句構成的，兩個分句有主有次，一偏一正，表達正意的是正句，偏句是說明、限制正句的。構成複句的分句，可以是單句，也可以本身也是複句。

第一節　聯合複句

　　聯合複句是由兩個或兩個以上意義上互相關聯而以平等關係構成的複句。

一　並列複句

　　並列複句中的各個分句是平等的，各分句在意義上有聯繫而結構上又平行。一般來說，如果各分句互換位置，意義基本不變。在一個並列複句裏，可能是幾個單句並列，也可能是幾個複句並列。並列複句的各分句之間基本上不用連詞。

　　並列複句又分為等立複句和對比複句兩種。

(一)等立複句

等立複句各分句之間為平行平等關係，基本不用關聯詞語；但也有使用關聯詞或者語氣詞的。

(1)魚，我所欲也；熊掌，亦我所欲也。（《孟子・告子上》）

(2)賊民之主，不忠；棄君之命，不信。（《左傳・宣公二年》）

(3)老者安之，朋友信之，少者懷之。（《論語・公冶長》）

(4)群臣吏民能面刺寡人之過者，受上賞；上書諫寡人者，受中賞；能謗議於市朝聞寡人之耳者，受下賞。（《戰國策・齊策一》）

(5)庖有肥肉，廄有肥馬，民有飢色，野有餓莩。（《孟子・梁惠王上》）

(6)不憤不啟，不悱不發。（《論語・述而》）

(7)五畝之宅，樹之以桑，五十者可以衣帛矣；雞豚狗彘之畜，無失其時，七十者可以食肉矣；百畝之田，勿奪其時，數口之家可以無飢矣。（《孟子・梁惠王上》）

(8)登高而招，臂非加長也，而見者遠；順風而呼，聲非加疾也，而聞者彰；假輿馬者，非利足也，而致千里；假舟楫者，非能水也，而絕江河。（《荀子・勸學》）

以上例(1)(2)兩個並列複句是由兩個單句構成的分句組成，例(1)有副詞「亦」作連接的關聯詞。例(3)(4)是由三個單句構成的分句組成。例(5)是由四個單句構成的分句組成。例(6)是由兩個條件複句構成的分句組成。例(7)是由三個條件複句構成的分句組成。例(8)是由四個轉折複句構成的分句組成。其中一二兩個複句是一組，各有三個分句；三四兩個複句又是一組，各有兩個分句。這兩組複句組織結構雖然不同，但從整個複句來看，這四個分句所表示的意思，是貫通一致的，所以這四個分句是等立的。

(二)對比複句

對比複句各分句的關係也是平等的。它與等立複句的不同有兩點：第一，在意義上，等立複句各分句的意義是一致的，而對比複句各分句的意義是相反的或相對的；第二，在結構上，等立複句可以有兩個以上的分句，而

對比複句只限於兩個分句。

    (1)君子不以言舉人，不以人廢言。（《論語‧衛靈公》）

    (2)楚有三施，我有三怨。（《左傳‧僖公二十八年》）

    (3)居，則具一日之積；行，則備一夕之衛。（《左傳‧僖公三十二年》）

    (4)亡不越境，反不討賊。（《左傳‧宣公二年》）

以上例(1)(2)都是由兩個單句作為分句組成的對比複句，例(1)兩個分句的意義相對，例(2)兩個分句的意義相反。例(3)是由兩個條件複句作為分句構成的對比複句，兩個分句的意義相對。例(4)是由兩個轉折複句作為分句構成的對比複句，兩個分句的意義相反。

二　順承複句

順承複句中的各個分句前後相承，或按時間的順序承接，或按事理的次序承接。各分句的順序不可以顛倒。

順承複句又分為先後關係和承接關係兩種。

(一)先後關係

分句之間的順序按時間先後排列，後面的分句常承接上文而省略主語。

有些先後關係的順承複句各分句之間不用連詞，如：

    (1)太叔完聚，繕甲兵，具卒乘，將襲鄭。（《左傳‧隱公元年》）

    (2)宰夫腯熊蹯不熟，殺之，置諸畚，使婦人載以過朝。（《左傳‧宣公二年》）

    (3)樊噲覆其盾於地，加彘肩上，拔劍切而啖之。（《史記‧項羽本紀》）

以上例(1)(2)是由四個分句構成的順承複句，例(3)是由三個分句構成，它們都有明顯的時間先後關係。

有些先後關係的順承複句在後面的分句裏用表示先後連接的副詞或連詞，明確地表示出後事是繼續前事發生的。使用的副詞有「遂、乃、即、便、而遂、乃遂」等，使用的連詞有「而、而後、乃後、然後、既而、已

而、因、因而、則、於是、於是乎」等。例如：

(4)蔡潰，（齊侯）遂伐楚。（《左傳·僖公四年》）

(5)既出，得其船，便扶向路。處處志之。（陶潛〈桃花源記〉）

(6)臣竊矯君命以責賜諸民，因燒其券，民稱萬歲。（《戰國策·齊策四》）

(7)子貢反，築室於場，獨居三年、然後歸。（《孟子·滕文公上》）

以上例(4)(5)分別用副詞「遂」和「便」字，例(6)(7)分別用連詞「因」和「然後」。

(二)承接關係

後面的分句在意義上承接前句，多半是對前句作解釋、說明或補充。一般不用連詞。

有些後面的分句是描述前面分句的情況或狀態的，例如：

(1)（門人）入揖於子貢，相向而哭，皆失聲。（《孟子·滕文公上》）

(2)於是信孰視之，俛出胯下，蒲伏。（《史記·淮陰侯列傳》）

(3)秦父兄怨此三人，痛於骨髓。（《史記·淮陰侯列傳》）

(4)陛下用群臣，如積薪耳，後來者居上。（《史記·汲黯傳》）

例(1)中的「皆失聲」是說明「哭」的情況，例(2)中的「蒲伏」是說明「俛出」的狀態，例(3)中的「痛於骨髓」是說明「怨」的程度，例(4)中的「後來者居上」是說明「積薪」的情況。

有些後面的分句不是對前面某一分句作解釋，而只是對前面分句中所提到的人物或地方作補充說明的。例如：

(5)九月，公敗邾師于偃，虛丘之戍將歸者也。（《左傳·僖公元年》）

(6)以子車氏之三子奄息、仲行、鍼虎為殉，皆秦之良也。（《左傳·文公六年》）

(7)（惠公）賜我南鄙之田，狐狸所居，豺狼所嗥。（《左傳·襄公十四年》）

例(5)中的「虛丘之戍將歸者也」用來說明「邾師」是原來戍守在虛丘將要調回去的軍隊，例(6)中的「皆秦之良也」用來說明「子車氏之三子奄息、

仲行、鍼虎」都是秦國優秀的青年，例(7)中的「狐狸所居，豺狼所嗥」用來
說明「南畝之田」的荒僻不堪。

三　選擇複句

　　選擇複句是從各分句所表示的意思中選擇其一或肯定其一。這種複句大
多使用關聯詞語，依照句子的表達形式，可以分為三類。

　　㈠用「與其……豈若」或「與其……孰若」來聯接兩個分句，常使用疑
問的語氣，實際上是肯定後者。例如：

　　⑴且而與其從辟人之士也，豈若從辟世之士哉？（《論語·微子》）

　　⑵與其有譽於前，孰若無毀於後？（韓愈〈送李愿歸盤谷序〉）

　　⑶與其殺是童，孰若賣之？（柳宗元〈童區寄傳〉）

前句的「與其」也可以省略。例如：

　　⑷大天而思之，孰與物畜而制之？從天而頌之，孰與制天命而用之？
　　　（《荀子·天論》）

　　㈡用「抑、意、其、且、將、寧」等來連接分句，大多是兩個分句，都
使用疑問的語氣，表示在其中選擇一種，「抑」等一般用在後一分句。例如：

　　⑴求之與？抑與之與？（《論語·學而》）

　　⑵不知天之棄魯邪？抑魯君有罪於鬼神，故及此也？（《左傳·昭公
　　　二十六年》）

　　⑶不識世無明君乎？意先生之道固不通乎？（《說苑·善說》）

　　⑷子以秦為將救韓乎？其不乎？（《戰國策·韓策二》）

　　⑸足下欲助秦攻諸侯乎？且欲率諸侯破秦也？（《史記·酈生陸賈列
　　　傳》）

　　⑹先生老悖乎？將以為楚國祅祥乎？（《戰國策·楚策四》）

也可以前後分句都出現選擇連詞。如：

　　⑺此龜者，寧其死為留骨而貴乎？寧其生而曳尾塗中乎？（《莊子·
　　　水》）

　　⑻吾寧悃悃款款樸以忠乎？將送往勞來斯無窮乎？（《楚辭·卜居》）

⑼人之情，寧朝人乎？寧朝於人也？（《戰國策・趙策四》）

⑽王寧亡十城邪？將亡齊國也？（《新序・善謀下》）

㈢在兩項中捨棄一項，選擇一項。用「與其（與）……寧……」選擇後項，捨棄前項；用「寧……（否定詞）」選擇前項，捨棄後項。例如：

⑴與其害於民，寧我獨死。（《左傳・定公十三年》）

⑵與其有聚斂之臣，寧有盜臣。（《禮記・大學》）

⑶與人刃我，寧自刃。（《史記・魯仲連鄒陽列傳》）

⑷寧為雞口，無為牛後。（《戰國策・韓策一》）

⑸大丈夫寧可玉碎，不能瓦全。（《北齊書・元景安傳》）

四　遞進複句

各分句在語法上是平等的關係，在意思上後句比前句更進一層。這種複句中的各個分句的順序不能顛倒。

遞進複句有肯定和反問兩種表現形式：

㈠肯定形式的遞進複句，又有兩種情況，一種是以意思相結合，不用關聯詞語，這種用法的例子並不多見，如：

⑴匪手攜之，言示之事。（《詩經・大雅・抑》）

⑵匪面命之，言提其耳。（《詩經・大雅・抑》）

⑶樂歲終身苦，凶年不免於死亡。（《孟子・梁惠王上》）

另一種是使用關聯詞語，如：

⑷公語之故，且告之悔。（《左傳・隱公元年》）

⑸以誌吾過，且旌善人。（《左傳・僖公二十四年》）

⑹非徒無益，而又害之。（《孟子・公孫丑上》）

⑺非獨治軍，治民亦猶是也。（《史記・平準書》）

⑻非但我言卿不可，李陽亦謂卿不可。（《世說新語・規箴》）

㈠反問形式的遞進複句，一般常在第一個分句裏用「猶、尚、且、乃」等副詞，表示承認，作為後面分句推論的根據；後面的分句裏用「況、而況、矧」等連詞表示進逼。如：

(1)蔓草猶不可除，況君之寵弟？（《左傳・隱公元年》）

(2)困獸猶鬥，況國相乎？（《左傳・宣公十二年》）

(3)布衣之交尚不相欺，況大國乎？（《史記・廉頗藺相如列傳》）

(4)中材以上且羞其行，況王者乎？（《史記・彭越列傳》）

(5)管仲且猶不可召，而況不為管仲者乎？（《孟子・公孫丑下》）

(6)若考作室，既厎室，厥子乃弗肯堂，矧肯構？（《尚書・大誥》）

在這種遞進複句中，「況」字是個特殊的連詞，它所連接的往往不是一個完整的句子，而只是一個名詞或名詞短語、動詞或動詞短語，而且必須是反問的語氣，如果不是反問句，就不能用「況」字了。「況」字所連接的分句如果只是名詞或名詞短語，那麼這個分句裏所省略的就是句子的謂語部分（如以上例(1)-(4)）；如果所連接的只是動詞或動詞短語，那麼這個分句裏所省略的就是句子的主語（如以上例(5)(6)）。

有些遞進複句中，「況」字所連接的分句所省的不一定是謂語或主語，而是其他的部分。例如：

(7)以大夫之招招虞人，虞人死不敢往；以士之招招庶人，庶人豈敢往哉？況乎以不賢人之招招賢人乎？（《孟子・萬章下》）

(8)王必欲致士，先從隗始；況賢於隗者，豈遠千里哉？（《史記・燕世家》）

在例(7)中，最後一個分句的意思應該是「況乎以不賢人之招招賢人，賢人豈肯往乎」，這是一個由兩個分句構成的條件複句，正句「賢人豈肯往」省略了。例(8)中的「況賢於隗者，豈遠千里哉」實際上只是遞進複句中的後分句，「賢於隗者」是句子的主語，「豈遠千里哉」是句子的謂語，這個分句是一個完整的單句；但是整個遞進複句的前分句卻省略了。對照《戰國策・燕策一》：「今王誠欲致士，先從隗始。隗且見事，況賢於隗者乎？豈遠千里哉？」本文在「況賢於隗者」前省略了類似「隗且見事」那樣的話。

第二節 偏正複句

偏正複句是由兩個在意義上可以分出主從的分句構成的複句。偏正複句和聯合複句有兩點基本的的不同，一是聯合複句不限於兩個分句，偏正複句只限於兩個分句；第二是聯合複句中各分句的關係是平的，偏正複句中的分句有主次的分別。在偏正複句中，表達主要意義的分句是正句，表達次要意義的分句是偏句，一般偏句在前，正句在後，常使用副詞、連詞等作關聯詞語。

有些偏正複句從形式上看不止兩個分句，但不管幾個分句，要從全句整體著眼，只要整個複句的意義可以分成偏正兩個部分，它就是偏正複句。至於分析出來的兩個部分可能還是複句，還可以再分析，但那是第二步的事了。

一　因果複句

分句之間具有原因和結果的關係，或先因後果，或先果後因。

(一)重點在結果的因果複句，表示原因的分句在前是偏句，表示結果的分句在後是正句，常用「故、是故、以故、是以、以是、以此、以斯」等連接。例如：

(1)彼竭我盈，故克之。（《左傳·莊公十年》）

(2)其言不讓，是故哂之。（《論語·先進》）

(3)方急時，不及召下兵，以故荊軻乃逐秦王。（《史記·刺客列傳》）

(4)吾觀國人尚有飢色，是以不乘馬。（《韓非子·外儲說左下》）

(5)然公子遇臣厚，公子往而臣不送，以是知公子恨之復返也。（《史記·魏公子列傳》）

(6)文帝寬，不忍罰，以此吳日益橫。（《史記·吳王濞列傳》）

(7)（先帝）三顧臣於草廬之中，咨臣以當世之事，由是感激，遂許先帝以馳驅。（諸葛亮〈前出師表〉）

　　有時因為前面的偏句已經用了表示原因的關聯詞語，後面表示結果的正句就不用關聯詞了。例如：

　　(8)梁惠王以土地之故，糜爛其民而戰之。（《孟子・盡心下》）

　　(9)良愕然，欲歐之。為其老，彊忍下取履。（《史記・留侯世家》）

　　(10)因愛鼠，不畜貓犬。（柳宗元〈永某氏之鼠〉）

　　有時表示原因的偏句和後面表結果的正句都用關聯詞語，形成前後相呼應的效果，如：

　　(11)以不能取容當世，故終身不仕。（《史記・張釋之馮唐列傳》）

　　(12)我欲殺之，為其功多，故不忍。（《史記・留侯世家》）

　　(13)衛懿公唯不去其旗，是以敗于熒。（《左傳・成公十六年》）

　　㈡重點在解釋原因的因果複句，表示結果的分句在前是正句，表示原因的分句在後是偏句。正句不用關聯詞語，表示原因的偏句常用「以、為、由」等連接。例如：

　　(1)士不遠千里而至者，以君能貴士而賤妾也。（《史記・平原君虞卿列傳》）

　　(2)舜不告而娶，為無後也。（《孟子・離婁上》）

　　(3)夫賣兔者滿市，而盜不敢取，由名分已定也。（《商君書・定分》）

　　有時表原因的分句末尾再加「故也」二字：

　　(4)秋，楚伐鄭，及櫟，為不禮故也。（《左傳・莊公十六年》）

　　(5)故古之人有不肯富貴者焉，由重生故也。（《呂氏春秋・本生》）

　　有時表示結果的分句使用「所以」作為關聯詞，如：

　　(6)所以遣將守關者，備他盜之出入與非常也。（《史記・項羽本紀》）

　　(7)臣所以去親戚而事君者，徒慕君之高義也。（《史記・廉頗藺相如列傳》）

　　(8)我所以為此者，以先國家之急而後私仇也。（《史記・廉頗藺相如列傳》）

　　有時表示結果的分句與表示原因的分句都不使用關聯詞語，只在表示原因的分句末尾用語氣詞「也」字結尾，也有解釋原因的效果。例如：

(9)古者言之不出，恥躬之不逮也。（《論語‧里仁》）

(10)媼之送燕后也，持其踵為之泣，念悲其遠也。（《戰國策‧趙策四》）

(11)南方多沒人，日與水居也。（蘇軾〈日喻〉）

二 轉折複句

前後分句之間的意義有轉折。前面的分句，先說一種意思，後面的分句卻把意意轉到相反或相對的意思上去，分句間的語意有輕重的分別，在前的是偏句，後面表示轉折的是正句。正句中要使用關聯詞語。

㈠正句中使用「而、然、然而」等連詞或「乃、反」等副詞，這一類轉折複句轉折的意味較重，例如：

(1)季氏富於周公，而求也為之聚斂而附益之。（《論語‧季氏》）

(2)吾力足以舉百鈞，而不足以舉一羽；明足以察秋毫之末，而不見輿薪。（《孟子‧梁惠王下》）

(3)周勃厚重少文，然安劉氏者必勃也。（《史記‧高祖本紀》）

(4)吾嘗將百萬軍，然安知獄吏之貴！（《史記‧絳侯世家》）

(5)夫垂泣不欲刑者，仁也；然而不可不刑者，法也。（《韓非子‧五蠹》）

(6)此三臣者，豈不忠哉？然而不免於死。（《史記‧李斯列傳》）

(7)不見子都，乃見狂且。（《詩經‧鄭風‧山有扶蘇》）

(8)吾因於此，旦暮望若來佐我，乃欲自立為王！（《史記‧淮陰侯列傳》）

(9)為將數月，反不如一豎儒之功！（《漢書‧蒯通傳》）

㈡正句中使用「抑、顧、但」等連詞或「特、亦」等副詞，這一類轉折複句轉折的意味較輕，例如：

(1)若聖與仁，則吾豈敢！抑為之不厭，誨人不倦，則可謂云爾已矣。（《論語‧述而》）

(2)子皙信美矣，抑子南，夫也。（《左傳‧昭公元年》）

(3)如姬之欲為公子死，無所辭，顧未有路耳。（《史記‧魏公子列傳》）

(4)此在兵法，顧諸君不察耳。（《史記‧淮陰侯列傳》）

(5)公幹有逸氣，但未遒耳。（曹丕〈與吳質書〉）

(6)君蜂目已露，但豺聲未振耳。（《世說新語‧識鑒》）

(7)而世又不與能死節者比，特以為智窮罪極，不能自免，卒就死耳。（司馬遷〈報任安書〉）

(8)堯舜之治天下，豈無所用其心哉？亦不用於耕耳。（《孟子‧滕文公上》）

三　條件複句

　　前後分句是條件和結果的關係，表示具有某種條件就會產生某種結果。

　　㈠表示在某種假設條件之下，就可能產生某種的結果。表示假設條件的偏句裏常用「若、如、使、令、苟、即、假設、假令」等詞以表示假設的意思，表示結果的正句裏有時用「則」字表示承接的關係。

(1)若弗與，則請除之。（《左傳‧隱公元年》）

(2)公子若反晉國，則何以報不穀？（《左傳‧僖公二十三年》）

(3)王如改諸，則必反予。（《孟子‧公孫丑下》）

(4)使臣為王計之，不如予之。（《戰國策‧趙策》）

(5)使秦破大梁而夷先王之宗廟，公子當何面目立天下乎？（《史記‧魏公子列傳》）

(6)今成安君聽足下計，若信者亦已為禽矣。（《史記‧淮陰侯列傳》）

(7)令當高祖世，萬戶侯豈足道哉？（《漢書‧李廣蘇建傳》）

(8)苟富貴，毋相忘！（《史記‧陳涉世家》）

(9)子苟赦越國之罪，又有美於此者將進之。（《國語‧越語上》）

(10)蕭相國即死，令誰代之？（《史記‧高祖本紀》）

(11)子即返國，何以報寡人？（《史記‧晉世家》）

(12)假設陛下居齊桓之時，將不合諸侯而匡天下乎？（《漢書‧賈誼

傳》）

⒀假令僕伏法受誅，若九牛亡一毛，與螻蟻何以異？（司馬遷〈報任安書〉）

以上諸例都使用假設連詞，從形式上就知道它們是表示假設關係的複句，但也有任何表示假設關係的詞都不用的，不過從句子所表示的意思，仍然可以看出它是表示假設關係的複句。例如：

⒁宋敗，齊必還。（《左傳・莊公十年》）

⒂以此眾戰，誰能御之？以此攻城，何城不克？（《左傳・僖公四年》）

⒃今不取，後世必為子孫憂。（《論語・季氏》）

⒄聖人不死，大盜不止。（《莊子・胠篋》）

㈡另外一類條件複句也是表示條件和結果的關係的，但這個條件並不含有假設的意味，不能語譯為「假如」。例如：

⑴歲寒，然後知松柏之後彫也。（《論語・子罕》）

⑵其出彌遠，其知彌少。（《老子・四十七章》）

⑶夫人必自侮，然後人侮之；家必自毀，而後人毀之；國必自伐，而後人伐之。（《孟子・離婁上》）

⑷必以長安君為質，兵乃出。（《戰國策・趙策四》）

四　讓步複句

偏句在前，表示先讓一步，姑且容認某一事實，在後的正句卻轉到其他方面，發揮正意。讓步複句可以分為容認事實的讓步和假設情況的讓步。

㈠容認事實的讓步

偏句裏所陳述的是客觀的事實，一般用連詞「雖」字表示讓步，並有暗示下文將有轉折的作用，所以正句裏可以不再使用關聯詞語，不過有時也用「然、而、抑」等表示轉折的連詞或「亦、猶、獨」等副詞和偏句的關聯詞呼應。「雖」字相當於白話的「雖然」、「盡管」。例如：

⑴雖有兄弟，不如友生。（《詩經・小雅・常棣》）

(2)雖無老成人，尚有典型。（《詩經・大雅・蕩》）

(3)雖小道，必有可觀者也。（《論語・子張》）

(4)雖君有命，寡人弗敢與聞。（《左傳・隱公十一年》）

(5)楚雖有大富之名，而實空虛；其卒雖多，然而輕走易北，不能堅戰。（《史記・張儀傳》）

(6)相如雖駑，獨畏廉將軍哉？（《史記・廉頗藺相如列傳》）

(7)僕雖罷駑，亦嘗聞長者之遺風矣。（司馬遷〈報任安書〉）

(8)雖才高於世，而無驕尚之情。（《後漢書・張衡列傳》）

以上例(1)～(4)正句裏沒有關聯詞語，例(5)～(8)裏有關聯詞語和偏句的「雖」字相呼應。

表示讓步的偏句還常用「雖然」。「雖然」與「雖」不同，「雖」是連詞，相當白話的「雖然」；「雖然」則是連詞「雖」和代詞「然」連用，這個「然」字指代前面所敘述的情況。「雖然」是「雖然如此」或「雖然這樣」的意思，它本身就是讓步複句中表示讓步的偏句。例如：

(9)王曰：「子歸，何以報我？」對曰：「臣不任受怨，君亦不任受德；無怨無德，不知所報。」王曰：「雖然，必告不穀。」（《左傳・成公三年》）

(10)王曰：「善哉！雖然，公輸盤為我為雲梯，必取宋。」（《墨子・公輸》）

(11)滕君則誠賢君也；雖然，未聞道也。（《孟子・滕文公上》）

(12)雖然，不可以不養也。（韓愈〈答李翊書〉）

(二)假設事實的讓步

偏句裏所陳述的不是客觀的事實，只是假設，一般用連詞「雖」和「縱」字表示。「雖」和「縱」字相當於白話的「即使」、「縱然」。例如：

(1)雖殺臣，不能絕也。（《墨子・公輸》）

(2)齊國雖褊小，吾何愛一牛？（《孟子・梁惠王上》）

(3)雖有十黃帝，不能治也。（《韓非子・五蠹》）

(4)雖赴水火，猶可也。（《史記・孫子吳起列傳》）

(5)縱我不往，子寧不嗣音。（《詩經·鄭風·子衿》）

(6)吾一婦人，而事二夫，縱弗能死，其又奚言？（《左傳·莊公十四年》）

(7)吾縱生無益於人，吾可以死害於人乎哉？（《禮記·檀弓上》）

(8)縱江東父老憐而王我，我何面目見之？縱彼不言，籍獨無愧於心？。（《史記·項羽本紀》）

第三節　多重複句

　　上面所介紹的各種複句，基本上都是就由兩個單句構成的分句組合成的複句而言的。這種複句結構簡單，僅僅是一種關係，也就是都是一個層次的關係，譬如說由兩個單句構成的分句組合成的選擇複句，或者是由兩個單句構成的分句組合成的因果複句。但是事實上，這種一個層次組合的複句並不很多，多數是幾個層次組合而成的複句。如果一個複句由兩個以上單句構成的分句組成，各分句的間的關係又不止一種，或者由一個單句構成的分句和由一個複句構成的分句組成，或者由兩個或兩個以上複句構成的分句組成，那麼它們之間的組合就有多種層次和多種不同的關係，這種複句就叫做多重複句。

　　根據複句中分句層次的多少，可以分為二重複句、三重複句、四重複句等。下面用成分層次分析法，分別就不同的多重複句分析說明。例如：

(1)君子懷德[1]，小人懷土[2]；君子懷刑[3]，小人懷惠[4]。（《論語·里仁》

　　　　1　，　2　；　3　，　4　。
　　　　└─並列─┘　　└─並列─┘
　　　　　└─並　　　列─┘

(2)吾不能早用子[1]，今急而求子[2]，是寡人之過也[3]。（《左傳·僖公二十四年》）

```
1 ， 2 ， 3 。
└─┬─┘
 並列
└──┬──┘
  順　　承
```

　　以上例(1)的 1 和 2 構成並列關係，3 和 4 也構成並列關係，這是第一層次；然後 1 和 2 與 3 和 4 又構成並列關係，這是第二層次。例(2)中的 1 和 2 先構成並列關係，這是第一層次，然後又與 3 構成順承關係，這是第二層次。所以例(1)和例(2)都是二重複句。

(3)小人有母[1]，皆嘗小人之食矣[2]，未嘗君之羹[3]，請以遺之[4]。（《左傳·隱公元年》）

```
1 ， 2 ， 3 ， 4 。
    └──┬──┘
     並列
      └──┬──┘
        因　果
└────┬────┘
   順　　承
```

(4)太守與客來飲於此[1]，飲少輒醉[2]，而年又高[3]，故自號醉翁也[4]。（歐陽修〈醉翁亭記〉）

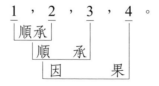

　　以上例(3)中的 2 和 3 先構成並列關係，又與 4 構成因果關係，然後 234 又與 1 構成順承關係，這是三重複句。例(4)中的 1 和 2 先構成順承關係，又與 3 再構成順承關係，然後 123 又與 4 構成因果關係，這也是三重複句。

(5)老臣今者殊不欲食[1]，乃自強步[2]，日三四里[3]，少益嗜食[4]，和於身[5]。（《戰國策·趙策四》）

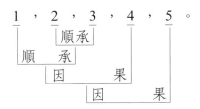

(6)然則無功而受事[1]，無爵而顯榮[2]，有政如此[3]，則國必亂[4]，主必危矣[5]，故不相容之事不兩立也[6]。（《韓非子・五蠹》）

　　以上例(5)中的 2 和 3 構成順承關係，再和 1 構成順承關係，123 又與 4 構成因果關係，最後 1234 再與 5 構成因果關係，這是四重複句。例(6)中的 1 和 2 構成並列關係，4 和 5 也構成並列關係，這是第一層次；然後 45 和 3 構成條件關係，這是第二層次；然後 345 和 12 構成順承關係，這是第三層次；最後 12345 與 6 構成因果關係，這是第四層次；所以例(6)也是四重複句。

第四節　緊縮複句

　　緊縮複句是以單句的形式表達複句的內容。所謂單句的形式，是說分句間結構緊密，沒有語音的停頓。緊縮複句通常由兩個分句緊縮而成，文言文中大部分複句都有緊縮複句這種表達形式，分別舉例如下：

一　順承關係的緊縮複句
　　(1)親親而仁民，仁民而愛物。（《孟子・盡心上》）
　　(2)一夫作難而七廟隳。（賈宜〈過秦論〉）

　　(3)生而影不與吾形相依，死而魂不與吾夢相接。（韓愈〈祭十二郎
　　　文〉）

　　例(1)是由兩個小的順承緊縮複句構成一個大的順承複句。「親親而仁
民」中的「親親」是一句，「仁民」又是一句，用連詞「而」連接，讀起來
沒有停頓，所以是一個緊縮複句；從形式上看，也像是並列關係，但是因為
「親親」以後才「仁民，有前後相承的關係，兩句的次序不能顛倒，所以是
順承關係而不是並列關係。「仁民而愛物」也是如此解析。例(2)是由「一夫
作難」和「七廟隳」兩個分句構成的順承關係緊縮複句。例(3)是兩個緊縮複
句構成的並列複句。第一個分句是由「生」和「影不與吾形相依」兩個分句
構成的順承關係緊縮複句，第二個分句是由「死」和「魂不與吾夢相接」兩
個分句構成的順承關係緊縮複句；第一分句和第二分句倒過來說也未嘗不
可，所以它們是並列關係而不是順承關係。

二　轉折關係的緊縮複句

　　(1)今取人則不然。（李斯〈諫逐客書〉）
　　(2)今人有大功而擊之。（《史記・項羽本紀》）
　　(3)與友厚而小絕之。（《韓詩外傳・卷九》）
　　(4)惑而不從師。（韓愈〈師說〉）
　　(5)樹欲靜而風不止，子欲養而親不待。（《韓詩外傳・卷九》）

　　以上例(1)～(4)是單獨的緊縮複句，前後分句分別用「則」和「而」連
接，文意前後有轉折，「則」和「而」都可語譯為「卻」，如例(2)是說「今
人有大功卻去攻擊他」，例(4)是說「迷惑了卻不肯從師學習」。例(5)則是由
兩個轉折關係的緊縮複句構成的並列複句。

三　讓步關係的緊縮複句

　　(1)見齊衰者，雖狎必變。（《論語・鄉黨》）
　　(2)棄人用犬，雖猛何為？（《左傳・宣公二年》）
　　(3)果能此道矣，雖愚必明，雖弱必強。（《禮記・中庸》）

(4)雖張蔡不過也。（曹丕〈典論論文〉）

(5)雖有甚稀。（白居易〈與元微之書〉）

以上五個例子中的讓步緊縮複句，都有「雖」字開頭，表示讓步的關係。

四 因果關係的緊縮複句

(1)今急而求子。（《左傳‧僖公三十年》）

(2)推此知之。（《世說新語‧品藻》）

(3)賂秦而力虧。（蘇洵〈六國論〉）

(4)懼而謀諸醫。（方孝孺〈指喻〉）

以上四個因果關係緊縮複句，前分句表示原因，後分句表示結果，如例(3)「賂秦」（指六國向秦國賄賂）是原因，「力虧」（謂六國國力虧損）是結果。

五 條件關係的緊縮複句

(1)學而不思則罔，思而不學則殆。（《論語‧為政》）

(2)欲速則不達，見小利則大事不成。（《論語‧子路》）

(3)十則圍之，五則攻之，倍則分之。（《孫子‧謀攻》）

(4)察己則可以知人，察今則可以知古。（《呂氏春秋‧察今》）

(5)兵彊則士勇。（李斯〈諫逐客書〉）

(6)貧賤則懾於飢寒，富貴則流於逸樂。（曹丕〈典論論文〉）

(7)位卑則足羞，官盛則近諛。（韓愈〈師說〉）

(8)出則乘輿，風則襲裘，雨則御蓋。（蘇軾〈教戰守策〉）

(9)蓋不廉則無所不取，不恥則無所不為。（顧炎武〈廉恥〉）

(10)吾聞先即制人，後則為人所制。（《史記‧項羽本紀》）

(11)陳力就列，不能者止。（《論語‧季氏》）

(12)非子房其誰全之？（蘇軾〈留侯論〉）

(13)玉在山而草木潤，淵生珠而崖不枯。（《荀子‧勸學》）

(14)滿招損，謙受益。（《尚書‧大禹謨》）

⒂見賢思齊焉，見不賢而自內省也。（《論語・里仁》）

⒃肉腐生蟲，魚枯生蠹。（《荀子・勸學》）

⒄吾有老父，身死莫之養也。（《韓非子・五蠹》）

⒅亡去不義。（《史記・項羽本紀》）

⒆賣之必有買者。（《世說新語・德行》）

⒇憂勞可以興國，逸豫可以亡身。（歐陽修〈新五代史伶官傳序〉）

　　在文言文裏，緊縮複句以條件句為大宗。條件緊縮複句有兩個特點，一是常以成對的形式出現，如以上二十例中成對的就有十二例，三句並列的有二例；其次是分句之間常用連詞「則」連接，如例⑴～⑼，或者用「即、者、其、而」等，如例⑽～⒀，不過它們的作用只是在連接前後分句，句子是否是條件關係並不由它們來表示，而是靠文意來決定的，例⑽兩個緊縮複句前句用「即」，後句用「則」，可見用「即」等詞和用「則」的作用是一樣的。條件緊縮複句也有不用任何連詞的，如例⒁～⒇。

第十九章

語句分析

第一節　語句分析的方法

一　層次分析法

層次分析法是就一個語言片段逐層找出直接組成的成分，所以又稱為「直接成分分析法」。這個分析法的主要觀點，認為一個語言片段的內部結構，不是像珠鍊那樣串連起來的，而是按照一定的層次逐層組織而成。每一個層次基本上可以切分為兩個直接成分（有時也分成多個），這樣一層一層切分下去，原則上可以一直切分到最小的片段——音位。在分析句子時，一般切分到詞為止。

這種切分一般是一分為二，所以也可以叫做「二分法」。例如：

A 圖（二分法）

```
              我  們  欣  賞  古  典  音  樂。
第一層次切分  └──┘  └──────────────────────┘
第二層次切分      └──┘  └──────────────────┘
第三層次切分              └──────────┘  └──┘


              公  司  已  擬  妥  應  變  計  畫。
第一層次切分  └──┘  └──────────────────────────┘
第二層次切分      └┘  └──────────────────────┘
第三層次切分          └──────┘  └──────────┘
第四層次切分          └┘  └┘    └──┘  └──┘
```

以上切分的步驟也可應用相反的方法來進行。以分析單句為例，先把最基本的組成單位——詞找出來，然後把凡是可以組合的相鄰的兩個詞，加以組合，這是第一層，這樣逐層組合，直到成句為止。這個方法基本上是把每

一層的兩個直接成分組合起來，所以也可以叫做「二合法」。例如：

B 圖（二合法）

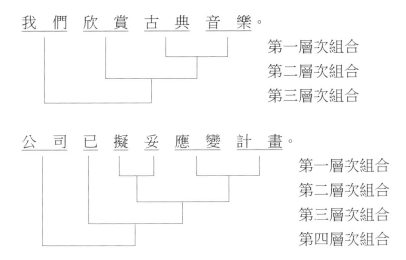

「二分法」與「二合法」的過程然雖然相反，但所劃分出來的直接成分和結構層次是一樣的。

二　成分層次分析法

　　層次分析法只分析語言結構體的結構層次，而不講結構關係。一個語句，經過層層切分，雖然把層次分出來了，但並不能顯示切分來的成分與成分之間的關係；語句組合成分之間關係的不清楚，也就不利於對整個語句結構的格局的了解。

　　成分層次分析法就是在層次分析法的基礎上，改進以上的缺點而產生的。這個方法是在分析語句的層次後，並標明成分之間的結構關係，如「主謂」、「述賓」、「定中」、「狀中」、「中補」等。例如：

A 圖（二分法）

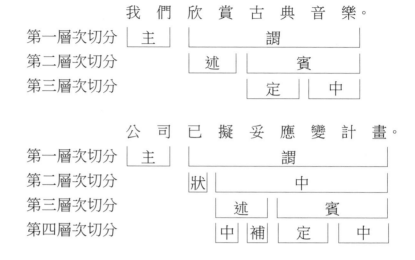

B 圖（二合法）

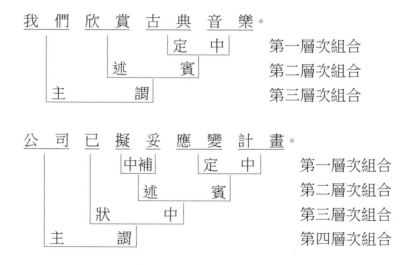

　　因為把語句的層次和結構關係都標示出來，句子的面貌也就清楚了。本書句子分析即採用成分層次分析法

第二節　語句分析的符號

在實際從事語句分析的時候，為了免除標注漢字的繁瑣不便，成分之間的關係可以用符號代替。呂叔湘先生曾在《漢語語法分析問題》中設計了一套標明各種結構關係的符號，李林先生在《古代漢語語法分析》（中國社會科學院，1996）一書中加以修訂。這套符號實用方便，轉錄如下：

1　主謂關係，用「：」表示。

2　支配關係，包括述賓結構和介賓結構，用「⊣」表示賓語在後，用「⊢」表示賓語在前。

3　偏正關係，包括定中結構、狀中結構和中補結構，用「＞」表示修飾成分在前，用「＜」表示修飾成分在後。

4　聯合關係，包括並列結構、連動結構和複指結構。用「＋」表示並列結構，用「×」表示連動結構，用「＝」表示複指結構。

5　語氣關係，用「；」表示。

6　綴附關係，包括前綴、後綴和所綴附成分的關係，用「，」表示。

7　連詞，用「△」表示。

8　助詞，用「。」表示。

（以上「述賓結構」原稱「動賓結構」，「中補結構」原稱「後補結構」，「綴附結構」原稱「襯附結構」，又「助詞」一項原無，為作者所增列。）

「二分法」和「二合法」都可以利用符號標示，如：

A 圖（二分法）

B 圖（二合法）

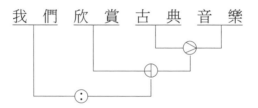

在使用上，二合法顯然比二分法更為清楚方便，以下舉例皆使用二合法。

(1) 噲即帶劍擁盾入軍門。（《史記・項羽本紀》）

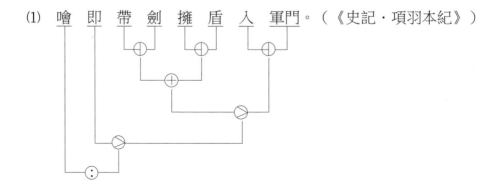

(2) 雲 知 賀蘭 終 無 為 雲 出 師 意。（韓愈〈張中丞傳後敘〉）

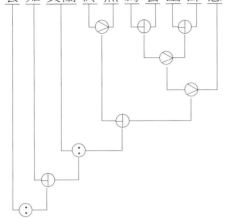

(3) 老 臣 竊 以為 媼 之 愛 燕后 賢 於 長安君。（《戰國策·趙策四》）

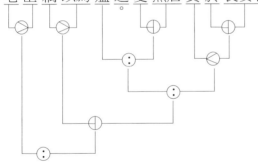

(4) 有 亭 翼 然 臨 於 泉 上 者，醉翁亭 也。（歐陽修〈醉翁亭記〉）

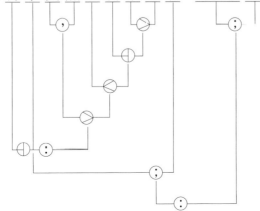

(5) 昔 楚襄王 從 宋玉、景差 於 蘭臺 之 宮。（蘇轍〈黃州快哉亭記〉）

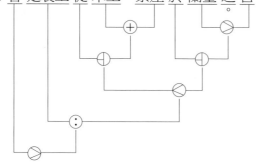

第三節　多直接成分的分析

層次分析法以二分或二合為主，但是有些結構包括三個直接成分或者更多，像雙賓語結構、兼語結構，或者多個成分的並列結構和連動結構，這時，二分或者二合就不夠用了，必須要三分或者多分。對於這些多直接成分的分析，舉例於下，以作參考。

一　並列結構

(1) 矜、寡、孤、獨、廢、疾 者 皆 有 所 養。（《禮記・禮運》）

(2)干、越、夷、貉 之 子，生 而 同 聲。（《荀子‧勸學》）

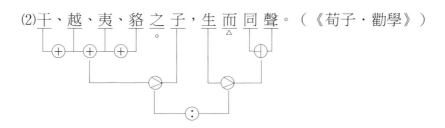

(3)有 席卷 天下、包舉 宇內、囊括 四海 之 意。（賈誼〈過秦論〉）

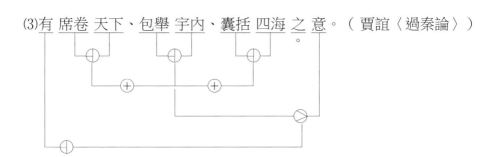

二　連動結構

(1)公子 降 拜 稽首。（《左傳‧僖公二十三年》）

(2)項莊 拔 劍 起 舞。（《史記‧項羽本紀》）

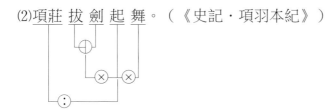

(3)乃 沐 頭 散 髮 而 出。（《世說新語‧簡傲》）

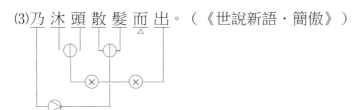

三 兼語結構

兼語對前面的動詞而言，是賓語；對後面的動詞而言，是主語。兼語結構的分析方法是：

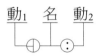

舉例如下：

(1)沛公 左司馬 曹無傷 使 人 言 於 項羽。（《史記‧項羽本紀》）

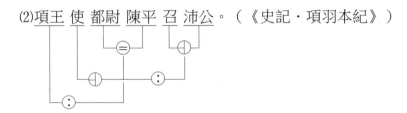

(2)項王 使 都尉 陳平 召 沛公。（《史記‧項羽本紀》）

(3)魏 有 隱士 曰 侯嬴。（《史記‧魏公子列傳》）

四 雙賓結構

雙賓結構的分析方法是：

舉例如下：

(1)貽 我 彤 管。（《詩經・邶風・靜女》）

(2)后稷 教 民 稼穡。（《孟子・滕文公上》）

(3)范座 獻 書 魏王。（《戰國策・趙策四》）

所有課文選自國立編譯館主編之高中國文課本

句法分析

附錄

國家圖書館出版品預行編目資料

漢語語法（文言篇）／左松超著. -- 二版.
　-- 臺北市：五南圖書出版股份有限公司，
　2008.09
　　面；　公分
　ISBN 978-957-11-5378-0（平裝）

1.中國語言 - 文法

802.62　　　　　　　　　92009464

1XM1

漢語語法（文言篇）

作　　者 ─ 左松超

發 行 人 ─ 楊榮川

總 經 理 ─ 楊士清

總 編 輯 ─ 楊秀麗

副總編輯 ─ 黃惠娟

責任編輯 ─ 吳佳怡

封面設計 ─ 童安安

出 版 者 ─ 五南圖書出版股份有限公司

地　　址：106台北市大安區和平東路二段339號4樓

電　　話：(02)2705-5066　　傳　　真：(02)2706-6100

網　　址：https://www.wunan.com.tw

電子郵件：wunan@wunan.com.tw

劃撥帳號：01068953

戶　　名：五南圖書出版股份有限公司

法律顧問　林勝安律師事務所　林勝安律師

出版日期　2003 年 8 月初版一刷
　　　　　2008 年 9 月二版一刷
　　　　　2022 年 4 月二版七刷

定　　價　新臺幣390元

經典永恆‧名著常在

五十週年的獻禮——經典名著文庫

五南，五十年了，半個世紀，人生旅程的一大半，走過來了。

思索著，邁向百年的未來歷程，能為知識界、文化學術界作些什麼？

在速食文化的生態下，有什麼值得讓人雋永品味的？

歷代經典‧當今名著，經過時間的洗禮，千錘百鍊，流傳至今，光芒耀人；

不僅使我們能領悟前人的智慧，同時也增深加廣我們思考的深度與視野。

我們決心投入巨資，有計畫的系統梳選，成立「經典名著文庫」，

希望收入古今中外思想性的、充滿睿智與獨見的經典、名著。

這是一項理想性的、永續性的巨大出版工程。

不在意讀者的眾寡，只考慮它的學術價值，力求完整展現先哲思想的軌跡；

為知識界開啟一片智慧之窗，營造一座百花綻放的世界文明公園，

任君遨遊、取菁吸蜜、嘉惠學子！